LES COALITIONS DE L'OMBRE

CHEMS AKROUF EMMANUEL RAZAVI

LES COALITIONS DE L'OMBRE

—

Roman

Sixième(s)

« On ne sait jamais qui on a en face de soi.
Un cousin peut te dire qu'il travaille
pour les chemins de fer alors qu'il est missionné
pour tuer au nom de la raison d'État. »

Un espion

Mer Noire
TURQUIE
SYRIE
Mer Méditerranée
ISRAEL
IRAK
JORDANIE
ÉGYPTE
ARABIE
Mer
Rouge
SOUDAN
ÉRYTHRÉE
ÉTHIOPIE

Mer Caspienne
AFGHANISTAN
IRAN
KOWEIT
PAKISTAN
QUATAR
ÉMIRATS ARABES UNIS
OMAN
Océan Indien
YEMEN

Avertissement

Ce roman s'appuie sur des faits existants.

Ainsi, le trésor des nazis est bien réel. Il a été localisé en Pologne, dans un château que les SS avaient transformé en maison close. Un livret, caché durant près de quatre-vingts ans par une loge maçonnique allemande et révélant son emplacement, a refait surface en 2019.

Officiellement, le Vatican ne dispose pas de services secrets. Pourtant, le Saint-Siège a tissé depuis le XVIe siècle l'un des plus grands réseaux d'espions à travers la planète.

La Direction générale de la sécurité extérieure (DGSE) est le service de renseignement français. Ses agents comptent parmi l'élite des services secrets.

Son service Action dispose bien d'une cellule secrète composée de tueurs professionnels. On les appelle les Alpha. Ces héros de l'ombre ont pour mission de neutraliser les terroristes.

Selon plusieurs sources, des loges maçonniques où se retrouveraient des espions au service de la France existent. Certaines ont défrayé la chronique.

La Direction du renseignement et de la sécurité de la Défense (DRSD) dispose de responsabilités en matière de sécurité du personnel, des informations, du matériel et des installations sensibles.

La CIA ou Central Intelligence Agency est une agence de renseignement en charge des opérations clandestines américaines. Son siège se trouve à Langley, en Virginie.

L'organisation secrète des Frères musulmans a été fondée en 1928 au Caire. Son objectif est de restaurer le califat. Elle est considérée comme la matrice du jihadisme contemporain. Durant la Seconde Guerre mondiale, ses fondateurs ont tissé des liens avec l'Allemagne nazie et ont permis à d'anciens SS de fuir vers le Moyen-Orient et l'Amérique du Sud.

Amin al-Husseini fut un chef religieux nationaliste palestinien et mufti de Jérusalem où il est né en 1895. Mort le 5 juillet 1974 à Beyrouth, il était connu pour ses sympathies nazies et ses liens avec l'organisation islamiste des Frères musulmans.

Les Fedayins de l'Islam forment une confrérie créée en Iran en 1946. Ils ont assassiné de nombreux intellectuels et des personnalités politiques. Proches de l'organisation des

Frères musulmans, ils sont considérés comme les véritables inspirateurs de la révolution islamique iranienne de 1979.

Il existe bien une île, dans le golfe Persique, qui ne figure sur aucune carte maritime. Les Gardiens de la révolution iranienne y ont installé une base secrète qui a été repérée, il y a quelques années, par un satellite occidental. Elle abriterait des services d'écoute ainsi que des armes sophistiquées.

Les personnages

Les espions fascinent. Tout autant que les terroristes qu'ils traquent. Leur image est aujourd'hui telle qu'ils semblent parfois appartenir à la mythologie. Pourtant, ils font partie de notre quotidien. Ainsi, vous avez peut-être croisé ceux dont nous parlons dans ce livre à l'occasion d'un voyage, d'une soirée entre amis ou lors d'une réunion familiale.

Alex Galtier. Espion de la DGSE et maître franc-maçon, il est surnommé « papa » par les membres de son équipe. Il fait partie de l'élite des espions et dispose d'un permis de tuer. Il a rencontré son *alter ego*, Paul Diner, en Afghanistan au début des années 2000. Il répond aux ordres de Manfred Roger, son supérieur et mentor.

Paul Diner. Chef des services secrets du Vatican. Ancien des forces spéciales et expert en arts martiaux, il a été ordonné prêtre avant de reprendre du service pour le compte du pape François. C'est un homme discret, mais déterminé. Ses armes fétiches : le couteau et le nunchaku.

Athéna Knight. Élevée aux États-Unis, ses parents ont été tués dans les attentats du World Trade Center. Spécialiste de la manipulation mentale, elle collabore avec les services secrets français en tant que contractuelle.

Jane Red Eagle. Chef d'une unité spéciale de la CIA. D'origine sioux, elle a rencontré Alex et Paul en Afghanistan. Elle est aussi l'ancienne maîtresse d'Alex.

Manfred Roger. Général qui dirige la DGSE et franc-maçon de haut niveau, il est le mentor d'Alex Galtier.

Mako. Ancien officier de l'armée japonaise, il travaille aujourd'hui pour les services secrets du Vatican en tant qu'instructeur. Il est le professeur d'arts martiaux de Paul Diner.

Jamal Hariri. Chef d'un réseau islamiste lié à Al-Qaïda. Propriétaire d'une fortune colossale provenant du trésor de guerre des nazis, il voyage la plupart du temps sous de fausses identités. Il prépare un attentat de grande envergure contre le pape. Alex Galtier, Paul Diner et Athéna Knight ont pour mission de le capturer.

Ahmed Salmane. Il est l'adjoint de Jamal Hariri et se fait passer pour un diplomate jordanien. Islamiste dur, il est amateur de belles femmes.

Ayman al-Zawahiri. Ancien bras droit d'Oussama Ben Laden, devenu chef d'Al-Qaïda à sa mort.

Prologue

Lugano, novembre 1946. Plus qu'un dogmatique, Aloïs Gheller était un opportuniste, une ordure ordinaire sans génie particulier si ce n'est peut-être celui d'être un planificateur hors pair. Mince, haut de taille et tout en muscles, les épaules larges et les hanches étroites, ses bras à peine plus longs que son buste, il se tenait toujours raide comme un piquet. Même lorsqu'il était assis, on aurait dit qu'il était au garde-à-vous. Les cheveux ras, il avait un visage singulièrement lisse et sans aucune expression, de tout petits yeux noirs en amande et une petite bouche bordée de lèvres épaisses. Une large tache marron, vestige d'un éclat de grenade qui avait explosé à quelques mètres de lui dans les premiers jours de la guerre, s'étendait quant à elle sur la partie inférieure de sa mâchoire.

Issu d'une famille de la petite bourgeoisie de Munich, Gheller avait intégré le parti nazi en 1933, puis il était entré dans la SS où il avait gravi les échelons jusqu'à obtenir le grade de colonel. Surnommé « le viking » en raison de son physique, il avait servi en Autriche peu après l'Anschluss, puis en Pologne et en Bohème sous les ordres directs du bourreau Heydrich, et enfin en France où il avait joué un rôle conséquent dans l'organisation de la déportation des juifs. Lorsque l'on connaissait son histoire, le plus étonnant était qu'il avait été fiancé à une jeune femme de confession juive qu'il n'avait pas hésité à abandonner lorsqu'il avait rejoint le parti national-socialiste. En 1942, il avait appris qu'elle et sa famille avaient été déportées à Auschwitz. Il en avait pleuré de rage et d'indignation. Pourtant, bien qu'il eût le pouvoir de l'extraire du terrible supplice des camps, il n'en avait rien fait pour ne pas mettre sa carrière en péril.

Ce matin-là, il s'était réveillé en grande forme. La veille, il avait dîné dans sa chambre d'hôtel, prenant un repas léger composé de quelques asperges et d'un œuf dur. En guise de boisson, il avait bu une tisane aux fruits amers.

Il s'était ensuite couché tôt. Très tôt. Il savait que sa rencontre avec Amin al-Husseini[1], mufti de Jérusalem et figure du nationalisme arabe, était capitale.

Proche de l'organisation islamiste des Frères musulmans fondée en 1928, le chef religieux, qui nourrissait autant de

---

1 • Après avoir séjourné au Liban, en Iraq et en Iran de 1937 à 1941, Amin al-Husseini rejoignit l'Allemagne où il s'occupa de faire de la propagande pronazie auprès des populations musulmanes. Voir source : *Dictionnaire Larousse* – https://www.larousse.fr/encyclopedie/personnage/Amin_al-_Husayni/124511.

haine à l'égard des Britanniques qu'envers les juifs, s'était avéré un contact précieux. Deux ans auparavant, alors même que la guerre était sur le point d'être perdue par l'Allemagne, ce dernier avait monté, à la demande de Martin Bormann[2], une filière d'exfiltration vers le Moyen-Orient pour d'anciens dignitaires nazis et SS. Bormann disparu lors de la bataille de Berlin, Husseini avait continué son œuvre, cultivant une relation fort lucrative avec Gheller qui était devenu le représentant secret et exclusif des anciens bourreaux allemands en quête d'une nouvelle vie et d'une nouvelle identité.

Husseini avait en fait compris à quel point le monde était en train de changer. Une importante partie du continent européen n'était plus qu'un champ de ruines et, les nazis défaits, ces derniers n'y avaient plus aucun avenir. En revanche, l'histoire prenait un nouveau tournant en Asie et dans le monde arabe. Ce n'était plus qu'une question de mois avant que les Britanniques ne perdent l'Inde et soient contraints de quitter la Palestine, remplacés par les nouvelles puissances à l'œuvre qu'étaient les États-Unis et l'URSS.

Il fallait donc se préparer soit à les affronter, soit à en faire ponctuellement des alliés afin que la cause politique de l'Islam avance. À ce titre, les anciens responsables nazis avaient un savoir-faire indispensable en matière militaire et de renseignement. Les avoir sous la main pouvait s'avérer être une stratégie payante, sans compter leur immense

2 • Martin Bormann était un haut dignitaire nazi proche d'Adolf Hitler, dont il était également le secrétaire. Résolument anti-chrétien, il ordonna l'assassinat de 2 500 prêtres polonais. Il est officiellement déclaré mort en mai 1945 à Berlin, bien que des témoins affirment qu'il aurait fui en Bolivie ou au Paraguay. Le *Sunday Times* affirmait dans son édition du 31 décembre 1967 qu'il était toujours en vie et vivait au Brésil. Voir source : Mémoires de Guerre – https://www.memoiresdeguerre.com/article-bormann-martin-39742396.html.

fortune qui pouvait servir la cause arabe. Al-Husseini leur faisait ainsi payer très cher ses faveurs, une importante partie des gains qu'il amassait étant reversée à sa confrérie. Mais il était efficace et discret, et en une période aussi troublée, ces deux qualités valaient leur pesant d'or.

Né en 1895 à Jérusalem, le religieux était issu d'une importante famille du Proche-Orient. Il avait combattu les Anglais durant la Première Guerre mondiale, n'hésitant pas à se ranger aux côtés des Ottomans. Au milieu des années 30, il avait été à l'origine de plusieurs attentats contre les Britanniques et la communauté juive de Palestine. Recherché par les services anglais, il avait fui un temps au Liban, d'où il était entré en contact avec les nazis qu'il considérait comme des alliés de circonstance contre l'occupant britannique et les colons israélites en Terre sainte. À ce titre, il avait aidé les Allemands à lever des troupes musulmanes qui avaient intégré la 13e division SS Handschar[3].

L'Allemagne ayant capitulé, Husseini avait été détenu un temps par les services français auxquels il avait mystérieusement échappé, fuyant vers l'Égypte sous un nom d'emprunt. De là à penser que la France l'avait volontairement laissé filer, il n'y avait qu'un pas. Après tout, il ne représentait plus une menace et lui rendre sa liberté pouvait se révéler un choix judicieux pour les relations à venir avec le monde arabe. Mais ce calcul relevait d'une stratégie à court terme, car Husseini cachait bien son jeu, construisant son projet politique sur un temps beaucoup plus long que les Occidentaux.

---

3 • Pendant la Seconde Guerre mondiale, 20 000 à 30 000 combattants musulmans auraient rejoint la SS en Bosnie. Voir source : *Le Point* – https://www.lepoint.fr/culture/balkans-serbes-et-bosniaques-n-oublient-pas-les-musulmans-ss-02-09-2020-2390164_3.php.

Habile et rusé, il suffisait d'étudier son visage et de l'écouter parler pour comprendre qui il était vraiment. Les cheveux gris coupés court, les yeux bleus, le nez têtu et le menton obstiné mangé par une barbe parfaitement taillée, c'était un homme connu pour peser chacun de ses mots. En toute occasion, il conservait une attitude posée, même lorsqu'il se montrait menaçant.

Gheller l'admirait autant qu'il s'en méfiait.

Après avoir pris une douche, l'ancien officier qui portait le tatouage de son groupe sanguin sous la face intérieure de son bras gauche[4], enfila une chemise blanche parfaitement repassée autour de laquelle il noua une cravate grise, puis il mit un pantalon noir. Il attrapa ensuite une veste de la même couleur posée sur une chaise, dans la poche intérieure de laquelle était glissé un Walter PPK[5].

Pour l'ancien SS, rester en vie était devenu un art qui nécessitait d'être toujours sur ses gardes, et donc prêt à dégainer au moindre risque. Il avait beau voyager avec de faux papiers, il savait que cela ne suffirait pas à le protéger longtemps des services secrets britanniques qui étaient sur sa piste. Il comptait donc bien se servir à son tour de la filière Husseini pour rejoindre l'Égypte ou la Syrie et, de là, peut-être l'Argentine.

À sept heures, il avait enfilé son imper, s'était rendu dans un appartement luxueux de la rue d'Italie prêté pour

---

4 • Les Waffen SS se faisaient tatouer leur groupe sanguin sous l'aisselle gauche. Au lendemain de la Seconde Guerre mondiale, nombre d'entre eux, tentant de fuir, furent identifiés et appréhendés par les services alliés à cause de ce tatouage.

5 • Pistolet semi-automatique fabriqué en Allemagne.

l'occasion par un homme d'affaires proche des mouvements de libération arabe et du parti nazi.

Lorsqu'il se fit ouvrir la porte par le majordome, Gheller se défit de son imper et le lui remit. Il s'avança d'un pas lent vers le petit salon où régnait une forte odeur de coriandre et de naphtaline. Le mufti l'attendait là, confortablement assis dans un fauteuil de style Louis XVI.

— Ravi de vous revoir, Herr Gheller, dit-il dans un allemand presque parfait. Vous me semblez en pleine forme. À croire que votre exil en Suisse vous convient à merveille.

— Il en va de même pour vous, cher ami, répondit l'Allemand avec un fort accent. L'Égypte semble vous avoir donné une nouvelle jeunesse.

Le mufti esquissa un rictus et lui désigna le siège installé en face de lui.

— Je vous en prie, prenez place. Nous avons beaucoup de choses à nous dire, d'autant que je crains que ce ne soit l'une des dernières fois que nous nous voyons.

— Comment cela ? Nous avons encore une dizaine de personnes à faire passer en Égypte et en Syrie. Vous savez que nous avons besoin de vous.

— Ne vous méprenez pas, Herr Gheller. Je demeure votre indéfectible serviteur. Mais mes amis commencent à subir des pressions fortes des Français et des Britanniques. Il leur devient de plus en plus difficile de venir en aide aux anciens SS dans un contexte international où il leur faut cultiver avec prudence leurs relations avec les Alliés. Toutefois, j'ai leur assurance que le dernier convoi sera acheminé à bon port. À condition bien sûr que vous disposiez de la somme nécessaire.

— Vous savez parfaitement que nous nous sommes toujours acquittés de ce que nous vous devions. J'ai ici le numéro du compte sur lequel ont été déposés les cinq millions de livres que vos employeurs réclament. Plus cinq cent mille supplémentaires...

— Pourquoi ce supplément ?

— Celui-ci est pour moi. Je dois quitter l'Europe. L'étau se resserre.

— Je comprends, répondit le Palestinien, faisant mine d'afficher une certaine compassion. D'ailleurs, d'après ce que j'ai entendu dire au Caire, il semble que ce ne soit qu'une question de temps avant que les services secrets anglais ne mettent la main sur vous. Vous devenez encombrant, Herr Gheller. Il est en effet temps que vous disparaissiez. Donnez-moi le numéro du compte, et considérez votre départ comme acquis.

Gheller n'aimait ni le ton cynique, ni les manières complaisantes et l'attitude servile du mufti à son égard. Mais il n'avait pas le choix. Il devait lui faire confiance. Après tout, jusqu'à ce jour, al-Husseini avait toujours respecté ses engagements. Il sortit de sa poche une petite feuille de papier pliée en quatre.

— Voilà le numéro. Avec tout cet argent, vous allez pouvoir entretenir une véritable petite armée.

— La guerre est finie, Herr Gheller. Enfin... Je veux parler du genre de guerre dont le monde sort tout juste. Aujourd'hui, il y a d'autres moyens de combattre nos ennemis. Ce genre de combat se mène autant dans l'arène politique, sociale et économique que par la guérilla et la subversion. Et assurément, il faudra plusieurs générations avant que nous ne remportions la victoire finale contre les juifs et leurs alliés anglo-américains.

— Ça, c'est votre problème, soupira Gheller. Pas le mien. Mon seul souci est que vous acheminiez le dernier convoi à destination.

— Je vous l'ai dit, vous pouvez compter sur moi, reprit le mufti. Les papiers et les titres de transport de vos amis sont déjà prêts. Ils vous seront confiés demain matin à votre hôtel par l'un de nos agents. Charge à vous de ne pas vous faire prendre avant de les leur avoir remis.

— C'est mon affaire, répondit l'Allemand, quelque peu irrité.

— Vous conviendrez, Herr Gheller, que vos affaires sont aussi les nôtres. Et qu'il serait malvenu que vous tombiez entre des mains ennemies. Je vous recommande donc la plus grande discrétion, renchérit le mufti, imperturbable.

— Quand aurai-je mon passeport ? coupa Gheller de plus en plus crispé.

— Je pense que cela prendra quelques jours. Disons deux semaines tout au plus. Je vous le ferai parvenir à l'endroit que vous m'indiquerez.

— Parfait.

— Avant que nous ne nous séparions, puis-je me permettre une question, Herr Gheller ?

— Je vous en prie, répondit le SS qui tentait de masquer son impatience.

— Tout cet argent qui a servi à nos transactions, d'où provient-il ?

Gheller esquissa un sourire.

— Ah ! Je m'étonnais que vous n'ayez jamais posé la question.

— C'est que cet argent intéresse certains de nos amis. Il semble, d'après les informateurs des services égyptiens, qu'il provienne de Pologne. La ville de Minkowski en Silésie, cela vous dit quelque chose ? Il se murmure que c'est là que les SS auraient caché une partie des biens qu'ils ont pillés durant la guerre.

Gheller ne cilla pas. Il savait où son interlocuteur voulait en venir. Cependant, comment pouvait-il savoir où les SS avaient dissimulé leur trésor ? Assurément, quelqu'un avait parlé.

— Je dois vous dire que je ne sais rien à ce sujet. Si d'ailleurs j'avais des informations, je ne pourrais les partager avec vous ou qui que ce soit d'autre.

— Herr Gheller, ne vous formalisez pas de ma question. Pour que vous me compreniez bien, je vais m'expliquer plus clairement. Nous savons que des sommes importantes, ainsi que des tableaux et des bijoux ont été cachés dans plusieurs lieux différents à Minkowski. Nous savons aussi que c'est avec cet argent que vous nous payez. Nous savons enfin que vous n'avez pas un accès libre aux endroits où est entreposé le trésor, et que celui-ci est protégé par quelques fidèles. Mais pour être parfaitement clair, ce n'est qu'une question de temps avant que les services alliés mettent la main dessus. Ce que mes amis égyptiens vous proposent, c'est que vous nous fournissiez les adresses précises des maisons abritant cette petite fortune. Charge à eux de la faire sortir de Pologne et de la placer dans des banques au

Caire et en Suisse. Ils en exploiteront les intérêts pour des opérations que je qualifierai de confidentielles... Un quart du capital sera par ailleurs placé sur un compte chiffré mis à votre seule disposition. Nous vous donnerons également un statut de conseiller diplomatique, ainsi que l'immunité qui va avec.

Gheller dévisagea le mufti. Il cogitait.

— Quelles garanties offrent vos amis ?

— Je viens de vous le dire, Herr colonel. Que voulez-vous de plus ?

— En admettant que j'aie des informations à ce sujet, qu'est-ce qui me garantit que je serai encore en vie lorsque je vous les aurai données ?

— Depuis tant d'années, vous devriez nous connaître. Nous n'avons jamais manqué à notre parole.

Le mufti marquait un point.

— Très bien, reprit Gheller. L'argent se trouve en effet réparti sur onze sites différents. Des liquidités et plusieurs tonnes d'or ont été cachées au Palais Hochberg[6], près de Breslau, au fond d'un puits... Des titres, des bijoux et des œuvres d'art sont quant à eux conservés dans différentes maisons de Minkowski, mais je ne connais pas leurs emplacements exacts. En revanche, je sais qui détient l'information. Vous devez me promettre que si je vous donne son nom, l'accord tient également.

---

6 • En 2020, le *Figaro* révélait une histoire selon laquelle une partie du trésor des nazis serait enfouie dans ce château. https://www.lefigaro.fr/culture/un-manuscrit-retrouve-menerait-sur-la-piste-d-un-colossal-tresor-nazi-enfoui-sous-un-chateau-polonais-20200901

Le visage du mufti s'illumina. Il savait Gheller prêt à tout pour sauver sa peau, mais jamais il n'aurait pensé qu'il se mette à table aussi vite.

— Herr colonel… Vous avez évidemment ma parole. Encore une fois, vous êtes bien placé pour savoir que je l'ai toujours tenue.

— Très bien. Toutes les informations concernant les emplacements du trésor nazi ont été inscrites dans un livret qui a pour nom de code *Michaelis*[7]. Il est en possession du colonel von Garner, accessoirement ancien grand maître de la loge maçonnique de Quedlinbourg, en Allemagne.

— Un franc-maçon au sein de la SS ? demanda le mufti, surpris.

— Vous devriez savoir que les membres de la SS étaient fascinés par l'ésotérisme et les secrets de la maçonnerie. Si celle-ci a officiellement été interdite par le Reich, certaines loges, dites noires, ont perduré dans le plus grand secret, sous l'œil bienveillant du Reichsführer-SS Himmler.

— Bien, trancha al-Husseini. Où peut-on trouver ce colonel von Garner ?

— Il se cache à Rome, sous une fausse identité. Il se fait appeler Gianfranco Garnieri et réside dans un monastère catholique du nom de Vinia Pia[8].

---

7 • Le *Michaelis* existe bien. Il était en la possession d'une loge maçonnique en Allemagne, dont étaient membres des officiers de la SS. Lire à ce sujet l'article de Bertrand Guyard du 1er septembre 2020 : « Un manuscrit retrouvé mènerait sur la piste d'un colossal trésor nazi enfoui sous un château polonais ». Lefigaro.fr.

8 • Au lendemain de la Seconde Guerre mondiale, d'anciens SS en fuite ont été aidés par la branche autrichienne de la Commission pontificale pour l'aide aux réfugiés, dirigée par l'évêque Aloïs Hudal, qui fut un sympathisant nazi. Voir source : https://laviedesidees.fr/Philippe-Sands-The-Ratline-Love-Lies-Justice-Nazi.html

— Vous le connaissez bien ?

— Nous avons étudié à la SS-Junkerschule Bad Tölz[9], où nous nous sommes liés d'amitié. Nous avons ensuite travaillé ensemble à plusieurs reprises.

— Vous pourrez donc l'approcher sans qu'il se méfie de vous ?

— Un SS apprend à se méfier de tout le monde, et surtout de ses amis. Mais il me recevra.

— C'est parfait, Herr Gheller. Alors récupérez ce carnet auprès de von Garner et apportez-le-moi.

Gheller fronça les sourcils et se raidit. Il ne s'attendait pas à ce que le mufti lui demande de faire le sale boulot.

— Von Garner n'acceptera jamais de me donner le carnet. Si je veux mettre la main dessus, je serai obligé de le menacer. Peut-être même de le torturer et de l'abattre !

Al-Husseini le toisa avec condescendance.

— Ce n'est pas mon problème. Faites ce que vous avez à faire... Ensuite, vous obtiendrez ce que je vous ai promis. Je vous donne quinze jours pour me ramener ces informations.

Le mufti claqua alors des doigts pour appeler le majordome, afin qu'il reconduise son invité.

— Je vous propose maintenant de clore notre entretien, Herr colonel, conclut-il.

Le SS se leva et se mit au garde-à-vous, faisant claquer ses talons l'un contre l'autre. Il fit un signe de la tête au mufti qui lui adressa en retour un sourire de mante religieuse, puis il récupéra son imper auprès du domestique.

---

9 • Centre de formation de la SS.

— Je vous retrouve dans quinze jours, alors. Auf wiedersehen ![10]

Quand Gheller sortit de l'immeuble, le ciel était d'un bleu parfaitement clair, et l'air frais. La porte refermée derrière lui, il se cambra en bombant le torse, et il respira profondément. Il scruta la rue, les passants et les rares voitures qui circulaient à cette heure. Une traction avant aux vitres ouvertes passa devant lui, à l'intérieur de laquelle il distingua le conducteur et trois jeunes femmes qui chantaient en anglais le tube de Vera Lynn, *We'll meet again*. Sans doute des fêtards qui finissaient de cuver leur vin. Le temps que le véhicule passe sous son nez, il entendit quelques paroles :

Let's say goodbye with a smile, dear
Just for a while, dear, we must part
Don't let this parting upset you
I'll not forget you, sweetheart

Un sourire se dessina sur son visage. En un an, tout avait changé. L'Europe, qui avait tremblé sous le joug des nazis, s'étourdissait maintenant au son des rythmes anglais et américains. Tout ce pour quoi il s'était battu avait ainsi brutalement disparu… Mais il fallait garder espoir. Un jour ou l'autre, le grand Reich renaîtrait de ses cendres, et lui comme ses descendants y auraient toute leur part. C'est pourquoi il allait trahir ses camarades en livrant les informations qu'ils détenaient sur le trésor des SS. Après tout, cela en valait la peine. Car il disposerait bientôt d'une nouvelle identité et d'une nouvelle vie loin, très loin, qui lui permettraient de

10 • Au revoir en allemand.

poursuivre l'œuvre d'Adolf Hitler. De plus, il en était certain, al-Husseini respecterait sa parole.

Le lendemain, il prit le train pour Rome où il devait rencontrer le colonel von Garner. Son plan était simple : demander à lui parler en privé, le menacer, lui dérober le livret et le tuer.

***

Affaibli par ses longs mois de cavale et atteint de tuberculose, reclus sans aucune protection dans son monastère romain dont il occupait une minuscule chambre, von Garner était alité depuis plusieurs jours, le corps amaigri, et il parvenait à peine à respirer. Lorsqu'il avait vu le visage de Gheller se pencher au-dessus de lui, ses yeux s'étaient illuminés.

Il lui avait ainsi tout raconté sans même que ce dernier ait besoin de le menacer. Car contrairement à Gheller, von Garner avait encore foi en ses compagnons et voulait transmettre son secret avant de mourir, afin que d'autres poursuivent l'œuvre du Führer.

Gheller n'avait eu qu'à l'écouter.

Il apprit ainsi que von Garner ne détenait plus le *Michaelis*, lequel avait été récupéré un mois plus tôt par un haut gradé de la loge noire à laquelle il appartenait.

Il lui avait cependant révélé disposer d'un second livret bien plus précieux, qui contenait des dizaines de numéros de comptes bancaires sur lesquels étaient déposés près de quatre milliards de francs suisses. Il se trouvait simplement caché derrière l'un des murs de pierre de sa chambre, dans une petite cavité. Il suffisait de déplacer une simple brique pour y avoir accès. Sur sa couverture était écrite, à l'encre rouge, la mention *Broschüre Spinoza.*

Gheller n'eut qu'à se servir.

Une fois en possession du manuscrit, il remercia son ancien compagnon d'armes, puis il se saisit du coussin sur lequel sa tête reposait. Il l'appliqua de toutes ses forces sur son visage, pour l'étouffer.

Il ne fallut que quelques secondes avant que von Garner ne rende son dernier soupir sans avoir opposé la moindre résistance. Au moment de l'acte fatidique, Gheller versa une larme et prononça ces quelques mots : « La guerre est finie pour nous, mon frère. Il est plus que vain de regretter des temps passés, car un autre avenir et d'autres alliances se dessinent. Rejoins notre Führer que tu as si bien servi. Je continuerai pour ma part à porter le projet de notre futur Reich. »

Sa mission accomplie facilement, il ne restait plus à Gheller qu'à retourner en Suisse et remettre le carnet au mufti.

Son allégresse fut pourtant de courte durée. Deux semaines plus tard, son corps fut découvert sur la rive nord du lac de Lugano, seulement quelques heures après une nouvelle entrevue avec le mufti.

Il avait été égorgé, une croix gammée ayant été tracée au couteau sur son front. Qui l'avait assassiné ? L'enquête, vite classée par la police locale, ne répondit jamais à la question. Une chose était toutefois évidente : qu'il s'agisse d'anciens SS qu'il avait trahis ou des sbires d'al-Husseini, personne ne le regretterait.

Le pêcheur
et les contrebandiers

Sant Pere, Catalogne, le 5 juillet 2022. Pedro Sanchez n'était pas du genre à attiser la colère d'autrui. Encore moins à se retrouver impliqué dans un trafic d'armes à l'autre bout du monde. Pour dire la vérité, c'était un jeune homme sans histoire, agréable et discret.

La démarche assurée, il arpentait les rues de son village toujours vêtu d'un pantalon de toile blanc et d'une chemisette céruléenne, une casquette en coton kaki sur la tête. De taille moyenne, on lui devinait un corps athlétique, particulièrement bien proportionné. Son épaisse tignasse brunâtre, sa peau desséchée par le vent et le sel, ainsi qu'un petit anneau en argent qu'il arborait à l'oreille gauche lui donnaient l'air d'un boucanier. Quant à son visage lumineux et ses yeux d'un bleu profond qui rendaient son regard si particulier, ils attiraient immédiatement l'attention.

Sa famille, originaire d'Andalousie, s'était installée en Catalogne au début du XVIIIe siècle, alors que le royaume hispanique, ancienne grande puissance maritime, déclinait à force de guerres, des persécutions de l'Inquisition et d'une émigration importante vers les terres prometteuses du continent américain.

Paysans, les Sanchez appartenaient à ces milliers de familles qui avaient subi le désintérêt de la couronne espagnole pour l'agriculture, laissant le destin de provinces entières entre les mains d'une noblesse désargentée et nonchalante.

De père en fils, ils avaient ainsi appris l'art de la pêche. Si celui-ci ne les avait pas enrichis, au moins leur avait-il permis, au bout de trois générations, de créer une petite pêcherie. Au début du XIXe siècle, la famille avait quitté le village de l'Escala pour s'établir à une dizaine de kilomètres, dans la petite commune de Sant Pere, au cœur même de la baie de Roses.

Pedro, qui était connu et respecté de tous, n'avait jamais quitté la Catalogne. Pour tout dire, il n'avait jamais pris de vacances et ne voyait pas d'intérêt à abandonner le plus bel endroit du monde, ne serait-ce que pour quelques jours.

Depuis la mort de son père, il avait repris l'entreprise familiale qui employait cinq personnes. Il partageait sa vie entre un travail pénible mais qu'il adorait et l'amour de sa vie, Helena, fille d'un ancien alcade qui prétendait descendre des comtes d'Urgel.

La veille de sa disparition, le père d'Helena avait organisé une réception pour annoncer le mariage de sa fille avec Pedro. Il avait réuni une cinquantaine d'amis – tous des gens du village – dans la grande cour pavée de pierres de sa masia encadrée de longs murs blancs peints à la chaux, sur lesquels couraient des bougainvilliers blancs et violets.

Dans la région, l'annonce d'un mariage était quelque chose de sacré, qui méritait que l'on marque le coup par une fête endiablée. Si les convives se réunissaient en principe en toute simplicité, les femmes veillaient à se montrer parées de leurs plus beaux atours.

Pour l'occasion, le père d'Helena avait fait disposer sur de magnifiques tables rectangulaires en bois d'olivier des magnums de vin rouge de l'Empordà, de la cava de Peralada, des pyramides d'huîtres et de gambas, ainsi que des montagnes de butifarras de Vic disposées sur d'immenses plateaux en céramique. Il avait aussi fait venir un groupe de Gitans pour jouer de la rumba catalane. Toute la soirée, fiancés et invités avaient dansé au son des rythmes catalano-andalous et afro-cubains des guitares hispaniques, des percussions et de la voix brûlante d'un chanteur aux cheveux gominés, vêtu d'un large pantalon noir et d'une chemise ample de couleur rouge. Helena était encore plus belle qu'à l'habitude. Habillée d'une jupe pourpre évasée à volants qui mettait en valeur ses longues jambes, elle portait un bustier en dentelle blanc qui laissait percevoir les moindres courbes de sa poitrine sur laquelle retombait sa longue chevelure noire. Insouciante et enivrée de bonheur, elle se déhanchait sous le ciel étoilé, enlaçant la taille de Pedro entre ses bras délicats, ses seins frôlant son torse et sa tête basculant régulièrement vers l'arrière. Il était à elle, et cette soirée n'était que le début de leur longue vie. Bientôt, elle serait Helena Sanchez, la femme du senior Pedro. Elle ne pouvait imaginer qu'elle le voyait pour la dernière fois.

Pedro s'était levé à quatre heures trente du matin. Une heure plus tard, il était à bord de sa barque. Longue d'environ neuf mètres, équipée d'un mât court gréé d'une voile rectangulaire qui retombait vers la proue, celle-ci avait été construite par son père. Malgré ses affaires florissantes, Pedro continuait de s'en servir pour aller pêcher la sardine. Lorsque la mer était calme, le petit moteur qu'il avait installé à l'arrière de l'embarcation lui permettait de voguer le long de la côte, et parfois même de naviguer jusqu'aux îles Mèdes.

La pêche du jour, si elle s'avérait fructueuse, devait aller à un grand restaurant de Roses. Il y avait donc de l'argent à faire. Pourtant, ce matin-là, Pedro s'était forcé à aller travailler. La météo s'annonçait bonne, mais il se sentait fatigué, sans doute à cause de la fête de la veille. Si celle-ci s'était terminée vers une heure, il avait passé presque tout le reste de sa courte nuit à faire l'amour avec Helena. Bien sûr, ce n'était pas la première fois qu'il passait une nuit blanche, mais celle-ci lui pesait particulièrement. Il se disait que peut-être son état était dû au stress de son mariage prochain.

Vers six heures du matin, Pedro naviguait à cinq milles au large de l'Escala, dans une zone à fort courant. La pèche n'était pas aussi bonne qu'il l'avait espérée, mais il avait tout de même pris dans ses filets plus de cinq kilos de maquereaux, des sardines et trois magnifiques loups de mer qui ne pesaient pas moins de trois kilos chacun. Il pensa qu'il était temps de rentrer, quand une épaisse fumée noire se dégagea du moteur de l'embarcation. Serein comme à son habitude, il s'approcha délicatement de la machine pour voir ce qu'il se passait, imaginant qu'une saleté avait endommagé la pompe à carburant ou qu'un sac en plastique s'était coincé dans son hélice. Entre les touristes et les navires de plaisance qui jetaient à la mer toutes sortes de déchets, ce genre de problème n'était pas rare.

Il courba le dos pour étudier minutieusement la machinerie et aperçut un arc d'étincelles qui jaillissait de la pompe. Il fit un léger mouvement en arrière pour protéger son visage d'une éventuelle brûlure, quand soudain le moteur explosa. La déflagration le projeta de l'autre côté de la barque, et sa tête percuta la courbure de la poupe. Il éprouva la sensation brutale que sa nuque se brisait, et perdit connaissance.

* * *

Lorsqu'il revint à lui, Pedro ne reconnut pas l'endroit où il se trouvait. Il était allongé sur une couchette toute simple, entouré de cloisons laiteuses. Au-dessus de lui, le mur était transpercé par un hublot. Il comprit qu'il devait se trouver à bord d'un bateau. Dans la petite pièce, il n'y avait presque rien, excepté une table en bois blanc fatiguée sur laquelle reposait un petit astrolabe en laiton, quelques feuilles de papier et son téléphone portable. Une porte intérieure entrebâillée donnait accès à un minuscule cabinet de toilette d'où se dégageait une odeur d'eau de Javel.

Alors qu'il soulevait péniblement la tête, la porte de la cabine s'ouvrit dans un grincement pénible. Emmitouflé dans un épais caban à chevrons, casquette de marin sur la tête, un homme au visage grêlé bordé de rouflaquettes noires lui apparut.

— Heureux de voir que vous revenez à vous, dit le type d'une voix aigre.

— Où… où suis-je ? demanda Pedro.

— Vous êtes à bord du Cargo *Le Maltese*, 150 mètres de long pour 30 de large. Je suis le capitaine Juan Emilio Esteves, maître du bord. Nous voguons vers l'océan Indien puis nous accosterons dans quelques jours au port de Doha.

— Doha ?

— Oui, au Qatar.

— Mais… Qu'est-ce que je fais sur votre navire ?

— Nous vous avons secouru. Vous étiez inanimé sur votre barque qui dérivait au large des côtes espagnoles. Vu l'état de votre voilière, je pense qu'il y a eu une explosion… Vous avez eu de la chance qu'on tombe sur vous. Sinon, vous seriez mort. À mon avis, vous deviez dériver depuis au moins deux jours quand on vous a sorti de là. Mon billet qu'entre le soleil et la déshydratation, vous étiez assuré de ne jamais revoir la terre ferme… Mais au fait, mon garçon, quel est votre nom ?

— Je m'appelle Sanchez…. Pedro Sanchez. Et depuis combien de temps suis-je à votre bord ?

— Eh bien, monsieur Sanchez, vous êtes resté dans un semi-coma pendant près de trois jours. Quand on vous a remonté, vous déliriez, mais l'infirmier du bord a vite vu que vous ne souffriez d'aucune blessure grave.

Pedro se redressa péniblement pour se caler contre son coussin. Son dos et son crâne lui faisaient un mal de chien. Il se passa la main sur la nuque et senti une bosse toute ronde juste au-dessus.

— Et ma barque ? questionna-t-il.

— Je suis désolé, mais étant donné son état, il était inutile de s'en préoccuper. Du reste... Je ne suis même pas censé vous avoir fait monter à mon bord. Nous transportons des matériaux sensibles, et si l'armateur savait que j'ai fait stopper *Le Maltese* pour secourir un inconnu, je ne suis pas sûr qu'il en serait ravi. Vous n'imaginez pas comme ces gens-là sont méfiants.

— Ah ! Je vous remercie de m'avoir secouru, reprit Pedro.

— Ne me remerciez pas. Nous sommes marins, et nous nous devons assistance.

— Quand aurez-vous la possibilité de me débarquer ?

— Pas avant que nous soyons arrivés à Doha, dans quatre jours.

— Doha ? Mais je dois prévenir ma famille que je suis en vie ! Est-il possible d'utiliser votre radio et de les faire prévenir ?

— Holà, tout doux, mon ami. Vous ferez ce que vous voulez quand on sera arrivés au Qatar. Mais pas question d'utiliser ma radio. Je vous l'ai dit, vous n'êtes pas censé être là. Si mon patron l'apprend, je vais me faire virer. Soyez patient, et reposez-vous en attendant. Vous êtes ici presque chez vous. Je vous recommande juste une chose : restez dans votre cabine. On vous apportera à manger, des habits propres et même de quoi faire un brin de toilette. Mais je préfère éviter que vous vous baladiez n'importe où. Ici, vous êtes sous ma responsabilité. Une fois à Doha, vous vous présenterez aux autorités portuaires qui vous aideront à prendre contact avec votre famille.

— Merci, capitaine, mais... Vous êtes vraiment certain de ne pas pouvoir me laisser accéder à votre poste de communication ?

— Mon garçon, il semble que vous ne m'avez pas compris. Vous ne devriez pas être à bord de ce navire, car je suis censé ne faire monter personne d'autre que les membres de mon équipage. Donc une bonne fois pour toutes, vous devez intégrer qu'il n'y aura ni communication, ni escale, ni balade sur le pont vous concernant. En tout cas pas avant notre arrivée. Je suis bonne pâte et je ne laisserai jamais personne se noyer devant moi, mais il y a des limites que je ne peux pas franchir.

— Très bien. Je comprends, dit Pedro. Je m'en tiendrai à vos consignes.

Le capitaine tourna les talons et, avant de passer la porte, il lui lança un regard sévère.

— J'espère que vous m'avez bien compris, dit-il sur un ton sec. Il y a sur ce rafiot une trentaine d'hommes. Ils ont reçu la consigne stricte de ne pas vous laisser sortir de votre cabine. Si vous avez besoin de quoi que ce soit, vous attendrez qu'on vienne vous voir. Ah, j'oubliais... On vous a laissé votre téléphone portable, mais j'en ai fait retirer la puce, par sécurité. Même s'il n'a aucune chance de fonctionner en haute mer, deux précautions valent mieux qu'une. Je suis désolé pour l'accueil, mais je vous ai sauvé la vie, ce qui n'est déjà pas si mal. J'espère donc que vous respecterez mes ordres. Sinon, croyez-moi, on vous rejette à la mer !

Lorsque Esteves sortit de la cabine, la nuit était déjà tombée. D'un pas assuré, il monta les quelques marches de la passerelle qui conduisait vers le pont principal, puis il alla s'accouder au bastingage. Il sortit un Roméo et Juliette à moitié consumé de la poche extérieure de sa veste et le glissa entre ses lèvres sans même l'allumer. Il scruta le ciel, observant le scintillement de la Lune et des étoiles sur les flots obscurs. Il ne restait plus longtemps avant que son cargo ne parvienne au large d'Oman, qu'il quitte l'océan Indien et pénètre dans les eaux du golfe Persique. Ce voyage était son dernier gros coup, et si tout se passait comme il l'avait prévu, il empocherait un pactole de cinq cent mille dollars qui lui permettrait de se retirer de tout trafic et de commencer une vie nouvelle.

Il entendit soudain une voix sépulcrale derrière lui.

— Bonsoir, capitaine. Je peux vous parler ?

Esteves tressauta. Il se retourna et reconnut le visage de son second. C'était une grande asperge au crâne chauve et au front haut qui avait le nez écrasé et le visage poilu, et qui se trimballait engoncé dans un pull marin trop court pour lui.

— Qu'est-ce qu'il y a, José ?

— Vous croyez que c'est bien prudent d'avoir pris ce pêcheur à notre bord ? On n'est pas censés faire monter du monde. S'il vient à découvrir ce que l'on transporte, ça nous mettra dans l'embarras.

— Rassure-toi, José. Je lui ai mis les points sur les i. Il sait qu'il ne doit pas sortir de sa cabine.

— Très bien, capitaine. N'empêche... S'il n'obéit pas et qu'il met son nez là où il faut pas, il faudra s'en débarrasser.

— Cela fait quatorze ans que je transporte de l'armement, répondit calmement Esteves. Ce n'est pas la première fois que je sauve la peau d'un pauvre bougre naufragé, et je n'ai jamais eu de problème. Et ce type-là est trop heureux d'avoir échappé à une mort certaine pour nous causer du tort.

— D'accord, capitaine. Mais si nos clients apprennent que vous avez récupéré ce gars-là, ils lui feront la peau, comme à nous. Des containers bourrés de flingues russes et d'électronique, c'est pas pour aller au bal. Il y a de quoi équiper une armée entière avec toutes leurs kalachs... Sans compter les explosifs et le système antiradar qu'on transporte et dont je me demande bien à quoi ils vont servir.

— Comme tu l'as dit, ce n'est pas pour aller danser... Officiellement, il n'y a rien d'autre à bord que des composants électroniques pour le site de Qatar Technology Equipment. On a toutes les autorisations pour cela. Et personne en dehors de toi et moi n'a à savoir ce qu'on achemine là-bas. Quant à l'usage que vont faire les clients de leurs joujoux, ce n'est pas notre affaire. Fais en sorte que tout se passe bien et, dans quelques jours, tu toucheras ta part du pognon !

Le second ne moufta pas. Il inclina juste la tête pour signifier qu'il acquiesçait.

Si Pedro avait toujours eu un problème, c'était bien avec l'autorité. Ainsi, depuis sa plus tendre enfance, à chaque fois qu'on lui intimait un ordre, il se refusait à obéir. Tout au moins voulait-il savoir pour quelle raison il devait obtempérer.

Après que le capitaine fut sorti de sa cabine, il patienta une heure et il décida d'aller voir de plus près à quoi ressemblait le navire qui l'avait recueilli et à bord duquel on l'empêchait de se déplacer. L'extrême méfiance d'Esteves lui semblait suspecte, et il y avait assurément une bonne raison pour que l'on se défie de lui. Était-il tombé sur des contrebandiers, ou peut-être même des trafiquants de drogue ? Il voulait avoir une réponse à ses questions.

De toute façon, même s'il se faisait prendre, il n'imaginait pas qu'il lui arrive quoi que ce soit d'autre qu'être ramené à sa cabine. Quelque chose lui disait en effet que le capitaine Esteves n'était pas un mauvais gaillard. Après tout, il l'avait sauvé d'une mort certaine.

Masqué par la nuit, il entreprit de descendre discrètement vers le pont inférieur où des dizaines de containers étaient entreposés entre deux mâts de charge. En longeant le bastingage, il aperçut, malgré la pénombre, une énorme pince coupante posée sur un tas de caisses. S'il lui fallait un signe, c'était bien celui-là. Il saisit la pince et s'avança en direction des containers, regardant tout autour de lui si personne ne risquait de le voir. Même s'il savait qu'à bord d'un cargo, on ne croisait jamais grand monde à la nuit tombée et qu'à cette heure, la plupart des matelots étaient soit au mess, soit de retour à leur cabine, il lui fallait demeurer sur le qui-vive.

Parvenu à la hauteur de la première ligne de cubes en métal qui mesuraient plus de deux mètres et demi de haut, il se positionna contre l'un d'eux, plaqua sa pince sur le cadenas qui fermait la chaîne, et le fractura d'un coup sec. En se brisant, celui-ci libéra un bruit métallique.

Il retira ensuite avec précaution les liens de fer qui enserraient le container. Il arracha le scellé de plomb placé sur la barre de verrouillage, entrouvrit la porte et pénétra à l'intérieur.

Il tira de sa poche son téléphone portable et en alluma la lampe. Ses yeux découvrirent un empilement de caisses en bois rectangulaires, chacune fermée par une sorte de verrou. Il en saisit une qui devait bien mesurer un mètre de long, la posa devant lui et en fracassa l'attache. Lorsqu'il ouvrit, il fut stupéfait. Reposant entre des tiges de paille, il y avait là sept fusils d'assaut Kalachnikov. Maintenant, il comprenait mieux pourquoi Esteves lui avait intimé l'ordre de ne pas quitter sa cabine. Il referma la caisse, se retourna et se faufila de nouveau à travers la porte du container, mais cette fois en direction de l'extérieur, passant d'abord la tête dans l'embrasure pour s'assurer que personne ne le voyait. À l'extérieur il n'y avait rien. Pas même un bruit, excepté celui des moteurs et de la houle océanique.

Rassuré, il entreprit de refermer précautionneusement le container, quand soudain il sentit une masse s'abattre sur sa tête. Il s'affala sur le sol.

Lorsqu'il revint à lui, il était allongé sur sa couchette, les mains menottées. Son corps, ankylosé, lui faisait terriblement mal. Les yeux entrouverts, il lui semblait que la pièce tout entière tournait autour de lui. Comme venant des profondeurs d'une caverne, il entendit une voix qu'il connaissait.

— Mon garçon, je t'avais pourtant dit de ne pas mettre le nez hors de ta cabine. Maintenant, tu ne me laisses plus le choix. Dès que nous serons à Doha, je vais être obligé de te remettre à mes clients. Crois-moi, j'aurais voulu éviter ça.

Car lorsque tu seras entre leurs mains, tu regretteras sûrement de ne pas avoir péri avec ta barque.

Pedro essaya de se relever, mais il n'y parvenait pas. Il balbutia quelques mots.

— Qui... Qui êtes-vous ? Je... Je veux dire qui êtes-vous vraiment ?

— Qui je suis n'a pas d'importance. Ce qui a une importance, c'est que tu as vu des choses que tu n'aurais pas dû voir.

Pedro étira péniblement son corps.

— Je... Je vous promets que je ne parlerai à personne des armes que vous transportez. De toute façon, ce ne sont pas mes affaires.

— Il fallait y penser avant mon garçon, répondit de façon tranchante Esteves. Maintenant, si l'envie te reprenait de sortir de ta cabine, sache que j'ai mis un garde armé devant ta porte. Au moindre coup fourré, il a la consigne de t'abattre sans sommation. Pour le reste, je te l'ai dit : je ne peux plus rien pour toi.

Pedro referma les yeux. Il avait mal et éprouvait des difficultés à raisonner. Une chose était certaine, il allait s'expliquer, et jurerai une nouvelle fois de ne rien raconter de ce qu'il avait vu. Si le capitaine avait voulu le tuer, il l'aurait déjà fait.

Il se força à se détendre. Il relâcha tous ses muscles, se tourna sur le côté, et tenta de s'endormir. Après tout, il n'y avait rien à faire de plus.

Quatre jours plus tard, *Le Maltese* accostait à Doha au petit matin. Il fallut à peine plus de trois heures pour que les grues et les basculeurs conduits par des travailleurs indiens et pakistanais déchargent la cargaison puis, vers treize heures, l'ensemble des caisses fut monté à bord de camions qui prirent la direction du nord de l'émirat.

Adossé au mur, recroquevillé sur sa couchette, Pedro était perdu dans ses pensées. Il n'avait pas revu Esteves et s'inquiétait de ce qui allait advenir. Il ne pouvait imaginer terminer sa vie ici, à plus de six mille kilomètres de chez lui. Il ne cessait de se répéter que si le capitaine avait voulu se débarrasser de lui, il l'aurait déjà fait. Et puis on ne faisait pas disparaître un homme comme ça... D'autant que les hommes d´équipage savaient qu'il était à bord du *Maltese*.

Il essaya de se rassurer comme il pouvait, quand la porte s'ouvrit soudainement. C'était le capitaine Esteves, accompagné de deux molosses barbus en costumes sombres, lunettes noires rivées sur le nez.

— Voilà, mon garçon. Ces messieurs vont te prendre en charge. Ils s'occupent de la sécurité de nos clients.

— Vous savez où ils vont m'emmener ?

— Je n'en ai pas la moindre idée. Mais à mon avis, c'est le terminus pour toi. Ces gens-là ne plaisantent pas avec les fouineurs.

— Vous ne pouvez pas les laisser m'embarquer sans rien dire ! protesta Pedro.

— Tu te trompes, dit Esteves d'un air résigné. Tu m'as déjà attiré trop d'ennuis. Ce qui se passe à partir de maintenant ne regarde que toi... Je te souhaite bonne chance !

Les deux molosses s'approchèrent de Pedro et, l'empoignant vigoureusement chacun par un bras, ils le soulevèrent brutalement. Ils l'entraînèrent ensuite à l'extérieur, sous le regard impassible du capitaine, puis ils descendirent sur le pont inférieur pour emprunter la passerelle métallique qui menait au quai. Dehors, un léger vent de sable fin soufflait et la chaleur était accablante, presque étouffante. Pedro était paniqué. Son cœur battait à un rythme effréné, et il éprouvait de la peine à respirer.

Il comprenait que rien de bon ne l'attendait. Il scruta le quai presque désert et aperçut un 4x4 aux vitres fumées, moteur allumé, devant lequel se tenait un type en jean et tee-shirt, lunettes Ray Ban sur le nez et veste en cuir malgré la chaleur, armé d'un fusil à pompe Winchester de type Defender. À coup sûr, il était là pour lui.

Pedro observa d'un coup d'œil la passerelle longue d'une quinzaine de mètres. Vers quelle destinée allait-elle le conduire ? Plusieurs images s'entrechoquèrent dans sa tête : celles d'Helena, de son père, de son départ en mer et des armes qu'il avait découvertes. Il ne comprenait pas ce qu'il lui arrivait. Il était totalement submergé par la crainte de ne pas revoir ceux qui l'aimaient, et par celle de mourir. Les muscles de sa mâchoire étaient crispés. Son corps lui faisait terriblement mal. Il essaya de se ressaisir. Il inspira profondément. Dans un élan de témérité, il donna un violent coup d'épaule à chacun de ses cerbères qui perdirent l'équilibre. Il en profita pour se défaire de leur entrave et se mit à courir, espérant vainement leur échapper. Les deux gardes bronchèrent à peine. Ils savaient que leur prisonnier ne pourrait aller bien loin.

Le type du 4x4 souleva délicatement ses lunettes de soleil et les fixa sur le haut de son crâne. Il observa Pedro qui cavalait, puis il épaula son arme dans un geste lent et assuré. Il se passa moins de trois secondes avant qu'il n'appuie sur la détente et qu'une détonation ne retentisse. Le projectile fit exploser la cage thoracique du jeune pêcheur qui s'effondra sur la passerelle dans un bruit sourd, des morceaux de son cartilage et de sa chair projetés autour de lui.

Un essaim de mouches vertes vint s'agglutiner sur son corps brisé.

* * *

Selon un rapport officiel émanant de la police maritime qatarie, le 14 juillet à 14 h 30, le dénommé Pedro Sanchez, passager clandestin de nationalité espagnole appréhendé à bord du cargo *Le Maltese*, avait été abattu alors qu'il tentait de désarmer l'un des agents venus l'arrêter.

L'espion du pape

Cité du Vatican, le 15 juillet 2022. En ce début de matinée, un mélange de chaleur humide et de gaz d'échappement enveloppait la capitale italienne. Pas un brin d'air ne soufflait. Les touristes attablés aux terrasses des cafés, comme les Romains qui se rendaient à leur travail à pied, suffoquaient. Chacun pouvait vérifier que le réchauffement climatique n'était pas une fable. Quelques jours auparavant, le gouvernement italien avait décrété l'état d'urgence dans plusieurs régions en raison des feux de forêt qui décimaient une partie de leur écosystème et des pénuries d'eau annoncées. Témoignant de la sécheresse extrême, les eaux du Tibre semblaient s'être évaporées, dévoilant à proximité du château Sant' Angelo les ruines d'un pont antique autrefois immergé par les flots, *Pons Neronianus*.

Casque intégral gris métallisé sur la tête, costume trois-pièces bleu pétrole et mocassins bordeaux aux pieds, Paul

Diner ne boudait pas son plaisir de traverser le Corso Vittorio Emanuele II à fond la caisse sur sa Yamaha TDM 900 en direction d'un des lieux les plus sacrés de la chrétienté. Malgré la chaleur accablante, il se sentait plus que jamais en pleine forme, prêt pour la réunion qui l'attendait.

Parvenu à hauteur des murs du Vatican, il ralentit pour trouver une place de parking, puis il se gara. Descendant de son engin, il ajusta le petit sac à dos qui enserrait ses épaules, tira quelques pièces de la poche de sa veste pour les enfoncer dans un horodateur après avoir composé le numéro de sa plaque d'immatriculation sur le clavier. Bien que disposant de passe-droits et d'accès spéciaux à la cité pontificale, il n'usait d'aucune des facilités mises à sa disposition, ne se considérant au-dessus de personne. Ainsi se comportait le prêtre espion.

Il retira son casque et dévoila son visage. Âgé de 56 ans, son épaisse chevelure poivre et sel, son visage sans rides et son corps élancé lui en faisaient paraître dix de moins. Sa barbe grise finement taillée et ses yeux bleu acier s'accordaient parfaitement avec son allure soignée.

Une fois par mois, Paul Diner se rendait au Vatican pour évoquer les affaires du monde avec le pape. Car François, qui n'avait confiance qu'en son super agent, exigeait qu'il lui fasse ses rapports en personne. En ces temps troublés où la planète était en proie à la pandémie de coronavirus, à la guerre en Ukraine, au risque de conflit entre la Chine et Taïwan et à l'instabilité croissante au Moyen-Orient, rares étaient ceux, dans son entourage, qui avaient une vision claire de l'avenir, et il lui semblait que Paul pressentait toujours les choses avec justesse. Pour dire la vérité, François le considérait comme l'un des hommes les plus honnêtes et les plus brillants qu'il ait jamais rencontrés. Il appréciait par-dessus tout son sens du devoir et sa fidélité envers l'Église, hérités de sa famille.

Paul Diner avait perdu son père, officier de l'armée de l'air française, à l'âge de 14 ans. Ce dernier avait péri dans le crash de son avion lors d'un vol d'entraînement. Élevé par une mère allemande très croyante, il avait grandi au sein de sa famille maternelle dans une petite ville située à quelques kilomètres de Trèves. Raffiné, doté d'une nature enthousiaste et déterminée, il faisait partie de ces hommes dont la foi et le don de soi sont inscrits dès la naissance dans leur ADN.

Quatrième dan d'aïkido, diplômé à 21 ans d'un master de relations internationales, il parlait couramment le français, l'anglais, le chinois, l'espagnol, l'arabe et le persan. Fort de son héritage paternel et de ses capacités physiques et intellectuelles, il avait choisi logiquement, dès la fin de ses études, d'épouser la carrière militaire. Major de sa promotion à la sortie de l'école des officiers, il avait intégré une unité parachutiste puis, au bout d'un an seulement, il avait rejoint la prestigieuse unité des Kommando Spezialkräfte[11].

Très vite, ses états de service exceptionnels et son courage lors d'opérations extérieures menées au Moyen-Orient avaient attiré l'attention du directeur des opérations

11 • Unité des forces spéciales de la Bundeswehr, inspirée des Special Air Service britanniques (SAS).

spéciales du BND[12] qui lui avait offert de le recruter. C'est ainsi qu'après avoir suivi le cycle de formation long et difficile des agents de renseignement, il devint l'un des « clandestins » les plus respectés des services secrets allemands, les missions d'infiltration les plus périlleuses lui étant confiées, notamment au cœur de la mouvance jihadiste.

Au lendemain de l'intervention de la coalition en Afghanistan, il avait été affecté au Centre secret de renseignement antiterroriste occidental (CTIC)[13] dénommé *Alliance Base*, unité chargée de la traque des terroristes. Le nom de cette organisation, commandée par un général français affecté à la Direction générale de la sécurité extérieure (DGSE) et largement financée par le *Counterterrorism Center* de la CIA, avait été choisi en référence à Al-Qaïda, *La Base* en arabe. Elle accueillait des officiers britanniques, français, canadiens et allemands, facilitant l'échange de renseignements entre leurs services et la planification d'opérations secrètes.

Dans le cadre de ses fonctions, Paul avait passé plusieurs mois en Afghanistan, dans le district de Spin Boldak où il avait participé, aux côtés des forces spéciales françaises et américaines, à la traque d'Oussama Ben Laden. En 2004, à la tête d'un petit commando, il avait localisé le chef de l'organisation terroriste dans une petite bourgade de la province de Kandahar, non loin de la frontière pakistanaise. Celui-ci participait à un rassemblement secret

---

12 • Service de renseignement extérieur du gouvernement fédéral allemand, placé sous la tutelle de la Chancellerie.

13 • L'existence des CTIC a été révélée par la journaliste américaine Dana Priest dans un article du Washington Post du 17 novembre 2005.

avec des chefs talibans et des dignitaires d'Al-Qaïda. Caché au fond d'un trou une nuit tout entière, il avait pu identifier le visage du leader d'Al-Qaïda via un système de vision nocturne quand l'un de ses équipiers, à l'aide d'une écoute directionnelle ultrasophistiquée, avait pu authentifier sa voix. Il avait alors demandé par radio au commandement des forces spéciales situé sur la base de Bagram, à une cinquantaine de kilomètres au nord de Kaboul, l'autorisation d'abattre le terroriste. Sans qu'il comprenne pourquoi, aucune réponse ne lui avait été donnée. Ben Laden avait donc paisiblement quitté la réunion.

À son retour en Europe, déçu, il avait démissionné. Il s'était rapproché du pape Benoît XVI fraîchement élu, auprès duquel il avait effectué une mission quelques années plus tôt, et avait pris la décision, sur les conseils du souverain pontife, d'entrer dans les ordres.

Ordonné prêtre, il avait rejoint une communauté de moines bénédictins qui résidaient à l'abbaye Sainte-Marie de Farfa, à cinquante kilomètres de Rome. Là, il s'était consacré à la prière et à l'étude de la liturgie, sans jamais oublier de garder un œil sur ce qu'il se passait au Moyen-Orient.

Heureux de sa nouvelle vie, il n'en demeurait pas moins frustré de ne plus évoluer au cœur de l'action, se demandant parfois s'il n'avait pas quitté les services secrets un peu trop vite. Mais ses errements ne durèrent qu'un temps. À la fin de l'année 2009, Joseph Ratzinger le convoqua au Saint-Siège pour lui confier une mission très particulière : celle de participer à la direction et à l'administration du service de renseignement papal.

Officiellement, le Vatican ne disposait pas de services secrets, bien que les espions travaillant pour son compte soient nombreux. La création de l'appareil de renseignement pontifical remontait en réalité au XVIe siècle. À l'époque, celui-ci avait été fondé pour surveiller Elizabeth Ire d'Angleterre qui avait restauré l'autorité de l'Église protestante dans son pays, et contrer l'influence de plusieurs de ses conseillers considérés comme hérétiques. Baptisée « Sainte-Alliance » avant de prendre le nom de *Sodalitium Pianum* ou *Sapinière* sous le pontificat de Pie X, l'organisation avait essaimé dans le monde entier, s'appuyant sur un réseau d'informateurs insoupçonnables : les prêtres ! Bien sûr, tous n'étaient pas des espions aguerris, mais les rapports qu'ils établissaient régulièrement sur leurs paroisses comme sur le climat politique qui régnait dans les pays où ils œuvraient, constituaient une matière première précieuse pour Rome. La masse d'informations qu'ils récoltaient était ainsi traitée par une cellule spéciale du *bureau central des affaires étrangères pontificales*, dont le fonctionnement demeurait toutefois assez flou.

En vain, plusieurs services de renseignement occidentaux avaient d'ailleurs tenté de comprendre comment s'articulait ce réseau d'indicateurs en soutanes qui doublait également le maillage diplomatique des 183 nonciatures du Vatican à travers la planète. Car grâce au *Sodalitium Pianum*, le Saint-Siège pouvait compter sur une multitude de canaux parallèles pour conduire des missions diplomatiques clandestines, les représentants des ordres jésuites, dominicains, franciscains et de l'*Opus Dei* œuvrant souvent comme émissaires officieux.

Avec le temps, le fonctionnement de l'organisation secrète était cependant devenu opaque, et les scandales de corruption comme les affaires de blanchiment ou de pédophilie qui éclaboussaient certains dignitaires du Vatican avaient fini par l'atteindre. Dès lors, Benoît XVI se méfia d'elle. Il décida donc de la réorganiser de fond en comble en s'appuyant sur le seul homme qui en était à ses yeux capable : Paul Diner.

Lorsque la proposition lui fut faite, ce dernier accepta sans hésitation, l'évêque de Rome ne lui fixant qu'une seule condition : aucun Italien travaillant au sein de la cité du Vatican ne devrait servir dans la nouvelle organisation.

En 2013, peu de temps avant sa renonciation, le premier pape démissionnaire de l'histoire présenta Paul à celui qui allait lui succéder : le cardinal Jorge Mario Bergoglio. L'entente entre les deux hommes fut immédiate et, une fois devenu souverain pontife, François lui renouvela toute la confiance mise en lui par son prédécesseur.

* * *

Une porte de bronze devant laquelle se tenaient un sergent et deux hallebardiers donnait accès au Palais apostolique situé à l'extrémité d'un bâtiment reliant la basilique Saint-Pierre au Vatican. Paul emprunta le vestibule de l'escalier royal, jetant un coup d'œil distrait sur une statue de l'empereur Constantin Ier se recueillant devant la croix du Christ, et il se dirigea d'un pas assuré vers la porte de la salle ducale. Il s'arrêta soudain quelques mètres avant d'en avoir franchi le seuil, et posa son index sur un petit bouton métallique dont seuls les initiés pouvaient connaître la présence. Le mur s'entrouvrit sur le bureau secret du souverain pontife.

C'était une pièce carrée de vingt mètres sur vingt, très haute de plafond, élégamment mais sobrement meublée, dont les murs étaient tapissés de tableaux représentant des scènes de la Bible telles *La Descente de croix* de Rubens ou *L'Assomption de la Vierge* d'El Greco. Sur un secrétaire en bois massif noir doré à la feuille d'or trônaient un livre de théologie de Romano Guardini, un recueil de poèmes de Friedrich Hölderlin et un annuaire pontifical en langue espagnole. Un parfum de jasmin et d'encens enveloppait la salle.

Assis dans un fauteuil roulant, le dos voûté et le visage presque aussi blanc que sa soutane, le pape attendait au milieu de la pièce. Il faisait face à un étroit canapé en velours rouge à côté duquel était posé un petit guéridon en noyer, surmonté d'un plateau en marbre.

— Soyez le bienvenu, mon cher Paul... Je vous en prie, prenez place, dit le souverain pontife avec un léger accent argentin.

L'espion s'inclina, baisa l'anneau papal, puis il alla s'asseoir, posant son sac à côté de lui.

— Très Saint-Père, on m'a rapporté que vous étiez souffrant. Rien de trop grave, j'espère, dit-il d'une voix profonde.

— Mon cher ami, vous savez mieux que moi le mal qui me ronge. Je suis éreinté par la folie guerrière de l'humanité. Quand donc comprendra-t-elle que Dieu lui a fait le plus beau des cadeaux en lui offrant une vie qu'elle s'acharne à détruire ? Regardez ce qui se passe en Ukraine ! Cet idiot de

Vladimir, qui aurait pu incarner l'espérance chrétienne pour son peuple et en tirer un large profit politique, ne s'occupe que de détruire ceux qui ne pensent pas comme lui. Et puis la Chine... Vous avez vu comment elle a réagi lors de la visite de madame Pelosi à Taipei[14]? Elle n'a rien trouvé de mieux que d'envoyer ses navires de guerre et son aviation au large des côtes taiwanaises... La guerre et la violence semblent avoir envahi tous les esprits, mon pauvre ami. Et entre le réchauffement climatique et la crise énergétique qui s'annonce, le monde risque de s'embraser une nouvelle fois.

— Vous craignez une troisième guerre mondiale, Très Saint-Père ?

— Oui. C'est pourquoi avant de mettre fin à mon ministère, j'ai décidé d'organiser au Vatican une conférence internationale sur la paix à laquelle seront conviés le président américain, son homologue français, le premier ministre israélien, ainsi que le président de la République populaire de Chine et deux représentants de la Ligue des États arabes. Elle aura lieu au mois de septembre prochain.

— Si je puis me permettre deux remarques, Très Saint-Père, le Vatican n'est pas l'endroit le plus opportun pour recevoir autant de personnalités. Par ailleurs, aucune conférence sur la paix n'a mis fin aux guerres.

Agacé, le pape serra son poing droit et l'agita au-dessus de sa tête.

— Eh bien, cette fois, il le faudra bien ! Je lis les rapports de vos services et j'en déduis que nous n'avons plus le choix. Aujourd'hui, il faut mettre tout le monde autour de la table

14 • Nancy Pelosi, présidente de la Chambre des représentants des États-Unis, s'est rendue à Taïwan le mardi 2 juillet 2022.

et frapper un grand coup ! C'est le devoir des dirigeants politiques envers l'humanité.

Paul Diner dévisagea le pape dont le poing venait de s'abattre sur le repose-bras de son fauteuil. Il le trouvait à la fois tragique et émouvant.

— Vous n'invitez pas le président russe ?

— Ce diable de Poutine ? répondit sèchement François. Je ne lui fais pas confiance... Nous vivons cependant des temps où il est absolument nécessaire de parler avec lui. Il est donc prévu de le convier... pour autant qu'il accepte de participer à ce sommet ! Vous savez bien que c'est un paranoïaque !

— Une telle conférence va demander une organisation et une sécurité sans précédent, Très Saint-Père. D'autant que les Russes et les Chinois ne veulent pas entendre parler de paix, sauf à leur avantage. L'hypothèse d'un attentat n'est donc pas à exclure. Sans parler des islamistes !

— Absolument. Je compte donc sur vous pour faire en sorte qu'aucun péril ne nous menace. D'autant que le service de presse du Vatican en fera l'annonce officielle dans les prochaines quarante-huit heures.

— Justement, Très Saint-Père. Je crains que ce ne soit une erreur. De mon point de vue, le secret sur cette conférence doit être gardé le plus longtemps possible. Une annonce fin août me paraît plus opportune.

— Pas question. De toute façon, un secret ne peut être gardé dès lors qu'il y a plus de trois personnes dans la confidence ! Et puis je veux que tous ces chefs d'État se mettent dès à présent au travail afin de venir avec le maximum de propositions.

Paul Diner croisa les jambes et dévisagea le pape.

— Il sera fait comme vous l'entendez, Très Saint-Père. Cependant, j'ai des informations dont je dois vous faire part, lesquelles me permettent de penser qu'une opération d'envergure se prépare contre les intérêts occidentaux.

— Les intérêts occidentaux ? Soyez plus précis, mon cher Paul.

L'espion prit sa respiration.

— Eh bien, il y a vingt-quatre heures, un marin espagnol a été tué à Doha. Il semble que c'était un passager clandestin, monté à bord d'un cargo battant pavillon qatari, nommé *Le Maltese*. L'un de mes bons amis à la DGSE[15] m'a informé que ce navire transportait une cargaison d'armes ainsi qu'un système de brouillage radar à destination d'un groupe terroriste.

— Et alors ? interrogea le pape.

— Alors les services français ont toutes les raisons de croire que cet équipement avait pour commanditaire un Jordanien résidant entre l'Angleterre et le Qatar, lié à l'organisation islamiste des Frères musulmans.

— Pourquoi les services français n'ont-ils pas stoppé ce cargo ?

— Leurs informations provenaient d'un de leurs honorables correspondants qui n'était autre que le capitaine du bateau. Leur idée était de pister la marchandise en lui faisant placer un traceur à l'intérieur d'un des containers. Mais rien ne s'est passé comme prévu. Le corps du capitaine du *Maltese* a été retrouvé cette nuit, lacéré, dans les eaux du

15 • La Direction générale de la sécurité extérieure ou DGSE est le service secret français chargé des opérations extérieures.

port de Doha, les doigts de la main droite minutieusement découpés au sécateur d'après le légiste qui l'a examiné. Il est évident qu'il a été torturé et qu'il a dû avouer à ses bourreaux la présence du traceur.

— Bien. Mais en quoi toute cette affaire concerne-t-elle le Vatican ?

— Le Jordanien a pour nom Jamal Hariri, Très Saint-Père. Il est connu de nos services et de la DGSE pour disposer de plusieurs milliards en dollars américains lui permettant, s'il le voulait, de financer une véritable guérilla et de relancer le Printemps arabe. Toutefois, selon mon contact au sein des services français, le type a compris que les révoltes au Proche-Orient s'étaient soldées par un échec. Comme vous le savez, en 2010 et 2011 les islamistes pensaient prendre le pouvoir en poussant la population à se soulever contre les dictateurs en place en Syrie, en Égypte et en Lybie, mais leur projet s'est soldé par des guerres civiles et un véritable bain de sang. Hariri ne croit donc plus à la seule lutte armée. Selon les informations de mon contact, il préparerait une opération de grande envergure pour déstabiliser les grandes puissances occidentales.

— Jamal Hariri, dites-vous ? Pourquoi ce nom me dit-il quelque chose ?

— Parce que vous le connaissez, Très Saint-Père. C'est un ancien journaliste qui fut correspondant à Rome en 2015 et 2016. Il vous a interviewé à deux reprises.

Le pape écarquilla les yeux, surpris.

— Comment se fait-il qu'on ait laissé un tel personnage m'approcher ?

— C'est votre service de presse qui l'a accrédité malgré nos mises en garde, Très Saint-Père. À sa décharge, il faut dire que Hariri disposait à l'époque de nombreux soutiens dans la presse européenne et américaine, mais aussi dans les milieux politiques.

— Et comment possède-t-il autant d'argent ? demanda le pape, intrigué.

— L'une de nos sources au Mossad prétend qu'il est financé par la branche armée de l'organisation islamiste des Frères musulmans. D'après les archives des services secrets israéliens, celle-ci aurait mis la main sur des fonds appartenant aux nazis au lendemain de la Seconde Guerre mondiale. Cet argent servait initialement à exfiltrer d'anciens SS vers des pays du Proche-Orient ou d'Amérique du Sud. Comment celui-ci s'est retrouvé entre leurs mains demeure un mystère, mais si une chose est certaine, c'est qu'il leur donne la capacité de frapper fort et n'importe où.

— Je vois, dit le pape qui n'ignorait pas que l'Église avait elle-même caché des criminels de guerre allemands. Mais puisque les islamistes de cette confrérie sont si riches, pourquoi n'ont-ils pas déjà agi ?

— Ils l'ont fait, Très Saint-Père. Lors des attentats du 11 septembre 2001, ils ont fourni argent et logistique aux pirates de l'air. En 2010, ils étaient également les artisans de la révolution du jasmin en Tunisie. Aujourd'hui, tout porte à croire qu'ils veulent cibler des personnalités politiques et religieuses. Notre service d'écoute a intercepté un message crypté entre des membres de l'organisation dans lequel…

Paul Diner hésita un instant.

— Eh bien ? dit le pape, impatient. Continuez !

— … Dans lequel votre nom était mentionné. Il était dit textuellement : « En sa demeure il faut frapper l'hérétique François et ses complices. Ensuite l'Occident basculera. »

— Je vois… reprit le pape. Mais des *François*, il y en a des tas.

— Vous avez peut-être raison, mais je ne partage pas ce point de vue.

— Dites-moi, et ce Hariri, pourquoi la DGSE ou le Mossad ne l'ont-ils pas éliminé ?

— Avec la situation explosive à Gaza, les Israéliens ont d'autres priorités. De plus, ils ne veulent pas en faire un martyr, d'autant qu'il se garde bien d'agir sur leur territoire. Quant aux Français, ils sont sur ses traces depuis longtemps car ils estiment qu'il représente une menace sérieuse pour leurs intérêts politiques et économiques au Proche et au Moyen-Orient. Mais il est difficilement approchable, se déplaçant souvent sous de fausses identités.

— Votre ami au sein de la DGSE, on peut avoir confiance en lui ?

— Disons qu'il ne partage pas forcément toutes nos croyances. Il serait plutôt du genre à *travailler de midi à minuit…*[16] Mais c'est un homme d'action et de conviction que j'ai connu lorsque je suivais des cours à l'école des officiers. Il y était venu dans le cadre d'un stage de formation. Je l'ai ensuite retrouvé en Afghanistan où il était détaché par son service auprès du Commandement des opérations spéciales. J'ai pu apprécier ses qualités et son ouverture d'esprit sur le terrain, bien que ses méthodes soient parfois assez expé-

16 • L'expression « travailler de midi à minuit » provient de la symbolique des francs-maçons.

ditives. Lorsque j'ai quitté l'abbaye Sainte-Marie de Farfa pour reprendre du service, j'ai donc renoué contact avec lui. Depuis, nous entretenons des rapports réguliers.

— Donc, si je comprends bien, c'est un franc-maçon... Décidemment, ils sont partout ! trancha le pape. Rassurez-moi, mon cher Paul, vous n'en faites pas partie ?

Paul Diner esquissa un sourire amusé. Il décroisa les jambes, se pencha en direction du pape, joignit les mains, puis il s'adressa à lui à voix basse.

— J'ai choisi de servir l'Église, Très Saint-Père. Et je n'ai qu'un seul patron : vous !

Le visage de François s'illumina.

— À la bonne heure ! Maintenant, je veux que vous approfondissiez vos recherches sur ce Hariri. Nous devons savoir ce qu'il prépare. La conférence sur la paix doit absolument avoir lieu et rien ne doit la mettre en péril. Reprenez contact avec votre *alter ego* à la DGSE. Mais surtout, ne parlez à personne de nos échanges. Nous nous reverrons dès que vous aurez du nouveau.

Le pape fit un geste de la main droite pour signifier à Paul que l'entretien était terminé. L'espion se leva, fit un salut de la tête, et se retira.

Les frères tueurs

Paris, le 17 juillet 2022. C'était une soirée humide. La rue Lafayette, habituellement calme en cette période de l'année, était devenue deux heures plus tôt le lieu de passage de curieux bonshommes affublés de cravates ou de nœuds papillons noirs qui se rendaient à pied, depuis la sortie du métro, au 223 bis. Chacun d'eux tenait dans la main un petit sac noir ou un attaché-case, défilant sur le trottoir sous le regard indifférent d'un des derniers kiosquiers à journaux de la capitale qui baissait le rideau de fer de sa boutique.

Parvenu devant l'immeuble haussmannien qui abritait leur lieu de réunion, les uns et les autres avaient sonné, chacun à son tour, trois fois. La lourde porte cochère s'était entrouverte à chaque signal et les bonshommes s'étaient faufilés l'un après l'autre à l'intérieur du bâtiment, empruntant un escalier interdit au public qui menait au premier sous-sol.

Là, une deuxième porte, blindée, donnait accès à un couloir d'une dizaine de mètres où planait une légère odeur de poussière et dont le sol était composé de carreaux noirs et blancs. Parvenus à son extrémité, ils avaient débouché enfin sur un petit vestibule aux murs duquel étaient fixés des portemanteaux d'écoliers. Ils y avaient accroché leurs affaires, ayant pris soin de sortir de leurs havresacs les accessoires nécessaires à la cérémonie qui allait commencer. Parmi eux se trouvait Alex Galtier, 45 ans, lieutenant-colonel à la DGSE.

Affichant vingt-deux ans de service au sein de la boîte[17], il avait débuté comme simple soldat dans le 1er Régiment d'infanterie parachutiste de Marine, l'une des meilleures unités des forces spéciales. Il avait ensuite rejoint le Centre parachutiste d'instruction spécialisée[18] basé à Perpignan, l'une des trois composantes du service Action, spécialisé dans la contre-guérilla. Il avait le corps affûté, des cheveux fins châtains, coiffés vers l'arrière, des yeux d'un bleu persan, et un visage carré qui affichait une cicatrice à la plissure gauche de la lèvre, conséquence d'un éclat de grenade reçu lors d'une opération ayant mal tourné en Somalie.

Bien qu'ayant servi sur de nombreux théâtres d'opérations, ses terrains d'action privilégiés étaient le Liban, la Syrie et l'Iran qu'il connaissait par cœur. Dans ces pays, il avait appris que les plus fragiles étaient souvent disposés à embrasser n'importe quelle idéologie religieuse à partir du moment où celle-ci se réclamait d'un pouvoir universel et

17 • La boîte : c'est ainsi que les espions français surnomment le service qui les emploie.

18 • Le CPIS ou Centre parachutiste d'instruction spécialisée forme des agents amenés à opérer dans des zones de crise particulièrement dangereuses.

portait en elle les réponses – même les plus idiotes – à leurs questions. Selon lui, tout cela ne relevait que d'une propagande futile et mortifère, mais il avait vu tellement de jeunes types se faire exploser au nom de la religion qu'il s'était donné à fond dans la lutte contre le terrorisme islamiste. Il était un de ces hommes qui croient en un idéal et sont prêts à tout pour le défendre. La guerre de l'ombre, le mensonge, la manipulation et la violence faisaient ainsi partie de son quotidien.

Spécialiste de l'Islam, il parlait aussi bien l'arabe que le persan. Capable de se mouvoir dans n'importe quel écosystème du Moyen-Orient, il avait créé l'unité la plus secrète de la DGSE composée de clandestins. Il l'avait baptisée le GOLT, pour *Groupe opérationnel de lutte contre le terrorisme*. Ses membres avaient été triés sur le volet, et il considérait chacun d'entre eux comme une personne de sa propre famille.

Durant plusieurs années, il avait également appartenu aux Alpha, groupe composé d'une dizaine d'agents ayant pour vocation de « traiter » et « neutraliser » les menaces prioritaires, groupe qu'on ne quittait jamais vraiment.

Peu loquace, on ne savait aucunement ce qu'il pensait, mais il avait le coup de poing facile dès lors qu'on le provoquait. Ainsi, son premier patron au sein du service Action l'avait affublé d'un pseudonyme – qui lui allait comme un gant –, « le Bison », après l'avoir vu se battre dans un bar de Bangui avec deux Navy Seals qu'il avait mis K.-O. Mais ses proches l'appelaient « papa ».

Ce soir-là, il aurait dû se trouver en famille dans sa Bourgogne natale, mais Manfred, son supérieur, lui avait demandé d'assister à une « tenue » car il avait des choses importantes à lui dire. Alors il avait obéi.

La loge était constituée d'une pièce rectangulaire dont les murs intérieurs – dans lesquels il n'y avait aucune fenêtre – étaient en pierres taillées. Le plafond, bombé, était décoré de façon à figurer la voûte céleste, quand le sol était formé d'un pavé mosaïque.

Sur le mur oriental était représenté un triangle isocèle que les frères nommaient « le delta lumineux ». Aux pieds de celui-ci se trouvait une estrade en bois surélevée à laquelle on accédait par trois marches en marbre. C'est là que siégeait le vénérable maître, devant le pupitre duquel se trouvait un autel sur lequel reposaient une équerre et un compas en métal disposés sur une bible ouverte. À sa droite se trouvait un sexagénaire aux cheveux blancs. C'était le premier surveillant qui l'assistait dans l'ouverture et la fermeture des travaux. Sur sa gauche, se tenait un autre homme, le second surveillant, en charge de la formation des apprentis maçons.

Dans la pièce plongée dans la pénombre régnait une atmosphère de recueillement et de contemplation. Formant deux rangées, une vingtaine d'hommes, assis sur des chaises, se faisaient face. Ils arboraient un tablier et des gants blancs. En les observant, personne n'aurait pu imaginer un instant qu'ils fussent des maîtres-espions.

Quelques-uns, retirés du service depuis des années, avaient l'apparence d'honorables vieillards. D'autres, toujours en activité, présentaient une allure banale, même si on devinait une musculature robuste et puissante sous leur costume noir et leur chemise blanche.

En les examinant, on remarquait deux choses : la première, c'était que tous portaient, tel un signe de reconnaissance, un collier de barbe qui leur encerclait la lèvre supérieure et le menton. La seconde, c'est qu'aucun d'entre eux ne portait de bijou ou de montre sur laquelle on puisse déceler le moindre reflet. Ces êtres qui ressemblaient à n'importe quel *quidam* étaient habitués à vivre dans la discrétion la plus absolue.

Pour rejoindre la loge S, il fallait avoir tué au moins une fois dans sa vie. Aucun de ses membres n'était pourtant un assassin. Bien au contraire. Si les uns et les autres avaient tué, c'était pour protéger la nation de ses ennemis, ou simplement au nom de la raison d'État.

Alex, lui, avait tué pour la première fois en Afghanistan. C'était en 2004, après une mission ratée contre Ben Laden dans le district de Spin Boldak. Si ce dernier s'était échappé faute de réaction des Américains, l'état-major français avait décidé de frapper l'un de ses principaux interlocuteurs, le mollah Khanksar, un dignitaire taliban qui se trouvait avec le patron d'Al-Qaïda la fameuse nuit où il s'était enfui. Cet ancien vice-ministre de l'Intérieur du gouvernement de l'Émirat islamique d'Afghanistan, en fuite depuis l'intervention de la coalition en 2001, avait bâti sa fortune en faisant du trafic d'opium pour le compte de la mafia turque. À la fois pervers et d'une violence rare, il avait présidé à la lapidation de dizaines de femmes soupçonnées d'adultère lorsqu'il était au pouvoir, après avoir violé la plupart d'entre elles dans les heures qui précédaient leur ultime calvaire.

Pour le localiser, le Commandement des opérations spéciales[19] s'était appuyé sur un mouchard qui leur avait révélé la cache de l'ancien dignitaire taliban : une demeure cossue de Kandahar protégée par quatre gardes armés d'AK-47.

Paul Diner, alors commandant des services allemands détaché auprès du COS, avait été missionné pour l'approcher et connaître ses habitudes. Il avait passé près d'un mois dans l'ancienne capitale des talibans, vêtu comme un mendiant, faisant la manche devant la demeure de Khanksar, épiant ses allées et venues. Il observa que le chef taliban, fidèle à sa réputation d'addict au sexe, recevait des prostituées deux fois par semaine à la tombée de la nuit. Évidemment, celles-ci se déplaçant sous leurs burkas, il suffisait de les neutraliser avant leur départ pour la demeure de Khanksar, puis de les remplacer par deux hommes de taille moyenne qui revêtiraient leur accoutrement pour s'immiscer dans la maison. Ensuite, ils abattraient les gardes avec leurs silencieux et s'occuperaient enfin d'exécuter l'ancien bourreau taliban.

C'est Alex qui avait conduit l'opération aux côtés de Paul. Lorsqu'il avait trouvé le chef taliban caché nu dans un placard de sa chambre, il s'était aperçu qu'il empestait le whisky à plein nez et qu'il s'était pissé dessus. Terrifié, les jambes imprégnées par son urine nauséabonde, Khanksar avait tendu la main vers lui et, les larmes aux yeux, il avait balbu-

19 • Le Commandement des opérations spéciales (COS) constitue l'élite des forces spéciales de l'armée française. Il est placé sous les ordres du chef d'état-major des armées ainsi que sous l'autorité du président de la République. En 2004, les hommes du COS avaient reçu pour mission de traquer les chefs d'Al-Qaïda, ainsi que les anciens dignitaires talibans. Leur quartier général était basé dans un fortin en bois situé dans le district de Spin Boldak, à la frontière afghano-pakistanaise.

tié quelques mots en anglais, pour implorer sa pitié. Mais les ordres étaient clairs : il devait être « neutralisé ».

L'abattre était une façon d'adresser un message aux chefs jihadistes : « Quel que soit l'endroit où vous vous cachez, nous vous trouverons et nous vous tuerons. »

Sans la moindre hésitation, Alex avait posé le silencieux de son Glock 17[20] sur le front du mollah, et il avait appuyé sur la gâchette.

À son retour en France, Alex avait été parrainé par le nouveau patron de la direction des opérations, le colonel Manfred Roger, pour intégrer la loge S. Avec les années, ce dernier avait été nommé général et grand patron de la DGSE. Alex, devenu maître franc-maçon, avait accédé au grade de lieutenant-colonel. Bien que peu attiré par une quelconque forme de spiritualité, il aimait l'ambiance qui régnait au sein de la loge. Là, il avait l'impression de prendre de la hauteur et d'œuvrer à quelque chose qui le dépassait. Ainsi, lorsqu'il n'était pas en mission, il s'investissait autant qu'il le pouvait dans les travaux de son atelier maçonnique.

Ce soir-là, deux planches avaient été exposées à l'assemblée. La première portait sur la symbolique des ténèbres. La seconde, sur la notion de fraternité.

Alex se rappelait sa première tenue. Pétrifié de surprise, il avait retrouvé lors de son initiation plusieurs de ses camarades et des vétérans de la boîte. À leurs pedigrees qu'il connaissait par cœur, il avait immédiatement compris ce qui

---

20 • Pistolet semi-automatique utilisé par les forces spéciales françaises en Afghanistan.

les rassemblait là. Quand on avait fait la terrible expérience du feu et de la mort comme chacun d'entre eux, on ne pouvait avoir pour frères que des hommes qui avaient connu le même genre d'épreuves.

Il était presque vingt-trois heures quand le vénérable maître Manfred Roger décida de procéder à la fermeture des travaux. La soixantaine énergique, il était chauve, avait de magnifiques yeux gris qui luisaient dans la pénombre, un nez et des lèvres de boxeur qui ornaient un visage presque poupon, et une voix rocailleuse habillée d'un fort accent gascon.

— Mes frères, les travaux de ce jour sont terminés. Nous avons droit au repos. Il ne nous reste plus, suivant l'usage ancien, qu'à enfermer nos secrets dans un lieu sûr et sacré et à nous unir en fraternité, dit-il.

Il proposa ensuite que se forme la traditionnelle chaîne d'union. Les membres de la petite assemblée se levèrent, se dégantèrent et se prirent par la main pour former une chaîne humaine.

Il reprit la parole.

— Que l'amour fraternel unisse tous les anneaux de cette chaîne formée librement. Celle-ci nous lie dans le temps et dans l'espace. Elle nous vient du passé et tend vers l'avenir. Par elle, nous sommes rattachés à la lignée de ceux qui la formaient hier. Conservons, les uns envers les autres, la plus fraternelle affection et travaillons à réaliser la grande œuvre de fraternité universelle. Mes frères, éprouvons puis ouvrons la chaîne !

Les frères agitèrent trois fois leurs bras reliés les uns aux autres pour figurer le mouvement d'une chaîne, puis ils se séparèrent. Manfred fit alors retentir son maillet.

— Maintenant reprenez vos places, mes frères !

Il s'adressa ensuite à l'homme qui se tenait à sa gauche.

— Frère second surveillant, où les apprentis francs-maçons reçoivent-ils leur salaire ?

Le second surveillant répondit d'une voix claire :

— À la colonne Boaz, vénérable maître !

Le vénérable tourna la tête vers le premier surveillant.

— Frère premier surveillant, les ouvriers sont-ils contents et satisfaits ?

— Vénérable maître, ils le témoignent par leur silence sur l'une et l'autre des colonnes, dit l'homme.

Le vénérable reprit la parole.

— Frère premier surveillant, à quelle heure les apprentis francs-maçons ont-ils coutume de clore leurs travaux ?
— À minuit, vénérable maître.

Puis le maître enchaîna à nouveau.

— Frère premier surveillant, quelle heure est-il ?
— II est minuit plein, vénérable maître.
— II est donc l'heure de les renvoyer. Puissent-ils continuer à travailler dans la liberté, la ferveur et la joie !

Manfred frappa un nouveau coup de maillet sur son pupitre.

— Debout et à l'ordre, mes frères ! Que la lumière qui a éclairé nos travaux continue de briller dans nos cœurs pour que nous achevions au-dehors l'œuvre commencée dans le temple. Que la paix règne sur la Terre !

Le premier surveillant s'exclama :

— Que l'amour règne parmi les hommes !
— Que la joie soit dans les cœurs ! enchaîna le second surveillant.

Puis, tenant une épée dans la main gauche et son maillet dans la main droite, Manfred les présenta à l'assemblée en levant les bras, concluant la cérémonie par la formule rituelle.

— À la gloire du Grand Architecte de l'Univers ! Au nom de la Franc-Maçonnerie universelle et en vertu des pouvoirs qui m'ont été conférés, je déclare fermée au grade d'apprenti, au premier degré du rite écossais ancien et accepté, cette respectable loge de Saint Jean constituée à l'Orient de Paris... À moi, mes frères, par le signe, la batterie et l'acclamation : Houzzai ! Houzzai ! Houzzai ! Liberté ! Égalité ! Fraternité !

Tous les membres de la loge reprirent alors en cœur :

— Houzzai ! Houzzai ! Houzzai ! Liberté ! Égalité ! Fraternité !
— Mes frères, nous ne sommes plus à l'ordre. Veuillez retirer vos gants ! Retirons-nous en paix, en jurant de respecter la loi du silence, conclut Manfred.

Avant de prendre congé, tous les frères tendirent le bras droit devant eux. La main à plat et le pouce en équerre, ils s'exclamèrent tous ensemble :

— Je le jure !

Alors que les membres de l'assemblée commençaient à se diriger vers la porte de sortie, Manfred interpella Alex et lui fit signe de le rejoindre.

— Mon très cher frère Alex, je te propose que nous nous retirions dans mon cabinet privé.

— Je suis à ta disposition, vénérable maître, répondit Alex.

Derrière le pupitre du vénérable, il y avait une porte dérobée qui donnait accès à une petite salle en pierre mal éclairée, vide de tout objet à l'exception d'un petit bureau et de deux chaises en bois décoloré. Les deux hommes prirent place chacun d'un côté de la table. Les mains posées à plat devant lui, Manfred fixa Alex droit dans les yeux.

— Mon très cher frère, je souhaite te confier une mission... d'un genre un peu particulier.

— J'ai reçu mes ordres officiels ce matin. Il s'agit donc d'une « autre » mission ?

— Affirmatif. Les consignes de la boîte consistent à ce que tu localises Jamal Hariri. Tu le sais, nous avons toutes les raisons de croire qu'il prépare un sale coup. Ton job, c'est de mettre la main sur lui. Ce que tu ne sais pas, c'est que le président de la République a reçu un appel du pape François à ce sujet. Le souverain pontife prépare une conférence sur la paix qui se tiendra mi-septembre au Vatican. D'après l'Élysée, le pape est très préoccupé par le risque d'un attentat. Il a demandé que nous collaborions avec ses services sur le dossier Hariri, ce qui est chose rare. Le président a évidemment accepté.

— Le Vatican n'a pas de services secrets, rétorqua Alex cyniquement.

— En effet. Mais laissons les enfantillages de côté si tu veux bien. Ton ami Paul Diner a été désigné par son patron pour enquêter avec toi sur Hariri. Officiellement, vous devrez donc vous communiquer toutes les informations importantes dont vous disposez.

— Et officieusement ?

— Eh bien, officieusement, il y a une autre affaire liée à Hariri. Une affaire très sensible pour notre fraternité.

— De quoi s'agit-il ? demanda Alex.

Manfred fronça les sourcils et serra les poings.

— Comme tu le sais, peu avant la fin de la Seconde Guerre mondiale, les SS ont caché des milliards ainsi que des œuvres d'art en Pologne. Parmi ces œuvres se trouvaient des biens séculaires appartenant à différentes loges françaises et allemandes que les nazis avaient volés. Depuis bientôt soixante-dix-huit ans, nous sommes à leur recherche. De ce que nous savons, une loge noire et irrégulière, à laquelle appartenaient des hauts gradés SS et répondant directement aux ordres de Himmler, détenait un livret appelé le *Michaelis* sur lequel était inscrit le nom des villes et les adresses des maisons où étaient cachés l'argent et les œuvres d'art. Officiellement, ce livret a été retrouvé et devrait être récupéré bientôt, avec le concours des autorités allemandes.

— Je sais déjà tout cela... Paul aussi, d'ailleurs. Donc je ne vois pas où est le problème, dit Alex en desserrant son nœud de cravate.

— Le problème, c'est que ce livret était originellement accompagné d'un second sur lequel figurait des numéros de comptes appartenant à de riches frères, tous morts en déportation. Ce livret a pour nom de code Spinoza.

— Spinoza ?... Mais c'était un juif converti ! Comment un SS a-t-il pu donner un tel nom de code ?

— Les nazis n'étaient pas à une contradiction près. Et tu n'ignores pas la fascination qu'ils avaient pour Goethe, qui était lui-même un grand admirateur de Spinoza... Mais tout cela est anecdotique. Aujourd'hui, ce que nous voulons, c'est récupérer ce livret.

— Quand tu dis « nous », tu parles de la DGSE ou de la franc-maçonnerie ?

— Dans le cas présent, ce qui intéresse l'une intéresse l'autre, répliqua Manfred. Car cet argent doit être restitué aux descendants de nos frères lâchement assassinés à Auschwitz et Treblinka.

— Très bien. Mais pour ceux qui n'ont pas eu de descendants ?

— L'argent des rares frères qui n'ont pas eu de descendance sera mis sur un compte spécial de l'État français qui pourra servir à ses opérations clandestines. Un tiers de la somme sera par ailleurs donnée au Vatican pour ses propres services de renseignement. Il sera mieux là que dans les mains d'individus dangereux.

— Je vois, dit Alex, l'air circonspect. Cependant, ce que je ne vois pas, c'est en quoi mon enquête sur Hariri a un lien direct avec ces comptes bancaires.

— Tu vas vite comprendre... En novembre 1946, à Lugano, un ancien officier SS du nom d'Aloïs Gheller a rencontré le mufti de Jérusalem qui était lié aux Frères musulmans. Gheller connaissait l'existence du premier livret, ayant lui-même fait partie de cette loge noire dont je t'ai parlé.

— Et donc ?

— Donc, Gheller, après avoir tué un certain colonel von Garner, ancien grand maître de la loge noire en question, a découvert que ce dernier détenait le second livret, dont le contenu était encore plus complet et beaucoup plus précieux que le premier. Gheller a assassiné von Garner et a récupéré le livret. On est à peu près certains qu'il l'a ensuite remis à al-Husseini.

— Comment ça, « à peu près certains » ?

— Après avoir rencontré une nouvelle fois al-Husseini, Gheller a été abattu par un agent du SDECE[21] qui avait pour mission de poursuivre et d'éliminer les anciens officiers SS qui tentaient de fuir vers l'Égypte et la Syrie.

— Je ne vois toujours pas où tu veux en venir.

— Eh bien, Gheller était un maniaque qui se déplaçait toujours avec un petit agenda sur lequel il notait le moindre de ses rendez-vous, comme leur objet. Cet agenda, l'agent du deuxième bureau l'a trouvé dans la chambre d'hôtel de Gheller après l'avoir exécuté quelques heures plus tôt, alors qu'il effectuait une balade nocturne sur les rives du lac de Lugano. Il était indiqué dessus que le mufti avait récupéré le second livret où étaient inscrits les numéros de comptes.

— Si cet argent a été récupéré par les islamistes il y a plus de soixante-dix ans, ce carnet n'a donc plus d'intérêt.

— Détrompe-toi. D'après un rapport que nous ont transmis nos amis du Mossad, les membres de la confrérie isla-

21 • Ancêtre de la DGSE, le Service de documentation extérieure et de contre-espionnage fut créé le 28 décembre 1945.

miste ont continué à exploiter les numéros de comptes appartenant à nos frères assassinés. En effet, quoi de mieux que de se cacher derrière des morts pour ne pas être repérés ?

— Tout le monde sait depuis longtemps que Hariri dispose d'une fortune colossale. Mais quel est le lien avec le carnet en question ?

— C'est lui qui le détient aujourd'hui. Et quels que soient les projets de ce salopard concernant la conférence organisée par le pape, il est évident qu'il utilise ces numéros de comptes et cet argent pour monter ses opérations terroristes. Il faut donc mettre la main sur lui et sur ce livret, ce qui portera un coup fatal à son organisation. Bien sûr, cette affaire est des plus secrètes. Il faudra donc observer une certaine réserve quant aux informations que tu partageras avec ton ami Paul Diner.

— Je vois... C'est une collaboration à sens unique en d'autres termes... Mais Diner est un type intelligent, et bien informé. Il en sait au moins autant que toi sur l'existence de ces comptes.

— Je connais tes liens avec Diner, et je n'ai rien à redire à cela. Toutefois, lorsque le sujet sera abordé entre vous, il faudra m'en avertir. Il n'est pas habituel que les francs-maçons et le Vatican travaillent main dans la main. La méfiance est donc de rigueur, même si le président de la République et le pape se sont entendus sur la façon de se répartir ces fonds.

Alex écarquilla les yeux, avant d'acquiescer.

— C'est bien compris, Manfred. Mais Diner est un vieux compagnon d'armes. Notre collaboration ne pourra fonctionner que si elle repose sur la confiance... À partir du moment où c'est moi qui suis choisi pour effectuer cette mission, j'entends la mener comme je le veux... Maintenant, si nous en avons fini, je vais me retirer. Demain, je dois me rendre dans ma famille avant de partir sur les traces de Hariri. En attendant, Athéna, notre agent qui est actuellement en Angleterre, m'a informé que son bras droit, Ahmed Salmane, sera à Londres dans moins d'une semaine pour participer à une rencontre secrète avec les dirigeants de l'organisation des Frères musulmans au Royaume Uni. Si quelqu'un est capable de nous aider à remonter la piste de Hariri, c'est elle.

— J'en suis convaincu, mon très cher frère. Athéna est une jeune femme remarquable même si, je l'avoue, ses méthodes peu orthodoxes me laissent parfois circonspect... Juste une chose avant de nous quitter. Si tu mets la main sur ce Salmane, ne recule devant rien pour le faire parler. Les enjeux sont importants. Et s'il ne se montre pas coopératif...

Manfred n'alla pas jusqu'au bout. Il prit une longue inspiration et dit simplement :

— Bref, tu m'as compris.

— C'est un ordre officiel ? rétorqua Alex.

— Disons que c'est une recommandation. Étant donné son profil d'assassin, le faire disparaître serait un moindre mal.

— Tu connais la formule : ceux qui invoquent le moindre mal oublient parfois qu'ils ont eux-mêmes choisi le mal, renchérit Alex.

Le visage de Manfred, irrité par la remarque de son protégé, s'empourpra. Il observa un court silence, puis reprit la conversation sur un ton qui ne souffrait aucune contradiction.

— Mon très cher frère Alex, tu es mieux placé que personne pour savoir que le terrorisme se nourrit d'individus comme Hariri et Salmane. Ces types sont des déracinés et des asociaux qui ne vivent que pour insuffler le châtiment suprême à l'Occident qu'ils jugent coupable de tous les maux du monde arabe... Un monde arabe qu'ils ne représentent aucunement, d'ailleurs. Ce ne sont que des idéologues et des assassins. Alors, disons qu'il est parfois préférable de recourir au mal pour préserver le bien. C'est là toute la raison d'exister de nos services. Après tout, nécessité fait loi ! Sur ce, je pense que nous nous sommes tout dit pour ce soir... Et n'oublie pas qu'avant ton départ en mission, tu as l'obligation de passer au briefing et de te mettre à l'isolement. Il me semble que tu t'en es dispensé la dernière fois.

Alex eut un sourire pincé, mais il ne répondit pas. Il n'avait pas rejoint le service Action pour qu'on le materne, et le fait qu'on lui rappelle ses manquements l'agaçait.

Manfred se leva et l'invita par un signe de la main à faire de même. Il se penchèrent alors l'un vers l'autre, se donnèrent une petite tape sur l'épaule et s'embrassèrent trois fois.

Alex remonta au rez-de-chaussée. Lorsqu'il se retrouva dehors, il jeta un coup d'œil de chaque côté de la rue. Excepté quelques rats qui galopaient entre les poubelles, elle était déserte. Il tendit les bras au-dessus de sa tête pour s'étirer, faisant craquer ses dorsales, puis il sortit de la poche droite de sa veste une petite boîte de cigarillos et un zippo sur lequel était gravée une arbalète. Il porta un cigare à ses lèvres et fit claquer son briquet métallique pour l'allumer.

Le regard sombre, il se mit à marcher lentement en direction du 11e arrondissement, là où se trouvait l'appartement dans lequel il vivait seul depuis qu'Alice, sa fiancée, l'avait quitté pour un autre : son propre frère.

La vraie vie des espions

Dans les environs de Nuits-Saint-Georges, le 20 juillet 2022. Le paysage, escarpé, était constitué d'une mosaïque de collines, de forêts et de prés qu'enveloppait la lumière ocre du petit matin. Un vent brûlant soufflait sur la vigne desséchée, ce qui n'était pas arrivé depuis des années. Depuis la falaise qui surplombait sa propriété, le vieux avait bien passé une heure à observer son garçon la sillonner. Par moments, il le voyait courber le dos et ramasser une poignée de terre qu'il portait à son nez pour en respirer les arômes de mûre et de pêche. Le vieux n'avait pas revu son aîné depuis plus d'une année, et il lui semblait qu'il avait vieilli. Ses cheveux avaient blanchi, et il avait un peu maigri. Cela l'émouvait.

Depuis que sa femme était morte, treize ans plus tôt, le vieux s'était replié sur lui-même, se mettant peu à peu en retrait de la conduite des affaires du domaine qu'il avait laissée à Pierre, le plus jeune de ses deux fils. Il aurait aimé qu'Alex vienne travailler avec eux. Après tout, il y avait de la place pour deux. Mais il avait choisi une vie d'aventures au sein des services secrets français. Une vie dont personne ne savait rien.

Alex était arrivé la veille par le train de seize heures. Le vieux était allé le chercher à la gare de Beaune dans son Range Rover bleu métallisé. Lorsqu'ils s'étaient retrouvés sur le parvis de la gare, il l'avait serré longtemps dans ses bras.

Une fois de retour au domaine, ils avaient passé la soirée à boire du vin assis autour de la vieille table en chêne, au fond du jardin, face à la magnifique demeure familiale faite de pierres de calcaire et de tuiles colorées et vernissées. Ils s'étaient remémoré les vieux souvenirs et avaient parlé de la récolte prometteuse qui s'annonçait, et un peu du mariage de Pierre qui devait avoir lieu deux jours plus tard.

Car Alex était venu pour ça.

Pierre lui avait pris Alice et il lui en avait longtemps voulu, mais il demeurait envers et contre tout son frère. De toute façon, il savait qu'Alice ne supportait pas son style de vie ni ses écarts réguliers. Elle aspirait à une vie stable, et ne pouvait se satisfaire d'une vie passée à l'attendre. Il ne lui en avait jamais tenu rigueur, car d'une certaine manière, il avait aussi fait son choix. Mais cela lui avait été difficile.

Ils s'étaient connus au lycée du Clos Maire à l'âge de seize ans, puis ils avaient suivi des cours de droit à la fac de Dijon, avant qu'il décide de s'engager dans l'armée. Très vite, il s'était fait remarquer et avait grimpé les échelons, ce dont elle était fière.

Lorsqu'il avait ensuite intégré le service Action, elle s'était inquiétée de la vie qui l'attendait, mais elle avait quand même accepté de s'installer avec lui à Paris. Il lui avait promis que cela ne durerait qu'un temps, et elle lui avait fait confiance. Mais avec les années, il s'était construit une deuxième famille et détaché d'elle. Lorsqu'il revenait de mission, il ne lui racontait presque rien, prétextant que c'était pour la protéger. La nuit, il lui arrivait de faire des cauchemars et de se réveiller en sursaut. Elle avait essayé de l'aider, mais il refusait son soutien.

Alors elle avait fini par se détourner de lui, retournant le plus souvent à Nuits-Saint-Georges. Là, elle voyait régulièrement Pierre qui se montrait gentil. Il était l'exact contraire de son frère : attaché à la famille et à la terre, toujours présent. Ce qui devait donc finir par arriver arriva. Elle tomba amoureuse de lui et quitta Alex.

Ainsi, il n'aimait pas revenir sur les terres familiales. Non pas qu'il ne s'y plaise pas, mais il lui était pénible de se retrouver au même endroit qu'Alice, et de la revoir.

Quarante-huit heures plus tard, Alice et Pierre s'étaient dit oui dans la maison du vieux, devant le curé du village. C'est le vieux qui l'avait voulu, car c'est là qu'il s'était marié, comme son père avant lui. Hormis la famille et les témoins, il n'y avait personne.

Longiligne, Pierre ressemblait à son frère. Il avait le visage lisse et de superbes yeux clairs. D'un naturel paisible, il donnait l'impression d'être né avec le sourire. Ses mains solides et un peu rugueuses exhalaient la terre. Simple, il portait ce jour-là un costume gris clair en lin. Alice avait choisi une robe longue en soie sauvage avec un décolleté profond qui mettait en valeur sa poitrine. Sa chevelure blonde et bouclée traînait sur ses épaules.

Depuis le début de la matinée, elle n'avait presque pas parlé avec Alex, contrairement à Pierre dont il était le témoin.

Le prêtre avait prononcé une longue homélie sur la fidélité et la solidarité que se doivent les époux. Il avait eu un mot pour Alex, le frère militaire, si loin et tant aimé.

En début de soirée, une centaine d'invités s'étaient retrouvés au château du Clos de Vougeot. C'était un lieu majestueux, érigé au XIIe siècle au milieu des vignes, ceint par de hauts murs de pierre élevés à l'époque cistercienne puis à la Renaissance.

Engoncé dans son smoking bleu nuit, Alex observait les invités qui festoyaient autour de leurs tables, affairés à dévorer leur filet de sandre au verjus et à descendre des bouteilles de Nuits-Saint-Georges 1989. Il jeta un coup d'œil au vieux en pleine discussion avec le maire du village. À 75 ans, il aimait toujours autant parler de politique, même s'il disait le contraire. Lorsqu'il s'agaçait d'un propos ou d'une idée qui ne lui convenait pas, il se cabrait sur sa chaise, fourrait sa main droite dans sa crinière léonine et partait à l'assaut de son interlocuteur, la mâchoire en avant. Alex le regardait avec tendresse et l'admirait. Son père incarnait à ses yeux l'exemple même de la beauté masculine, de la force et de la sagesse.

À dire vrai, Alex aimait toutes les personnes qui étaient là. Il les connaissait d'ailleurs pour la plupart depuis son plus jeune âge. Pourtant, il ne se sentait pas à sa place. Car ici, le temps semblait s'être arrêté un siècle plus tôt. Ainsi, les gens du coin ne se sentaient pas concernés par ce qu'il se passait à l'autre bout du monde, et celui des espions appartenait à leur imaginaire. Du reste, qui aurait pu soupçonner qu'il y en ait un parmi eux ? Bien sûr, ils savaient tous qu'Alex était militaire, mais la version officielle et acceptée était qu'il travaillait comme analyste au ministère des Armées.

Après le repas, les mariés avaient ouvert le bal sur un air de Léo Ferré, *C'est extra*. Alex s'était ensuite levé pour inviter à danser, sur un mouvement de valse, celle qui était désormais sa belle-sœur. Pas parce qu'il en avait envie, mais parce qu'il considérait qu'il fallait le faire.

— Tu as fait le bon choix, lui avait-il dit.

— Tu ne m'en veux plus ? avait-elle juste répondu.

— Je n'en veux qu'à moi. Pierre est un type formidable. Tu auras une belle vie avec lui.

Elle n'avait pas répliqué. Elle avait un peu baissé les yeux, et ils avaient tourbillonné près de trois minutes avant qu'Alex ne retourne à sa place.

Au moment où il allait s'asseoir, son téléphone portable vibra. Il le tira de sa poche intérieure et regarda l'écran. Un SMS apparut : « Cher papa, le colis est bien arrivé. Je t'embrasse. Athéna. »

C'était le signal qu'il attendait. Demain, il partirait à Londres... sans passer par le centre de briefing.

***

Rome, le 23 juillet 2022. Paul Diner esquiva de peu le coup de poing. Il se décala sur la droite, attrapa le poignet de son adversaire d'une main et lui saisit le coude avec l'autre. Il exerça alors une pression sur son bras ankylosé et le fit chuter. L'homme, un Asiatique vêtu d'un kimono noir, roula sur le parquet sans un cri et se releva aussitôt. Il pivota sur lui-même, se mit en garde et balança un coup de pied retourné qui percuta Paul en pleine poitrine. Le choc, violent, lui coupa le souffle. Il tomba à genoux. L'homme arma alors son bras de façon à lui asséner le coup de grâce avec le tranchant de la main.

Dans un dernier sursaut d'énergie, Paul para son attaque en positionnant son avant-bras au-dessus de la tête, puis il lui décrocha un coup de poing dans le plexus. L'homme s'effondra tout net. Paul lui tendit aussitôt la main pour l'aider à se relever.

— Je crois que l'entraînement est fini pour aujourd'hui, mon vieux Mako.

— L'élève a enfin dépassé le maître ! répondit le Japonais en se relevant, un sourire malicieux sur les lèvres. Tu es en pleine possession de tes moyens. Lorsque tu rentreras de mission, nous nous affronterons au boken[22]. On verra si tu es aussi fort qu'avec tes poings.

Les deux hommes se fixèrent, et ils se saluèrent en inclinant la tête. Paul regarda sa montre.

— Je dois filer chez moi pour préparer mes bagages. Un long voyage m'attend. On se retrouve dans quelques semaines, mon vieux Mako !

---

22 • Sabre en bois qui sert à l'entraînement en aïkido.

Il se dirigea vers le vestiaire, quitta son kimono, prit une douche rapide et enfila son costume. Vingt minutes plus tard, il était à l'extérieur du dojo le plus secret d'Italie, celui où étaient entraînés les agents du service des opérations clandestines du Vatican.

Paul Diner ne recevait jamais personne chez lui. Il avait choisi une vie simple et ascétique. En dehors de la moto, son principal loisir était les arts martiaux qu'il pratiquait avec Mako Takenjitsu, ancien commandant de l'armée japonaise et expert en karaté et en aïkido.

Le reste de son temps libre était consacré à la prière et à la lecture de textes sacrés. Il éprouvait par-dessus tout une fascination pour les manuscrits hébreux remontant aux temps les plus anciens, comme pour les écritures originales de la Kabbale qu'il aimait consulter à la Bibliothèque apostolique du Vatican.

Depuis qu'il avait pris ses fonctions, Paul vivait dans un deux-pièces cossu mis à sa disposition par le Saint-Siège et situé à moins d'une minute du Campo de' Fiori. Depuis la fenêtre de sa chambre, il pouvait apercevoir la statue en bronze de Giordano Bruno, moine philosophe du XVIe siècle fasciné par la magie et condamné au bûcher par l'Inquisition. Paul, qui avait lui-même un penchant pour les sciences occultes, l'admirait.

Au milieu de son salon, lumineux, trônait une longue table en verre trempé et quatre chaises au-dessus desquelles était suspendu un lustre vénitien. Sur la droite, un canapé en cuir blanc faisait face à un écran large disposé sur un socle mobile. Sur les murs, il n'y avait aucun tableau. Mais sur chacun d'entre eux était accrochée une paire de katanas et deux wakizashis[23]. Le sol était quant à lui jonché de tapis persans en cachemire, propriétés du Vatican.

Un verre d'eau minérale à la main, Paul s'enfonça dans le canapé. Il saisit la télécommande et se connecta sur CNN. Les images qui défilaient en boucle montraient le président américain annonçant, devant un parterre de journalistes, le déblocage de fonds pour soutenir l'armée ukrainienne.

« *Les États-Unis d'Amérique sont déterminés à soutenir le peuple ukrainien au moment où il continue la lutte pour défendre sa souveraineté. Dans le cadre de cet engagement, je suis fier d'annoncer notre plus grande tranche d'assistance sécuritaire à ce jour qui se montera à environ 2,98 milliards de dollars d'armes et d'équipement* », balbutiait péniblement le locataire de la Maison-Blanche, éreinté et presque figé derrière son pupitre.

Paul leva les yeux au ciel. Il n'était pas dupe de la politique du nouveau président américain. À peine quelques mois après son accession au pouvoir, ce dernier avait lâché l'Afghanistan, la guerre étant devenue impopulaire aux États-Unis. Il s'inquiétait de la menace qui montait à Taïwan et voulait à tout prix dissuader les Chinois d'envahir la petite île. Affaiblir Moscou en finançant et en armant son ennemi était une façon de leur adresser un message subliminal qui pouvait se résumer à ceci : « Regardez ce qui vous attend ! Si vous attaquez Taïwan, l'Amérique ne restera pas les bras croisés. » Il savait aussi qu'en jouant la carte de la confronta-

23 • Sabre court japonais que portaient les samouraïs.

tion avec les Russes, il avait réanimé l'Organisation du traité de l'Atlantique nord et boosté le commerce des armes, tout en obligeant les Européens à se fournir en gaz de schiste aux États-Unis.

Paul éteignit la télévision. Il se leva, posa son verre sur la table et se dirigea vers un buffet en bois massif du XVIIIe siècle fermé à double tour. Il tourna deux fois la clé en fer vers la droite et l'ouvrit délicatement. Apparut alors sous ses yeux une rangée de couteaux et de dagues disposés sur un râtelier en ivoire. Il saisit un poignard pourvu d'une lame en céramique indétectable aux rayons X, et le tira de son étui. Il le fit alors tournoyer et virevolter entre les doigts de sa main gauche, avant de le jeter en l'air et de le rattraper. Puis il regarda l'arme et, comme s'il s'agissait d'un être vivant, lui adressa la parole.

— Toi, je t'emmène avec moi !

Car Paul Diner, le prêtre espion, détestait les armes à feu. Réticent à tuer un adversaire même en situation de légitime défense, il utilisait uniquement des armes blanches.

Il rangea le couteau dans son étui et le fourra dans la poche de sa veste. Il fit un signe de croix, puis il alla dans sa chambre pour préparer son sac de voyage. Sur son lit était posé son autre arme de prédilection : un nunchaku formé de deux morceaux de bois octogonaux reliés par une simple corde.

Athéna

Londres, le 27 juillet 2022. La nouvelle vague de Covid-19 qui frappait l'Europe avait été particulièrement sévère avec l'Angleterre. Près de deux millions et demi de personnes avaient été infectées ces dernières semaines, ce qui n'empêchait pas la capitale anglaise de renouer avec ses charmes d'avant la pandémie.

En ce début de soirée, les bords de la Tamise avaient rendez-vous avec leur lot de joggeurs et de flâneurs. Les enseignes lumineuses de Piccadilly Circus étincelaient, et les restaurants, les terrasses de bars et les rooftops branchés attiraient à nouveau une clientèle cosmopolite venue du monde entier.

Athéna avait passé l'après-midi à faire les boutiques sur Regent Street. Elle s'était offert un élégant bracelet-chaîne doré à l'or fin incrusté de minuscules boules, une fine paire de gants en cuir verni et un foulard de tête en soie Vivian Westwood incrusté de motifs indiens.

Vers dix-neuf heures, éreintée par son shopping, elle s'était installée au comptoir du Planet Hollywood où elle avait commandé un *veggy burger* accompagné d'un *long island ice tea*[24]. L'endroit n'était pas vraiment propice au délassement. Dans cette ambiance festive, le bruit des verres et des plats déposés par les serveurs sur les tables, additionné au cliquetis des couverts et au brouhaha des conversations, rendait toute forme d'intimité impossible. À tous ces éclats sonores s'ajoutait une odeur de viande et d'épices poivrées. Et bien que la salle à manger soit non fumeur, on aurait dit qu'il s'y répandait des senteurs de cigare. Il pouvait dès lors sembler insolite qu'une jeune femme élégante et belle de surcroît vienne chercher un peu de calme en ce lieu.

Mais cela n'avait pas l'air de la déranger. Elle semblait absente, mystérieusement détachée de ce qu'il se passait tout autour d'elle. Sa tenue, raffinée sans être ostentatoire, lui donnait une allure singulière. Elle était vêtue d'une robe bustier rouge à décolleté plongeant assortie à ses escarpins Louboutin et à son sac à main en cuir. Il aurait fallu être totalement aveugle pour ne pas remarquer cette rousse énigmatique d'un mètre soixante-quinze au visage ambré, aux yeux bleus éblouissants et au nez légèrement retroussé.

Alors que le restaurant commençait à faire le plein et que le disc-jockey jouait *Crisis* de Cory Wong, elle remarqua

---

24 • Cocktail à base de rhum blanc, vodka, gin, triple sec, tequila et Coca.

qu'un homme dégustait un verre de Saint-Émilion grand cru à moins d'un mètre d'elle. Il était lui aussi accoudé au comptoir et, même à cette distance, elle respirait les effluves incommodants de son eau de toilette bon marché. Elle lui jeta un regard suffisant et leva les yeux au ciel. Le type ne broncha pas. Il avait la cinquantaine élégante, une chevelure sombre coupée en brosse, le visage brun et une épaisse moustache grisonnante. Il portait un costume gris, une chemise bleue froissée sans cravate et une paire de mocassins Weston râpés.

Il était arrivé quelques minutes après elle en compagnie d'un autre homme à la barbe de trois jours, attifé d'un blouson en cuir, qui se tenait en retrait à quelques mètres, prostré derrière une table sur laquelle était posé un Coca. C'était visiblement son garde du corps. Elle y prêta à peine attention et retourna se perdre dans ses pensées.

Cependant qu'elle portait nonchalamment sa coupe à ses lèvres, un type en costume beige passa à côté d'elle et la bouscula sans même s'excuser. Elle vacilla et son verre lui échappa pour aller se fracasser sur le sol, éclaboussant les chaussures de son voisin. Elle se leva immédiatement de son tabouret, confuse. Et bien qu'elle ait copieusement ignoré ce dernier jusque-là, elle s'adressa à lui, décontenancée.

— Je... je suis désolée, monsieur. Le verre m'a échappé... Je ne sais pas comment faire pour m'excuser.

Elle avait une voix suave et un anglais parfait. L'homme baissa la tête, fixa un instant ses chaussures tachées par l'alcool, puis il se tourna vers elle. Il la dévisagea sévèrement, vit que ses yeux étaient humides comme si elle allait pleurer, observa ses mains longues et fines. Remarquant qu'elle ne portait aucune alliance, il lui sourit.

— Je vous en prie, mademoiselle, ce n'est rien.

Il avait une voix grave, avec un fort accent arabe. Athéna lui rendit son sourire et s'assit sur son tabouret. Elle ajusta sa robe, embarrassée.

— Je peux vous offrir un verre pour me faire pardonner ? questionna-t-elle naïvement.

— J'accepte volontiers de prendre un verre avec vous à condition que ce soit moi qui vous l'offre, mademoiselle... ?

— Je m'appelle Athéna. Athéna Knight.

Elle lui tendit la main.

— Ravi. Mon nom est Ahmed Salmane. Mais appelez-moi Ahmed.

— Vous êtes Arabe ?

— Je viens d'Amman. Je suis diplomate. Je suis ici pour quelques jours, pour des réunions de travail à l'ambassade de Jordanie.

— Vous êtes Jordanien ? Votre pays est magnifique ! J'ai visité Petra[25] l'année passée. J'accompagnais une délégation de l'entreprise pour laquelle je travaille.

— Dans quel domaine travaillez-vous ? l'interrogea-t-il, méfiant.

— Oh, je ne fais rien de très passionnant contrairement à vous. Je suis une simple traductrice qui travaille pour le compte d'une grande boîte. J'ai un bon salaire et des avantages, si vous voyez ce que je veux dire...

---

25 • Site archéologique nabatéen situé au sud-ouest de la Jordanie, particulièrement prisé par les touristes.

— Et vous êtes venue à Londres pour raison professionnelle ? la questionna-t-il encore.

— Non... enfin, oui... jusqu'à hier. Mon patron est rentré à Paris et je profite de quelques jours de congé. J'adore Londres ! dit-elle, visiblement excitée.

L'homme sourit à nouveau, tout en se caressant la moustache. Il fit soudain claquer ses doigts et interpella le serveur.

— S'il vous plaît, remettez-nous la même chose !

Le serveur, un type baraqué en tee-shirt bleu, s'exécuta et revint deux minutes plus tard avec la commande qu'il posa sur le comptoir. Entre-temps, Ahmed Salmane avait rapproché son tabouret de celui d'Athéna et avait commencé à la questionner sur sa vie, alors que le disc-jockey jouait cette fois une chanson de Robert Palmer, *Every Kind of People*.

— Jusqu'à quand restez-vous à Londres ? demanda Salmane.

— Je reste encore quatre jours, dit-elle.

— Formidable. Vous avez déjà un programme établi ?

— En fait, je n'ai jamais de programme. Je vis au gré de mes envies et des rencontres. Mais j'ai prévu de visiter le British Museum. Leur collection d'art égyptien est l'une des plus belles au monde, paraît-il. Et puis il y a aussi le Waddesdon Bequest où sont exposés des objets précieux offerts par la fondation Rothschild. Vous aimez l'art ?

— Oui. Mais je n'ai malheureusement pas beaucoup de temps pour cela. Peut-être pourrais-je vous accompagner lorsque vous irez au musée ?

Elle baissa les yeux, troublée. Il comprit qu'il avait été trop direct. C'était une Française, et les Françaises n'aimaient pas les approches trop directes. Il essaya de se rattraper.

— Je suis désolé. Je ne voulais pas me montrer déplacé, mademoiselle. Dites-moi à quel hôtel vous demeurez et, si vous le souhaitez, mon chauffeur vous raccompagnera.

Elle releva la tête et redressa son buste, bombant la poitrine. Les pupilles de ses yeux étaient dilatées. Elle lui adressa un sourire.

— Ne vous inquiétez pas. Vous n'avez rien dit qui soit inconvenant. Au contraire... Écoutez, j'ai prévu d'aller au musée demain après-midi. Si vous voulez, vous pouvez me rejoindre sur Great Russell Street... disons à quatorze heures trente !

Le visage de Salmane s'illumina. Il avait touché droit au but. Il sentit alors son sexe se déployer sous son pantalon. Il l'aurait bien baisée tout de suite, mais jouer les amants éperdus dans la capitale londonienne l'excitait davantage. Il pouvait donc bien attendre vingt-quatre heures avant de la fourrer dans son lit. Ce qu'il ferait d'elle ensuite était une autre affaire. De toute façon, qui se soucierait d'une petite traductrice française ? Car la règle fixée par Jamal était claire. Ne laisser personne en vie qui puisse un jour identifier l'un des membres de l'organisation.

— C'est parfait. Ma dernière réunion à l'ambassade se termine vers treize heures. Le temps de passer quelques coups de fils, et je vous rejoins.

Malgré la lumière tamisée, il s'aperçut que le visage d'Athéna s'était empourpré. Elle prit son verre et le tendit devant lui pour porter un toast.

— Formidable, reprit-elle. À notre rendez-vous au musée !

Il tendit à son tour sa coupe dans sa direction. Leurs deux verres s'entrechoquèrent. Elle but une mince gorgée de son *long island ice tea*, posa le verre sur le comptoir et se leva, tirant une nouvelle fois sur sa robe pour la réajuster.

— Bien ! Je vais renter à mon hôtel. Elle lui tendit sa main droite, qu'il saisit entre les siennes.

— Je vais vous faire raccompagner par mon chauffeur.

— Je ne veux pas vous ennuyer...

— Ne refusez pas, c'est mon plaisir, protesta-t-il poliment. Puis il interpela son garde du corps en arabe, lequel vint les rejoindre aussitôt, tel un dogue obéissant à son maître. Il lui murmura alors quelques mots en arabe.

— Ali, tu la raccompagnes à son hôtel. Tu vérifies que c'est bien là qu'elle loge. Ensuite, tu me fais un scan des réseaux sociaux à son nom et tu demandes au CID[26] si elle est dans leurs fichiers. On n'est jamais trop prudent. Elle dit s'appeler Athéna. Athéna Knight. Si elle te pose la moindre question à mon sujet, tu lui réponds que je suis diplomate et que je suis à Londres dans le cadre d'un projet de coopération archéologique entre nos deux pays. Même si elle n'a pas l'air futée, il est hors de question de lui parler des raisons de ma présence ici.

---

26 • Criminal Investigation Department au Qatar.

Le garde du corps acquiesça d'un hochement de tête, puis il tendit le bras en direction de la sortie, invitant la jeune femme à lui emboîter le pas.

En franchissant le sas de la porte, elle contempla le ciel étoilé et légèrement couvert de brume. La nuit s'annonçait agréable. Elle sortit son téléphone portable et composa un message : « Mon cher papa, j'ai rencontré le prince charmant. Retour hôtel dans quelques minutes. »

À quelques centaines de mètres de là, Alex était au volant d'un Land Cruiser noir aux vitres fumées, en train de dévorer un sandwich club en compagnie de Paul Diner, assis à la place du mort. Son téléphone vibra et le SMS d'Athéna s'afficha sur son écran.

— C'est bon, dit-il à Paul. Athéna a établi le contact avec la cible. On la retrouve à son hôtel.

— Ah ! Les femmes françaises... soupira Paul. Quelle efficacité redoutable !

— Surtout celles qui travaillent pour mon service, ricana Alex. Et tu n'as encore rien vu !

Lorsqu'Ali s'arrêta devant l'hôtel, le brouillard, dû à l'humidité estivale, envahissait la rue. Le parebrise était recouvert de buée. Athéna prit son temps avant de descendre de la voiture, fouillant dans son sac. Elle tira de son portefeuille un billet de cinq livres qu'elle lui tendit innocemment en guise de remerciement. Il fronça les sourcils et refusa de le prendre. Elle comprit qu'elle l'avait vexé et s'excusa. Décidément, elle cumulait les gaffes.

Une fois qu'elle fut partie, il sortit de son véhicule et se rendit à la réception pour vérifier qu'une chambre était bien retenue au nom d'Athéna Knight.

La réponse obtenue, il retourna à sa voiture, saisit son téléphone portable et consulta Facebook et LinkedIn. Elle avait des comptes sur les deux plateformes, et une centaine d'amis. Son profil indiquait qu'elle était traductrice pour la société France International Composants. Ses posts sans intérêt la montraient faisant du sport ou en balade touristique à Petra et à Dakar. Il y avait aussi beaucoup de photographies de chats. Cela lui sembla ridicule et le fit ricaner. « Salmane est encore tombé sur une pauvre fille, pensa-t-il. Enfin, c'est toujours mieux que ses putes habituelles. Au moins celle-là ne lui coûtera rien de plus qu'un dîner. »

Il composa ensuite un SMS en arabe, et il appuya sur la touche *envoi. Demande de vérification à propos d'Athéna Knight, de nationalité française.* Puis il patienta une vingtaine de minutes avant de recevoir une réponse qui tenait en ces quelques mots : *Athéna Knight, orpheline. Cadre dans une entreprise du quartier de la Défense. Son dossier est clean.*

Il n'y avait donc aucune raison de se méfier d'elle. Ali se dit que son patron serait rassuré. Il devait cependant réfléchir à la façon de la faire disparaître une fois que Salmane aurait fini de s'amuser avec elle. Buter des putes et se débarrasser de leurs corps était simple, car personne ne s'inquiétait pour elles. Mais là, il s'agissait quand même d'une ressortissante française travaillant pour une grande firme. Il faudrait être inventif, même si sa disparition n'alarmerait vraisemblablement pas grand monde.

S'il avait su de qui il s'agissait vraiment, peut-être aurait-il pensé différemment.

Pour ses amis, Athéna Knight – son véritable nom était Marie-Élisabeth Knightley – était employée au service traduction d'une multinationale du CAC 40 qui produisait des composants pour l'industrie aéronautique.

Enfant unique née d'une mère française avocate et d'un père américain trader, elle avait passé son enfance et la première partie de son adolescence aux États-Unis, vivant entre le New Jersey et l'État de New York.

Élève du lycée français de New York, c'était une jeune fille brillante et bien dans sa peau. Elle se préparait à passer son baccalauréat avec deux ans d'avance quand ses parents furent tués le 11 septembre 2001, lors de l'attentat des tours jumelles. Elle n'avait que quinze ans.

Recueillie par sa grand-mère maternelle qui vivait à Paris, elle poursuivit ses études au lycée Henri IV, puis intégra une grande école de chimie à l'issue de laquelle elle suivit les cours de l'Institut d'études politiques, puis rejoignit l'Institut national des langues et civilisations orientales.

Après l'enterrement de ses parents, elle ne parla plus jamais d'eux, ce qui avait choqué son entourage. En secret, elle avait pourtant juré, devant leurs tombes, qu'elle les vengerait. Et c'est ce qu'elle avait fait, puisqu'à la sortie de l'Inalco[27], elle avait passé le concours de la DGSE. Très vite, elle avait intégré le service Action où elle s'était spécialisée

27 • L'Institut national d'apprentissage des langues orientales, où sont parfois recrutés les agents des services secrets français.

dans les techniques de manipulation mentale et l'utilisation des poisons. Elle n'y était cependant pas restée. Elle était à n'en pas douter une vraie patriote, mais la quête qu'elle poursuivait ne pouvait s'inscrire dans le cadre parfois très administratif du service qui lui imposait trop de règles et de paperasses. Alors elle s'était mise à son compte, devenant une supplétive à laquelle la DGSE – comme ses alliés américains – faisait appel régulièrement.

Comme convenu, Athéna avait attendu une heure avant de quitter sa chambre. En entrant, elle avait posé ses clés sur une petite console en verre et s'était dirigée vers la fenêtre pour s'assurer qu'Ali était bien parti. Rassurée, elle s'était déshabillée, avait pris une douche, puis s'était changée pour enfiler des vêtements plus simples. Cela lui avait pris une trentaine de minutes. Ensuite, elle avait posé les écouteurs de son IPod sur ses oreilles, et s'était allongée sur son lit. Elle avait fermé les yeux et écouté un concert du grand compositeur et pianiste japonais Ryuichi Sakamoto, accompagné du chanteur britannique David Sylvian qui interprétait sa chanson phare, *Forbidden colours*, sur laquelle elle focalisa toute son attention, répétant à voix basse les paroles.

The wounds on your hands never seem to heal
I thought all I needed was to believe
Here am I, a lifetime away from you
The blood of Christ, or the beat of my heart
My love wears forbidden colours

Quand vint enfin le moment de quitter sa chambre, Athéna s'assit un moment en tailleur sur le matelas et tira une photo de son portefeuille posé sur la table de nuit. C'était un vieux tirage du début des années 80 sur lequel on pouvait voir ses parents qui se promenaient dans Central Park. Ils se tenaient par la main et avaient l'air amoureux. Les voir ainsi lui donnait du courage chaque fois qu'elle devait accomplir une nouvelle mission. Une fine larme perla le long de sa joue droite. Elle se frotta les yeux et regarda sa montre. L'heure avait tourné. Il fallait y aller. Elle rangea la photo, se leva et sortit.

Elle prit soin de passer par l'escalier de service qui se trouvait au bout du couloir et d'emprunter l'issue de secours située au sous-sol pour rejoindre l'extérieur. Dehors, il lui sembla que l'atmosphère était devenue écrasante en raison de l'humidité croissante. Elle marcha une centaine de mètres et rejoignit Alex et Paul, garés dans une rue contiguë.

Lorsqu'ils la virent, ils la trouvèrent méconnaissable. La crinière en bataille, elle portait un tee-shirt blanc à manches longues sous lequel on devinait ses seins, un jean bleu délavé et des baskets montantes lacées autour de ses chevilles.

Elle monta à l'arrière du véhicule et remarqua qu'Alex était vêtu de sa tenue habituelle : une chemise bleue et un pantalon en toile blanc qui tombait sur des chaussures de marche. Sur sa hanche droite, accroché à sa ceinture, elle vit qu'il portait un holster dans lequel était glissé un pistolet semi-automatique.

Paul arborait quant à lui un costume beige. Le type qui l'avait bousculée au Planet Hollywood, c'était lui. Dans sa poche, était dissimulé son couteau en céramique.

Alex démarra. Ils roulèrent ensuite une vingtaine de minutes à faible allure, avant de rejoindre Montgomery

Street, à l'est de la capitale. Excepté un camion de ramassage des ordures, la rue, en proie à la pénombre, était déserte.

Là, ils s'arrêtèrent devant une maisonnette à la façade grisâtre et aux volets fermés. Ils descendirent tous les trois en silence et, une fois à l'intérieur de l'habitation, ils se faufilèrent dans un petit salon dénué de toute décoration dont les murs étaient flétris et recouverts d'une tapisserie verte affreusement fleurie. Il y avait là une table enveloppée d'une toile cirée ambrée sur laquelle était posée une bouteille de Saint-Georges single malt ainsi qu'une pile de gobelets en carton, six chaises en plastique et un vieux téléviseur derrière lequel pendaient des rideaux mauves aux extrémités rongées par les mites.

— L'endroit n'est pas très engageant mais il est mis à notre disposition par nos amis du MI6[28]. Il a été entièrement sécurisé par leurs soins. Nous pouvons donc parler sans aucun risque, dit Alex.

— Parfait ! renchérit Paul. Je propose qu'on aille droit au but.

Ils s'assirent autour de la table. Paul ouvrit la bouteille de whisky et servit trois verres. Ils les portèrent à leurs lèvres, sans toutefois vider leurs gobelets.

Athéna fut la première à prendre la parole. Elle parla d'un ton assuré qui contrastait avec celui qu'elle avait employé en compagnie de Salmane.

— Je retrouve notre cible demain, près du British Museum. Ensuite je me charge de lui faire faire une longue

28 • MI6 : service de renseignements extérieurs du Royaume-Uni.

visite pour l'épuiser. Je pense qu'il me proposera de passer la soirée avec lui. S'il ne le fait pas, je saurai user des bons arguments pour le garder avec moi. Un peu avant vingt-deux heures, je lui sortirai le grand jeu. Je l'embrasse et il m'emmène dans son hôtel cinq étoiles, le mien n'étant pas assez chic pour lui. Une fois dans sa chambre, je m'arrange pour le mettre au lit... C'est alors que nous pourrons commencer le show, dit Athéna.

— Tu n'as aucune appréhension ? demanda Paul.

— L'ex-capitaine Athéna Knight n'a jamais peur de rien ! C'est la raison pour laquelle elle travaille avec nous sur cette opération. C'est sûr qu'au Vatican, vous n'avez pas de telles supplétives, ricana Alex en se frottant la barbe, avant même que la jeune femme ne réponde.

Paul fit semblant de ne prêter aucune attention aux mots de son ami. Il se contenta simplement de fixer la jeune femme.

— Le plus important, chère Athéna, c'est que Salmane soit immobilisé quand Alex entrera dans la chambre. Moi, je m'occuperai du garde du corps et de sécuriser l'extérieur. En principe, tout devrait se dérouler sans accroc. Il faudra juste que vous soyez très convaincante. D'après sa fiche de renseignement, Salmane est un pervers sexuel. Son truc, c'est la soumission... Donc, plus vous le ferez monter en pression, plus il se montrera docile. Étant donné vos nombreux atouts, je ne doute pas que vous réussissiez à le dompter.

Il sortit alors une boîte en métal de la poche de sa veste et l'ouvrit, reprenant son exposé.

— Comme vous le savez, ma chère Athéna, le poison est dans cette petite fiole. Il a été conçu pour bloquer les agents chimiques qui contrôlent les signaux nerveux transmis au cœur. En clair, son but est de déclencher une crise cardiaque. Il faudra l'introduire dans la seringue quelques minutes avant d'entrer en action. Pour ce faire, vous n'aurez qu'à vous isoler deux minutes, dans les toilettes par exemple... Faites bien attention à ne pas vous piquer, car vous n'en réchapperiez pas. À partir du moment où vous aurez injecté le produit à Salmane, il ne lui restera pas plus de trente minutes à vivre. Ensuite, son cœur s'arrêtera de battre. Alex et vous aurez donc peu de temps pour le convaincre de se mettre à table.

Athéna savait tout cela par cœur, mais elle écoutait religieusement tout ce que lui disait Paul. Elle avait conscience qu'être une experte en poison ne la mettait pas à l'abri d'une erreur, et un protocole strict voulait que les consignes soient répétées devant chaque agent qui participait à une opération homo[29], fût-il un supplétif ou un honorable correspondant[30]. Elle saisit la petite boîte et la glissa dans son sac à main.

— C'est bien compris, dit-elle à Paul.

Alex, qui demeurait impassible, regarda sa montre puis intervint à son tour.

— Afin de prendre le maximum de précautions, le MI6 a mis en place un dispositif de sécurité autour de ton hôtel et de celui de Salmane. Demain, lors de la visite du British

29 • Une opération homo est une opération d'assassinat ciblé menée en principe par une unité spéciale du service Action de la DGSE, la cellule Alpha.

30 • Collaborateur bénévole ou rémunéré de la Direction générale de la sécurité extérieure (DGSE).

Museum, nous assurerons également tes arrières avec leurs agents. Là où nous serons, tu ne nous verras pas, mais nous serons prêts à intervenir en quelques secondes si les choses ne se déroulaient pas comme prévu. Surtout, garde ton téléphone portable allumé, ce qui nous permettra de te géolocaliser.

Athéna opina du chef sans mot dire. Elle connaissait la musique.

— Eh bien, puisque tout est dit, je reconduis Athéna à son hôtel ! Paul, je reviens ici dans une heure, acheva Alex en se levant.

* * *

Le lendemain à quatorze heures trente, Ahmed Salmane arriva à pied sur Great Russell Street. Son garde du corps marchait à quelques mètres derrière lui, faisant semblant de flâner tel un touriste. La rue était bondée de promeneurs et de vacanciers.

Lorsqu'il vit Athéna, le visage de Salmane s'éclaira. Elle était vêtue d'une robe courte et moulante en cuir blanc cerclée d'une chaîne en métal argenté, et portait des cuissardes à talons hauts. Sa tignasse était maintenue en arrière par un foulard de soie jaune.

Il scruta la moindre de ses formes avant de lui saisir la main et de poser délicatement ses lèvres dessus.

— Chère Athéna, vous ressemblez à un ange venu du ciel. Vous êtes splendide !

— Merci, Ahmed. Vous êtes trop mignon ! Vous n'êtes pas mal non plus... Mais je suis certaine que beaucoup de femmes vous l'ont déjà dit...

Il se raidit, gonflé d'orgueil.

— Ne tardons pas... Le musée est grand et je suis impatient de le découvrir en votre compagnie, dit-il, faussement sincère.

Athéna, qui avait en tête la fiche profil d'Ahmed, savait qu'il ne s'intéressait à rien en dehors des femmes et des manuels de guérilla. Comprenant qu'il était pressé d'en finir avec la visite pour la mettre dans son lit, elle prit le parti de l'exciter encore plus. Elle lui saisit la main, la plaqua contre sa poitrine.

— Oui. Ne tardons pas... Et puis après la visite, je meurs d'envie que vous m'emmeniez dîner dans un bon restaurant. Enfin... si vous voulez bien que nous restions ensemble ce soir ?

Ahmed sentit que son sexe se raidissait. Décidemment, cette rouquine avait le don de l'échauffer. Il acquiesça.

Ils se dirigèrent alors vers les imposantes colonnes qui marquaient l'entrée du musée, sans que Salmane se doute qu'il apparaissait dans la ligne de mire d'un sniper du MI6 posté sur le toit d'un immeuble des alentours, camouflé sous une bâche blanche.

Ali leur emboîta le pas, à mille lieues d'imaginer lui aussi qu'un deuxième tireur d'élite braquait son L96A[31] sur lui.

31 • Fusil de précision utilisé par les snipers de l'armée britannique.

Alex et Paul se trouvaient quant à eux à l'intérieur du musée, vêtus de la tenue noir et blanc des vigiles qui assuraient la surveillance des lieux. Leur plan était parfaitement rodé.

En prévision de la soirée, ils avaient mis deux autres dispositifs en place. Le premier au Goring, un restaurant réputé pour ses cailles farcies où Salmane avait ses habitudes lorsqu'il venait à Londres et où il aimait inviter ses maîtresses d'un soir. Le second au River Café, un restaurant italien situé près de la station de métro Hammersmith où Athéna avait prévu de l'emmener.

Plus branché, plus jeune et donc plus bruyant, elle savait que l'endroit serait un peu moins calme. Et ce qu'elle voulait par-dessus tout, c'était exciter et fatiguer Salmane pour abaisser ses défenses émotionnelles et le rendre plus manipulable.

La visite du British Museum, comme la soirée au restaurant, se passèrent selon les plans. Après plus de quatre heures à arpenter les galeries du British Museum, Athéna et Salmane s'étaient enfin rendus, flanqués d'Ali qui les suivait toujours tel un toutou, au River Café. La cuisine du restaurant, équipée d'un magnifique comptoir de couleur aluminium et d'un four à bois, s'ouvrait sur une élégante salle à manger. On y dégustait des spécialités transalpines dans une ambiance sympathique, les serveurs opérant leur service comme s'il s'agissait d'une chorégraphie millimétrée.

Durant le dîner, Athéna avait fait boire Salmane dans le but de l'éreinter. Elle l'avait aussi assommé de potins sans intérêt afin d'abaisser son niveau de méfiance. Elle avait ainsi évoqué les derniers scandales sexuels qui entachaient l'ex-premier ministre anglais Boris Johnson, parlé du dernier James Bond qu'elle avait adoré et qui lui semblait tellement original, ainsi que de son voyage organisé en Jordanie. Elle lui avait aussi confié avoir rompu avec son dernier compagnon, directeur commercial adjoint d'une grande marque de cosmétiques français, après deux ans de vie commune, parce que « cette espèce de beauf s'était amouraché de sa secrétaire ». En évoquant ce souvenir douloureux, elle avait même versé une larme. Salmane avait fait mine d'écouter attentivement tout ce qu'elle lui racontait, bien qu'il n'en ait pas grand-chose à faire. Mais le sourire libidineux qu'il affichait, ainsi que son regard empli de désir, montraient que sa « légende »[32] faisait son effet. Elle allait donc pouvoir le manipuler comme elle le souhaitait.

Ils étaient sortis à vingt-et-une heures quarante-cinq et, parvenus dans la rue sous un magnifique ciel étoilé, Salmane l'avait prise dans ses bras. Il avait posé sa bouche contre ses lèvres, elle avait fermé les yeux et s'était laissé faire.

À vingt-deux heures quinze, Ali les avait déposés devant l'hôtel du roi Georges, le palace où logeait Salmane.

En pénétrant dans le lobby, ce dernier avait claqué des doigts en passant devant la réception. Le maître d'hôtel, habitué aux manières indélicates de son client, savait que cela signifiait qu'il voulait qu'on lui monte une bouteille de Dom Pérignon 2003, le meilleur avant de baiser.

À vingt-deux heures dix-huit, ils arrivèrent au cinquième étage et pénétrèrent dans une chambre sans âme de trente

32 • Légende : vie que s'inventent les espions du service Action munis d'une fausse identité.

mètres carrés, dotée d'un lit double orné en son extrémité d'une barre en métal argenté, d'un espace salon et d'une salle de bains avec baignoire et douche. À vingt-deux heures dix-neuf, elle l'avait embrassé, puis l'avait poussé sur le lit. Elle avait ensuite commencé à se déshabiller devant lui, laissant la lumière allumée.

Sans enlever ses cuissardes, elle avait d'abord retiré la chaîne qui lui servait de ceinture et l'avait laissée tomber par terre, puis elle avait fait glisser lentement sa robe le long du corps. Elle ne portait pas de soutien-gorge. Salmane contempla sa poitrine gonflée et ses tétons hérissés, ce qui l'excita. Elle s'appuya ensuite sur un bureau d'angle étroit qui faisait face au lit, souleva délicatement ses jambes et fit glisser le string blanc qui voilait son sexe. Enfin, elle se baissa, ramassa sa chaîne argentée et l'enfila autour de sa taille nue.

Elle s'approcha de Salmane, lui retira sa veste et sa chemise. Elle dégrafa sa ceinture, fit glisser son pantalon et son caleçon par terre. Il se retrouva nu à son tour, assis sur le lit. Elle le poussa d'un geste presque brutal pour le forcer à s'allonger.

Le sexe de Salmane, poilu, était raide. Elle approcha sa bouche et commença à le lécher très lentement. Il se hissa sur le lit, posant sa tête sur un énorme coussin moelleux.

— Tu veux jouer un peu ? demanda-t-elle.

— Qu'est-ce que tu me proposes ?

— Vous, les hommes, vous êtes toujours pressés de tout savoir, dit-elle en riant et renversant la tête en arrière. Moi, j'aime prendre le temps et faire des cachoteries... C'est plus romantique. Ferme les yeux et laisse-toi faire, tu verras bien...

Elle reposa sa langue sur son gland et le lécha.

Salmane hésita, mais l'envie de continuer était trop forte. Il ferma les yeux.

— Vas-y. Fais ce que tu veux... Mais n'oublie pas qu'Ali veille sur moi à l'extérieur, gronda-t-il en guise d'avertissement.

Elle haussa les épaules comme si cela ne la concernait pas. Glissant le pénis de Salmane dans sa bouche, elle commença à faire des mouvements de va-et-vient très lents avec sa tête, tout en détachant la chaîne qu'elle portait autour de la taille. Avec son pouce droit, elle appuya en son milieu sur un minuscule rivet et la chaîne se sépara en deux. Elle releva la tête, passa sa langue sur ses lèvres et positionna son sexe à hauteur de celui de Salmane. Elle saisit son gland et s'empala délicatement dessus.

Il commença à pousser de petits grognements. Tout en balançant son corps au-dessus de lui, elle lui saisit le poignet gauche et l'attacha à la tête de lit avec l'un des morceaux de sa chaîne. Elle fit ensuite de même avec l'autre poignet. Il se laissa faire. Une fois qu'il fut attaché, elle lui banda les yeux avec sa chemise qui traînait encore sur le lit. Puis elle se retira d'un coup et se leva.

— Que fais-tu ?
— Rien. Un petit souci féminin... Je n'ai pas pris ma pilule. Attends-moi une minute.

Elle alla jusqu'à son sac posé sur un fauteuil et en retira la boîte dans laquelle se trouvait le poison. Elle prit la petite fiole qui se trouvait à l'intérieur, l'ouvrit et y plongea la seringue pour en aspirer le contenu.

À vingt-deux heures vingt-cinq, Paul Diner avait revêtu son costume de prêtre qu'il traînait avec lui en toute occasion. Car personne, au cours de sa longue vie d'espion, ne s'était jamais méfié d'un prêtre. Et il ne voulait pas éveiller la suspicion d'Ali. Il était accompagné par Patrick Rogers, un petit type trapu aux épaules robustes, recrue récente du MI6.

Les services anglais avaient demandé à la direction de l'hôtel que l'accès au cinquième étage soit interdit à leurs clients durant dix minutes, invoquant un contrôle des bouches d'aération.

Le plan était simple : à vingt-deux heures vingt-huit, Paul, vêtu de son uniforme noir de curé, sortirait de l'ascenseur, précédant Patrick de quelques pas. Il aurait son couteau sur lui. Arrivé à la hauteur d'Ali qui montait la garde, assis sur une chaise devant la porte de la chambre de son patron, il le prendrait par surprise en lui pointant sa lame sur la carotide. S'il bougeait ne serait-ce que d'un cil, le type savait qu'il mourrait aussitôt.

Patrick Rogers le mettrait alors en joue avec son Browning et lui passerait les menottes aux poignets. Tout cela devait se dérouler sans bruit.

Paul était un as dès qu'il s'agissait de manier une arme blanche. Au couteau comme au nunchaku, sa main ne tremblait jamais. Il était tellement précis dans ses gestes répétés des milliers de fois lors des entraînements avec Mako, qu'il ne doutait pas le moins du monde de lui. Il était véritablement programmé pour neutraliser, sans brutalité inutile, ses adversaires. D'ailleurs, ses proies comprenaient immédiatement que, face à lui, elles n'avaient aucune chance.

Lorsque, appuyant sa lame sur le cou d'Ali, il avait posé un doigt devant sa bouche pour lui faire comprendre qu'il devait se taire, le molosse avait obéi sans opposer aucune résistance. Paul le savait : les gros baraqués étaient beaucoup plus dociles qu'on ne l'imaginait.

Leur opération s'étant déroulée sans le moindre accroc, à vingt-deux heures trente-et-une, Patrick et lui conduisirent leur prisonnier au rez-de-chaussée où une équipe du MI6 l'embarqua pour une destination inconnue.

L'opération se déroula ainsi sans bruit, et sans aucun coup porté.

Au même moment, alors qu'Athéna revenait s'allonger auprès de Salmane, sa seringue à la main, on frappa à la porte de la chambre. Une voix brailla : « Le champagne de monsieur ! »

— Va ouvrir, dit Salmane. Avec du champagne, ce sera encore mieux.

Athéna se dirigea vers la porte sans prendre le soin de se vêtir, ne fût-ce même que d'un drap. Lorsqu'elle ouvrit, il n'y avait plus trace d'Ali. Mais Alex était bien là, déguisé en room service, un plateau en argent à la main et une bouteille de Dom Pérignon 2003 posée dessus. Il fit un clin d'œil à Athéna.

— Le champagne que monsieur a demandé !
— Posez-le sur le bureau, dit-elle.

Il entra dans la chambre et ferma la porte derrière lui, pendant qu'Athéna retournait sur le lit se coller contre Salmane.

— Ces satanés British ! ricana le Jordanien. Ils ont toujours le chic pour nous servir le champagne alors qu'on est en pleine action. Mais ça n'a pas l'air de te déranger qu'on te mate pendant que tu baises, dit-il à Athéna.

Elle ne répondit pas, et lui planta d'un coup violent la seringue dans le bas du ventre, lui injectant le venin fatal.

— Salope ! hurla-t-il en sursautant. Qu'est-ce que tu me fais ?

— Ce n'est rien... Juste une petite surprise. Elle lui retira son bandeau.

Lorsqu'il ouvrit les yeux, il fut sidéré. Alex, dans sa tenue de room service, braquait son arme sur lui. Athéna, totalement nue à l'exception des jambières qu'elle portait, tenait la seringue dans sa main droite.

— Je vais faire court, dit-elle. Ne compte plus sur ton garde du corps, il est hors jeu. Et si tu cries, mon ami ici présent te fume sur le champ. Tout ce que je te demande, c'est de coopérer avec nous et tu en sortiras peut-être vivant.

Le visage de Salmane devint livide. Il ne bandait plus.

— Qu'est-ce que tu m'as injecté dans le corps, sale pute ? éructa-t-il.

— Un poison qui te tuera en moins d'une demi-heure si tu ne réponds pas à nos questions. En revanche, si tu nous donnes ce que l'on attend de toi, je t'injecterai l'antidote.

— Vous bluffez ! Et de toute façon, vous ne me laisserez jamais repartir, dit-il.

— Bien sûr que si. Une fois que tu nous auras raconté ce que nous voulons savoir, il te sera impossible d'aller cafter auprès de ton patron. Hariri t'abattra aussitôt. En revanche, en ne lui disant rien de notre rencontre et en travaillant pour nous, tu resteras en vie, répondit Athéna.

— Espèce de truie ! cria Salmane. Et lui, qui c'est ? Il fait partie de la DGSE ?

— Il n'est pas utile que tu saches qui il est, ni pour qui il travaille. Disons que c'est mon papa et qu'il est très fâché de me trouver ici avec toi.

Alex intervint.

— Merci de cette présentation, Athéna. Maintenant, je pense que tu peux aller te rhabiller.

Athéna s'exécuta immédiatement. Elle ramassa ses habits et se dirigea vers la salle de bains.

— Monsieur Salmane, reprit Alex en regardant le terroriste, nous n'avons pas beaucoup de temps devant nous. Alors j'irai droit au but. *Primo*, je souhaite que vous me disiez où se trouve Jamal Hariri. *Secundo*, je veux savoir ce qu'il prépare et pourquoi il s'intéresse au pape. *Tertio*, il me serait agréable de savoir où se trouve un certain livret sur lequel figure une liste de comptes numérotés appartenant à de vieux amis de ma famille.

Bien que Salmane sache qu'il était en mauvaise posture, il fixa Alex droit dans les yeux.

— Vous êtes de la DGSE... J'en suis sûr ! Ou alors vous bossez pour le Vatican.

— C'est un peu tout ça à la fois, dit Alex en jetant un rapide coup d'œil à sa montre. Mais qu'importe, le temps passe. Dans moins de vingt-cinq minutes, vous serez mort ! Alors dépêchez-vous.

— Qu'est-ce qui me garantit que vous allez me laisser en vie si je parle ?

— Contrairement à vous, nous ne sommes pas des assassins, répondit Alex.

— Vous allez me libérer si je vous dis ce que je sais ?

— Oui. Vous avez ma parole.

Salmane réfléchit quelques secondes. Il eut un rictus étrange. L'inquiétude commençait à se lire sur son visage.

— Je ne sais pas où est Hariri en ce moment. Mais je sais qu'il doit se rendre en Afghanistan dans les jours à venir... À Kaboul.

— Pour quoi faire ?

— Il doit rencontrer Ayman al-Zawahiri, le chef d'Al-Qaïda.

— Où précisément ? interrogea Alex.

— Je ne sais pas. Le lieu de la rencontre est tenu secret. Tout a été organisé avec l'aide du nouveau gouvernement taliban... maugréa Salmane.

— Et quels sont ses plans ?

— Il prépare un attentat contre le pape. Il est persuadé qu'en le tuant, il va porter un coup fatal aux Occidentaux. Mais il a d'autres projets en tête.

— C'est-à-dire ?

— Il a plusieurs autres cibles en vue. Mais je ne sais pas lesquelles.

— Quand et où veut-il frapper le pape ?

— Il ne m'a rien dit de plus pour le moment. Il prend ses ordres à Kaboul, mais ce sont ses contacts en Iran qui doivent lui fournir une partie de la logistique nécessaire à ses plans.

— En Iran ? Qu'est-ce que les Iraniens ont à foutre dans cette histoire ? Le pape n'est pas un objectif pour eux.

— Il ne s'agit pas de l'État iranien, mais d'une organisation secrète qui œuvre au sein des Gardiens de la révolution... Ils se font appeler les Fedayins de l'Islam[33]. Bien qu'ils soient chiites, ils sont liés à l'organisation des Frères musulmans.

— En quoi consiste leur soutien ?

— Je n'en ai pas la moindre idée. Hariri ne m'a jamais mis dans la confidence de ses relations avec les Iraniens. Mais je sais que les Fedayins de l'Islam disposent d'une base secrète dans le golfe Persique. Ils y stockent de l'uranium appauvri qu'ils utilisent pour la fabrication de certaines munitions. Utilisé à grande échelle, cet uranium, c'est l'arme du jugement final, car il empoisonne l'air après un bombardement et contamine les populations. Il est presque impossible de s'en débarrasser.

Alex cogita quelques secondes. Ce qu'il entendait lui semblait surréaliste.

— Hariri est capable de recourir à de tels procédés ? demanda-t-il à Salmane.

— Il est capable de tout. Sa haine de l'Occident est sans limite ! grogna l'islamiste.

— Où se trouve précisément la base des Fedayins de l'Islam ?

— Sur l'île de Grande Tunb, au sud de l'Iran.

— De combien d'hommes disposent-ils sur place ?

— Peut-être une trentaine. Mais ils sont surentraînés.

---

33 • En français, les « auto-sacrificateurs de l'Islam ». Il s'agit d'un groupe islamiste iranien fondé en 1946, qui a inspiré l'ayatollah Khomeini.

— Et les armes qui étaient à bord du *Maltese*. À qui étaient-elles destinées ?

— Je ne sais pas à quoi ni à qui elles doivent servir. Jamal ne me dit pas tout. Moi, j'étais juste chargé de les réceptionner à Doha... Jamal se méfie de tout le monde. Même de moi.

— On peut le comprendre, répliqua Alex. On n'est jamais mieux trahi que par les siens. C'est pour ça que vous avez buté le pêcheur espagnol et le capitaine du bateau ?

— Le pêcheur en avait trop vu. C'est moi qui m'en suis occupé alors qu'il essayait de s'enfuir... Quant au capitaine, il n'était pas fiable. Il nous avait vendus aux services français.

Alex fit mine de ne pas réagir. Il laissa à nouveau peser un lourd silence, puis reprit l'interrogatoire.

— Quel est le numéro de téléphone de Hariri ?

— Il utilise un appareil crypté, comme le mien. Et son numéro change régulièrement... Toutes les soixante-douze heures. Son dernier indicatif était en Suisse.

— J'imagine que tu l'as enregistré sur ton portable ? Sous quel pseudo ?

— Alain Dunatier... Mais ne vous fatiguez pas. Il vous sera impossible de le géolocaliser. Lorsqu'il se déplace, il retire systématiquement sa carte SIM.

— Ne t'inquiète pas pour ça. Nous sommes plein de ressources, répliqua Alex.

Il regarda une nouvelle fois sa montre.

— Bon... On n'a plus que treize minutes... Maintenant, parle-moi un peu du livret qui renferme les numéros de comptes. Où se trouve-t-il ?

— Vous êtes mal renseignés. Il n'y a plus de livret depuis longtemps ! Jamal l'a détruit.

— Ce n'est pas possible. Ce livret est la source même du financement de votre organisation, objecta Alex.

— Je vous le répète, il l'a détruit. Trop de personnes voulaient mettre la main dessus : les Français, les Israéliens, et même les francs-maçons ! Mais Jamal en a appris par cœur le moindre détail, le moindre numéro de compte qui figurait dessus. Il est doté d'une mémoire exceptionnelle. Maintenant, le livret, c'est lui.

Alex demeura silencieux. Il était perplexe. Il dévisagea Salmane, nu sur le lit, les bras attachés. « Quel con », pensa-t-il. « Et dire que des types comme lui prétendent combattre au nom d'Allah. » Salmane le sortit de ses réflexions.

— Vous allez me détacher ? aboya-t-il.

Alex allait répondre quand la porte de la salle de bains s'ouvrit. Athéna s'était rhabillée.

— Alors, on le libère ? lui demanda-t-il.

Elle regarda sa montre. Il restait environ quatre minutes, peut-être cinq, avant que le poison ne fasse effet.

— Tu as donné ta parole, répondit Athéna.

Elle se tourna vers Salmane.

— C'est dommage. Tu n'es pas un super coup, mais dans une autre vie, on aurait pu s'amuser ensemble.

Salmane cracha dans sa direction. Elle resta imperturbable et lui adressa un sourire. Elle s'avança ensuite vers lui et le détacha, sous le regard impassible d'Alex qui le tenait en joue. Salmane se leva, ramassa ses affaires et, tout en commençant à les enfiler, il s'adressa à Alex.

— Tu vas me donner l'antidote ?

— Habille-toi et on va te l'administrer.

— Non, je veux que tu me le donnes maintenant !

— Tu es du mauvais côté du pistolet, connard. Donc tu obéis, tu enfiles tes fringues et on s'occupera de toi.

Salmane se dépêcha d'empoigner ses vêtements, quand soudain son bras gauche se raidit. Son cœur se mit à battre de façon irrégulière. Il ressentit une douleur aiguë dans la poitrine, comme si un étau l'enserrait. Son souffle commença à se faire plus court. Il s'allongea sur le lit et adressa un regard affolé à Alex.

— L'antidote. Donnez-moi l'antidote... Vite ! Il suffoquait.

— J'ai oublié de te le dire : il n'existe aucun antidote au poison que t'a administré Athéna. Désolé.

— Vous... Vous m'aviez promis de me laisser libre. Sa... Salopards.

— Libre, oui... Mais pas en vie. Allez, rassure-toi, tu vas bientôt pouvoir t'éclater au paradis. Il paraît que des tas de vierges attendent les mecs comme toi là-bas.

Salmane écarquilla les yeux, tendit la main droite vers Athéna comme s'il l'appelait à l'aide. Elle ne broncha pas.

Il tenta de se lever, mais tomba sur le sol aussitôt. Elle s'approcha se son corps inerte, se baissa paisiblement et appuya l'index et le majeur de sa main droite sur sa carotide.

— Ce salopard est mort, dit-elle.

— C'est parfait, répondit Alex. Nos amis du MI6 s'occuperont des formalités.

— Et Ali ?

— Paul et le MI6 ont fait le nécessaire, et en toute délicatesse. Ali est entre les mains des services anglais. Officiellement, il se sera saoulé après avoir appris la crise cardiaque de Salmane. Le rapport dira qu'il a pris sa voiture totalement ivre, qu'il a percuté un autre véhicule et blessé involontairement son conducteur. Il sera donc inculpé pour ivresse au volant. Cela va permettre aux Anglais de le garder à l'ombre le temps nécessaire.

— C'est pas un peu court comme scénario ? demanda Athéna.

— Court ou pas, ce sera la version officielle, et tout le monde la croira. Tu n'imagines pas à quel point nos adversaires sont parfois naïfs.

— OK. Et pour les comptes bancaires, tu vas mettre Paul au courant ?

— Évidemment ! Avec ou sans la permission de Manfred, il n'est pas question que je cache quoi que ce soit à un frère d'armes, même si c'est un curé ! ricana-t-il ironiquement.

La guerrière

Standing Rock, Dakota du Nord, le 28 juillet 2022. La réserve était traversée par une route de trois cents kilomètres de long. On pouvait la parcourir des heures entières sans rencontrer âme qui vive. L'immense prairie infertile qu'elle transperçait était à la fois majestueuse et angoissante. Jalonnée de roches effilées, elle offrait en certains endroits la vision d'un paysage lunaire. Le plus impressionnant était le sifflement du vent qui pouvait, selon une vieille légende, rendre sourd.

Durant presque dix mille ans, les plaines environnantes avaient été le terrain de chasse des Amérindiens. Vers le XVIIIe siècle, les Sioux y avaient fondé un véritable empire, dont la ressource principale provenait du bison. Puis avec l'arrivée des colons blancs, ils avaient tout perdu. Huit mille Indiens, des Sioux Hunkpapas pour la plupart, vivaient éparpillés au cœur de ces grands espaces devenus symbole de chagrin et de souffrance. S'ils portaient encore dans leur chair les stigmates des guerres passées, la plupart d'entre eux choisissaient de s'engager dans l'armée américaine vers l'adolescence. C'était une façon, pour ces descendants des redoutables guerriers qui avaient chevauché aux côtés de Sitting Bull lors de la bataille de Little Big Horn, de perpétuer leur héritage militaire. Car une tradition perdurait chez les Hunkpapas : celle de la voie du guerrier. Ainsi, que l'on soit un jeune homme ou une jeune fille, le fait de rejoindre une unité de l'armée était considéré comme un rite initiatique qui permettait de devenir un adulte accompli.

Jane Red Eagle avait elle aussi respecté cette coutume. À l'âge de 17 ans, elle avait rejoint le Corps des Marines. Durant ses classes à Fort Bragg, elle avait travaillé dur pour pouvoir devenir sous-officier.

Tireuse d'élite confirmée, elle avait été affectée en 2004 en Afghanistan, sur la base de Bagram, quartier général des forces spéciales américaines. Elle avait participé là-bas à des opérations de « neutralisation ». Lors de ses six premiers mois de mission, elle avait abattu neuf jihadistes.

À Bagram, elle avait rencontré Alex et Paul à deux reprises. C'était à l'occasion de débriefings. Un soir, elle avait couché avec Alex. Et le lendemain, elle rejoignait l'Irak où elle avait été intégrée au 2e bataillon du 22e régiment d'infanterie. Elle avait effectué là-bas plusieurs missions dangereuses qui lui avaient permis de monter en grade et de devenir officier.

En 2006, elle avait recroisé brièvement Alex dans la province d'Al-Anbar. Elle avait participé avec son groupe à la libération d'un ingénieur français détenu par une organisation jihadiste, la Brigade de la vigilance pour l'Irak[34]. L'otage avait ensuite été remis à une équipe de débriefing de la DGSE dont Alex faisait partie. Le soir de leurs retrouvailles, ils s'étaient débrouillés pour passer la nuit ensemble. Mais cette fois, c'était Alex qui avait disparu le lendemain.

En 2008, elle avait rejoint une unité de la CIA dont la mission était de mener des opérations d'assassinat ciblées contre les terroristes d'Al-Qaïda. Ses résultats avaient été tels qu'elle s'était rapidement élevée au grade de commandant. Elle était rentrée aux États-Unis durant trois ans et demi pour travailler au siège, mais son emploi de bureau ne lui plaisait pas. En 2012, elle était repartie sur le terrain et avait participé à plusieurs missions d'infiltration en Syrie, où elle avait été blessée à la hanche. Immobilisée durant quatre mois, elle avait songé à démissionner. Mais sa hiérarchie lui avait proposé un poste d'officier de liaison à l'ambassade des États-Unis à Paris. Là, elle avait revu Alex de nombreuses fois, mais toujours en cachette car il partageait la vie d'Alice. Au bout de quelques mois, ne supportant plus son incapacité à choisir entre elles deux, elle l'avait quitté. Depuis, ils ne s'étaient plus donné de nouvelles.

En 2016, elle était retournée aux États-Unis. Langley[35] lui avait proposé une nouvelle promotion : prendre, en tant que colonelle, la tête de l'unité dans laquelle elle avait servi en Syrie. Elle avait accepté.

34 • Un otage français a bien été détenu en 2006 par la Brigade de la vigilance pour l'Irak. Après s'être échappé, il a été récupéré par un bataillon américain commandé par un colonel d'origine amérindienne.

35 • Siège de la CIA, en Virginie.

Aujourd'hui, à 45 ans, elle faisait la fierté de sa famille et de toute la réserve où elle revenait aussi souvent qu'elle le pouvait.

Jane ne sortait pas vraiment d'un milieu favorisé. La réserve était de toute façon pauvre, et la plupart de ses congénères vivaient des subventions allouées par le gouvernement fédéral. Ses parents avaient toutefois réussi à acheter un petit ranch où ils élevaient du bétail. C'était une solide bâtisse en pierre et en bois, construite sur deux étages au milieu de la prairie. Un jour, se disait-elle, ce serait à son tour de reprendre les rênes de l'affaire familiale et de la faire fructifier.

Elle était arrivée de Virginie trois jours plus tôt. Son père avait fait un malaise et sa mère, inquiète, l'avait appelée depuis l'hôpital de Fort Yates[36] où il avait été transporté. Jane avait sauté dans le premier avion qui l'avait amenée jusqu'à la ville de Pierre, dans le Dakota du Sud, puis elle avait loué une voiture pour terminer le voyage. Lorsqu'elle était parvenue à destination, son père était déjà de retour au ranch. Elle l'avait trouvé endormi sur le vieux rocking-chair qui trônait dans le salon, devant la télévision allumée.

Durant les deux jours qui avaient suivi, elle s'était occupée du troupeau et de réparer la clôture abîmée. En cette fin d'après-midi, alors qu'elle chevauchait encore au milieu des hautes herbes, son stetson enfoncé sur ses longs cheveux noirs, elle entendit un bruit familier qui venait du ciel. Elle leva la tête et aperçut un hélicoptère qui se posait devant la

36 • Siège du comté de Sioux, dans l'État du Dakota du Nord.

demeure familiale, soulevant un tas de poussière autour de lui. Elle donna un coup de talon à sa monture, un alezan à la robe vermeille, et galopa jusqu'au ranch.

Lorsqu'elle fut parvenue à hauteur de l'appareil dont les pales s'étaient enfin arrêtées de tourner, elle vit qu'un officier gringalet et glabre, arborant l'uniforme et le képi blancs de l'US Navy, devisait avec ses parents sur le perron de leur maison. Elle tira sur les rênes, et son cheval hennit. Elle sauta à terre et courut vers eux.

L'officier tourna la tête et la salua.

— Mes respects, mon colonel. Je suis le lieutenant Mackenzie. C'est Langley qui m'envoie. Comme je le disais à vos parents, votre présence est requise de toute urgence. Une opération conjointe avec les services secrets français est en préparation. D'après leurs renseignements, un terroriste de niveau un a été localisé au Qatar. Il doit se rendre en Afghanistan pour rencontrer le chef d'Al-Qaïda, Ayman al-Zawahiri.

— Si Langley fait appel à moi, c'est qu'aucune opération au sol n'est prévue ?

— Nous n'avons pas d'équipe sur zone capable de réagir dans un délai aussi bref. L'utilisation d'un drone a été préconisée par monsieur Burns[37] pour abattre Zawahiri. Et c'est vous qui avez été choisie pour diriger l'opération. Vous avez dix minutes pour faire vos bagages et dire au revoir à votre famille. Pour la voiture que vous avez louée, Langley la prendra en charge jusqu'à ce que vous soyez de retour.

37 • William Joseph Burns a été nommé directeur de la CIA par le président Joe Biden en 2021.

Jane enleva son chapeau, le confia à sa mère, et se précipita à l'intérieur de la maison.

Cinq minutes plus tard, elle était déjà de retour, un petit sac en toile autour de l'épaule. Elle portait un jean serré, une chemise rouge et une veste en peau de daim à longues franges.

— Je suis prête, capitaine. Vous pouvez donner l'ordre au pilote de mettre en route.

Elle embrassa ses parents, puis courut vers l'hélicoptère. Ils ne dirent presque rien car chez les Sioux, on n'a pas l'habitude des longs épanchements.

Lorsque l'hélicoptère prit son envol, elle jeta un dernier coup d'œil à la prairie sur laquelle le soleil, écarlate, étendait ses derniers rayons.

* * *

Détroit d'Ormuz, le 30 juillet 2022. Long d'une centaine de mètres, le *Dupuy-de-Lôme* était un navire collecteur de renseignements de la Marine nationale française voguant dans les eaux du golfe Persique. Il effectuait des missions au profit de la Direction du renseignement militaire et de la Direction générale de la sécurité extérieure dans le cadre de la lutte antiterroriste. Moderne et ressemblant à un bâtiment civil, il était équipé d'un long mât à l'avant, lequel abritait un détecteur de radar ARBR 21 et un intercepteur de transmissions.

Alex, Paul et Athéna avaient rejoint la base militaire française d'Abu Dhabi la veille, à bord d'un Falcon 2000 LX mis à leur disposition par la DGSE. Ils avaient dormi durant la majeure partie du trajet, et n'avaient presque pas échangé un mot. Lorsqu'ils avaient tué, les espions n'avaient pas envie de parler.

Athéna s'était jointe à ses compagnons sur ordre de Manfred. Ce dernier considérait qu'elle s'était montrée à la hauteur de la mission qui lui avait été confiée à Londres et qu'un troisième agent, *a fortiori* spécialiste en manipulation, ne serait pas de trop. Depuis les confessions de Salmane sur la destruction du livret, éliminer Hariri n'était plus une option, car lui seul avait connaissance des numéros de comptes. Il avait donc besoin de le capturer pour le faire parler. La présence de la jeune femme pouvait dès lors s'avérer précieuse.

À leur arrivée, un officier avait directement conduit, dans un vieux P4, Athéna, Paul et Alex sur le quai où les attendait le navire espion. Lorsqu'ils étaient montés à son bord, Alex avait immédiatement reconnu le capitaine de frégate Pierre de Lafaille qu'il avait croisé à plusieurs reprises lors de briefings à la DGSE.

Le *Dupuy-de-Lôme* avait ensuite appareillé et pris la direction du détroit d'Ormuz, lequel formait une voie stratégique d'accès incontournable au golfe Persique depuis l'océan Indien. Du fait de sa proximité avec l'Asie centrale, cette zone offrait de nombreux avantages aux agents du *DPL*, leur permettant de lancer des opérations d'écoute jusqu'en Afghanistan.

En début de soirée, les trois espions avaient été reçus à la table du capitaine, dans une petite pièce de vingt mètres carrés qui faisait office de salle à manger et sur les murs de laquelle étaient accrochés trois tableaux représentant des batailles navales d'un autre temps.

Le pacha[38] s'était assis au centre de la table, de façon à bien voir chacun de ses invités. Athéna portait une combinaison-pantalon noire en lin qui tombait sur des sneakers. Ses deux compagnons étaient vêtus de pantalons cargo à poches et de chemises blanches.

En entrée, le maître d'hôtel mis à la disposition du capitaine leur avait servi une tranche de melon au porto, puis en plat de résistance un filet de saumon cuit au beurre blanc, garni de riz au citron. Le tout était accompagné d'un Chablis 2016.

Les conversations avaient porté sur la situation dans le golfe Persique, où d'importantes tensions persistaient, notamment avec la marine iranienne.

En fin de repas, alors que le maître d'hôtel leur servait une coupe de glace au rhum, ils furent interrompus par le chef de quart qui entra dans la salle et s'adressa au capitaine du *DPL*.

— Commandant[39], nous avons repéré le signal d'un Orion P3[40] iranien. Il a survolé notre bâtiment à trois reprises.

---

38 • Surnom donné au commandant d'un navire dans la marine nationale.

39 • C'est ainsi que l'on s'adresse à un capitaine de frégate.

40 • Avion espion iranien.

— Quelle était sa dernière position ?

— Il s'est éloigné en direction des côtes iraniennes dès qu'il a compris que nous l'avions détecté.

— Ils doivent essayer de savoir ce que nous faisons dans les parages. Bon... Soyez vigilants. Seules les communications prioritaires sont autorisées durant les prochaines vingt-quatre heures. Compris ?

— À vos ordres, commandant, répondit le chef de quart, avant de saluer et de tourner les talons.

Athéna était curieuse de ne pas voir le capitaine sonner le branle-bas de combat. Elle s'adressa à lui.

— Il s'agissait d'un avion iranien... Vous ne craignez pas une action de la part des Gardiens de la révolution ?

— Contre le *Dupuy-de-Lôme* ? Non. Nous avons l'habitude de ce genre d'incidents. Cela ne va jamais très loin. Les Iraniens essayent de comprendre pourquoi nous croisons dans le secteur. Ils savent que nous interceptons des transmissions. Alors ils se méfient.

— Vous n'avez jamais de problèmes avec eux ? demanda Athéna.

— Nous avons régulièrement des face-à-face avec les navires de guerre iraniens et les vedettes appartenant au corps des Gardiens de la révolution. Mais ce sont de vieux bâtiments, ils savent donc qu'ils ne font pas le poids contre nous. Ils cherchent surtout à nous impressionner et à nous faire comprendre que nous sommes des intrus. Pour l'heure, nous n'avons pas encore eu d'accrochage avec eux, fort heureusement. Mais nous demeurons vigilants, car ils disposent comme nous de moyens importants en matière d'écoute.

— Comment est-ce possible, si leurs équipements sont si vieux ?

— Il ne faut pas sous-estimer les Iraniens. Leur matériel date un peu mais ils sont inventifs. Leurs échanges de communication qui ont pu être interceptés démontrent leur savoir-faire en matière de renseignement et de transmission des données qu'ils recueillent. Un navire peut changer cinq fois d'indicatif selon la cible à laquelle il transmet une information confidentielle. Pour établir un compte-rendu d'observation qu'aurait pu faire l'avion qui nous a survolés, son opérateur radio indique par exemple un mot-clé à son interlocuteur, puis il fait référence au numéro de page d'un livre bien précis, ainsi qu'à un paragraphe et à une ligne où se trouve ce mot. Et croyez-moi sur parole, tout cela n'est rien comparé aux moyens technologiques dont disposent les Gardiens de la révolution sur l'ensemble des îles iraniennes du golfe Persique. En réalité, peu de gens imaginent les capacités réelles de la Marine de la République islamique d'Iran... Vous voyez donc, chère mademoiselle, que nous avons affaire à des gens remarquablement intelligents.

Athéna esquissa un sourire. Elle aimait bien ce capitaine qui prenait le temps de lui répondre ainsi, ne lésinant sur aucun détail, et qui l'appelait mademoiselle. Elle scruta son visage, et marqua un silence vite brisé par Paul.

— Pardonnez-moi, commandant, mais votre quartier général vous a-t-il mis au courant de notre mission avec précision ?

— Affirmatif, répondit le capitaine de Lafaille. Une écoute a été lancée concernant l'identifiant du téléphone portable qui nous a été transmis. Pour l'heure, nous n'avons encore intercepté aucune communication sur le territoire afghan répondant à son signal. Nos amis de la CIA qui sont positionnés à Mascate scrutent aussi les ondes. Ils nous préviendront immédiatement s'ils repèrent quoi que ce soit. Si la cible est identifiée, que ce soit par eux ou par nous, alors Langley prendra le relais et fera décoller un drone de combat depuis le Pakistan. Il survolera la zone et abattra notre homme.

— Vous voulez dire nos hommes... intervint Alex.

— En effet, colonel. Vous avez totalement raison de le préciser. Je crains cependant que le chef d'Al-Qaïda soit davantage une priorité pour vos collègues de la CIA... Jamal Hariri est un gibier important, mais il y a une récompense de vingt-cinq millions de dollars sur la tête de l'Égyptien[41]. Et cela fait plus de vingt ans que les Américains lui courent après.

— Nous en avons conscience, reprit Paul. Mais le lieutenant-colonel Galtier et moi-même sommes bien placés pour savoir que les Américains n'ont pas été aussi pressés d'abattre son ami Ben Laden.

— Je sais ce qui vous est arrivé en Afghanistan en 2004, coupa le capitaine. Mais les temps ont changé et les dirigeants aussi. Le nouveau président américain a besoin d'une belle victoire politique. Abattre celui qui est devenu l'ennemi public numéro un, c'est un bond dans les sondages assuré.

Paul regarda Alex et Athéna, perplexe, puis il reprit la conversation.

41 • Les États-Unis avaient réellement mis à prix la tête de l'Égyptien Ayman al-Zawahiri, comme celle de Ben Laden.

— Nous sommes conscients de tout cela, commandant. Cependant, si vous localisez Zawahiri, ce sera sans doute grâce au signalement du téléphone de Jamal Hariri… et nous avons besoin de Jamal Hariri… vivant !

— Pour quelle raison ? Je pensais que les ordres étaient de l'abattre.

— Disons que nous venons d'apprendre qu'il détient des informations importantes qui nous intéressent, répondit Paul. Nous préférerions le capturer. Notre agenda diffère donc quelque peu de celui de la CIA.

— Je comprends. Mais cela ne relève pas de ma compétence, comme vous vous en doutez. Ce dont je suis certain, cependant, c'est que Langley n'envisagera aucune autre option que celle d'abattre les deux hommes une fois qu'ils seront ensemble.

— Au fait, sait-on qui commande l'opération du côté américain ? demanda Alex.

Le capitaine sourit.

— Je crois que c'est une de vos vieilles connaissances, colonel. Il s'agit de la colonelle Jane Red Eagle…

Le visage d'Alex se figea.

— Tu la connais, papa ? demanda Athéna.

— Disons que, pour reprendre les termes du capitaine de Lafaille, c'est une vieille connaissance. Paul et moi avons brièvement travaillé avec elle en Afghanistan il y a longtemps. Puis je l'ai revue quelques années plus tard… à Paris. Mais c'est une longue histoire. Et pour te dire la vérité, je ne suis pas certain qu'elle soit enchantée à l'idée de faire à nouveau équipe avec moi.

— Je vois, dit Athéna en souriant. Encore une de tes conquêtes désabusées...

Elle regarda sa montre, et posa sa serviette sur la table.

— Messieurs, je vais rejoindre ma cabine si vous ne voyez pas d'inconvénient à ce que je vous laisse deviser entre vous. Ces derniers jours m'ont anéantie.

Les trois hommes se levèrent pour la saluer.

— Chers amis, je propose que nous sortions fumer un cigare. J'ai d'excellents Cohiba à votre disposition, dit Lafaille.

Les visages de Paul et d'Alex s'illuminèrent. Ils emboîtèrent le pas à leur hôte, sortirent de la salle à manger et le suivirent vers la poupe du navire. Il était vingt-et-une heures trente, et ils devisèrent tous trois durant quarante-cinq minutes, avant de se séparer.

Alex et Paul logeaient dans la même cabine, sur des couchettes superposées. Épuisés, ils avaient éteint la lumière peu avant vingt-trois heures.

Ils dormaient d'un sommeil profond quand, à deux heures quarante-cinq, quelqu'un frappa à leur porte. Alex, qui était en caleçon, ouvrit et vit un petit bonhomme au crâne chauve qui portait une combinaison bleu marine sur laquelle étaient incrustées des bandes réfléchissantes grises.

— Bonsoir, mon colonel. Je suis le chef de quart du bureau analyse. Désolé de vous réveiller, mais on vous demande au téléphone.

Alex répondit presque mécaniquement : « Qui me demande ? »

— Je ne sais pas vraiment, mon colonel, ce sont des mecs de la CIA basés à Mascate. Ça semble important.

Alex s'habilla rapidement et, précédé du chef de quart, il se dirigea à grands pas vers l'arrière du navire où se trouvait la salle d'analyse. Parvenu devant une porte métallique, le sous-officier plaqua un badge magnétique sur un socle, puis il tapota sur un digicode fixé à l'entrée. Une caméra de surveillance, placée en hauteur, filmait le moindre de ses gestes.

Une fois à l'intérieur, Alex découvrit une salle de trois cents mètres carrés qui regroupait une multitude d'appareils électroniques, allant des ordinateurs dernier cri aux systèmes d'écoute. Dans cet endroit que l'équipage du *Dupuy-de-Lôme* surnommait « la cuve », des agents du renseignement collectaient vingt-quatre heures sur vingt-quatre des communications cryptées dont ils cassaient les codes pour les traduire et les analyser. Ce travail de fourmi permettait de localiser et d'identifier les sources émettrices de ces messages, et même de reconstituer les horaires de passage de l'une d'entre elles à un endroit bien précis.

La fonction du *DPL* était si sensible que des commandos marines en assuraient en permanence la sécurité.

Lorsqu'ils entrèrent dans la « cuve », l'endroit était inhabituellement désert. Le chef de quart servit une tasse de café à Alex et lui proposa de s'installer derrière un pupitre sur lequel se trouvaient trois écrans. Alex enfila des écouteurs, puis fit signe qu'il était ok pour prendre l'appel, avant de demander à rester seul.

À l'autre bout du fil, il entendit une voix masculine qui lui demandait de décliner son nom et son grade, puis d'introduire sa carte de sécurité numérique dans l'ordinateur dédié aux messages chiffrés, cela afin de s'authentifier. Alex s'exécuta puis patienta quelques secondes. L'Américain au bout du fil lui fit alors savoir que tout était ok.

— Bonsoir, mon colonel. Je suis le capitaine Hynes de la CIA. Je travaille sous les ordres de la colonelle Red Eagle du *Special Activities Center* basé à Langley. Elle me charge de vous saluer de sa part et de vous indiquer qu'une fiche flash classée « Extremly Secret »[42] concernant la localisation de la cible va vous être transférée dans quelques instants... Je vous prie d'entrer une nouvelle fois votre code d'identification afin de valider la procédure de transfert.

Alex s'exécuta en tapant plusieurs chiffres sur le clavier qui se trouvait sous ses yeux. Il vit alors s'afficher sur l'un des écrans une petite fenêtre rectangulaire qui indiquait le temps de téléchargement du fichier. Deux minutes passèrent et le message apparut.

— *GEOLOCALISATION CIBLE – Interception conversation 3 min 12 entre deux téléphones cryptés inmarsat dont l'un correspondant aux identifiants transmis. Identification des voix à 80 %. Haute probabilité qu'il s'agisse de Ayman al-Zawahiri et de Jamal Hariri. Localisation de Zawahiri dans la ville de Kaboul, quartier sud, immeuble attenant au dispensaire Tayyeb.*

Alex eut un sursaut. Il interrogea son interlocuteur à l'autre bout de la ligne.

— Vous êtes certains de vos infos ?

42 • La mention « Extremely Secret » est une classification très élevée dans les normes de l'OTAN. Elle peut être liée à la localisation d'une cible prioritaire qui a été géolocalisée.

— Si vous êtes certain de celles que vous nous avez confiées, alors, oui, nous sommes sûrs des nôtres.

— OK. Quel est le plan d'action ?

— La colonelle Red Eagle vous fait savoir qu'elle souhaite tenir une réunion avec vous et le colonel Paul Diner, via ligne cryptée, dans quinze minutes.

À trois heures quatorze, Paul rejoignit Alex dans la salle de transmissions. À trois heures quinze, ils furent mis en contact avec Langley.

— Ravis de vous retrouver, messieurs, dit la voix grésillante de Jane Red Eagle. Nous pensons avoir localisé avec précision Ayman al-Zawahiri. Il ne nous reste plus qu'à établir à quel étage se trouve l'appartement qu'il occupe, et à nous assurer qu'il n'y a pas de civils avec lui. Nous envisageons de l'abattre demain soir.

— Salut Jane, dit Alex. Heureux de te parler. Tu m'excuseras de laisser les politesses de côté, mais pour aller droit au but, Zawahiri va justement rencontrer Jamal Hariri demain. Nous avons besoin de le prendre en vie. Peux-tu nous aider ?

— Désolée. Paul et toi avez fait un boulot formidable à Londres, mais je ne peux rien faire pour vous. Si Hariri se trouve avec Zawahiri, mes ordres sont clairs. Abattre les deux hommes en même temps. La Maison-Blanche s'est montrée très ferme. Un message a été adressé au président français et au pape en ce sens, ainsi qu'à ton patron et frère de loge qui insistait pour qu'on vous laisse vous rendre en Afghanistan... Si tout se passe comme prévu, un premier drone quittera Islamabad demain, à dix-huit heures de Kaboul. Il sera doté d'un missile Hellfire équipé d'une ogive cinétique sans charge explosive, pour éviter tout dommage collatéral. S'il est confirmé que Jamal Hariri se trouve aux côtés de Zawahiri, un second drone décollera en même temps.

— Mais si votre missile ne contient pas de charge explosive, qu'allez-vous utiliser ? demanda Paul.

— Ça, c'est la surprise du chef, les amis... Mais j'insiste ! Pas question que vous interveniez sur zone. Si vous décidiez de monter une opération pour capturer Jamal Hariri à Kaboul, même avec la bénédiction de Manfred, alors je dois vous prévenir que cela créera un incident diplomatique entre nos trois pays. J'espère que je suis bien claire. Biden veut les deux terroristes morts ! conclut Jane d'une voix ferme.

Alex et Paul se regardèrent, la mine défaite. Sur le fond, ils la comprenaient. Après tout, Hariri mort, ils ne sauraient jamais ce qu'il mijotait, mais au moins, il ne représenterait plus une menace. De l'autre côté, plusieurs milliards étaient en jeu, et Manfred voulait mettre la main dessus pour porter un coup fatal aux islamistes.

Alex reprit le cours de la conversation.

— Message reçu, Jane. Je te confirme que nous ne tenterons rien. Toutefois, si vous loupez Hariri, nous reprendrons notre liberté d'action.

— Bien reçu ! dit Jane à son tour. Je vous souhaite une bonne nuit.

À trois heures trente, les deux hommes retournèrent à leur cabine. Leur mission risquait de prendre fin dans les prochaines heures et, si tel était le cas, ni l'un ni l'autre n'auraient le privilège de capturer Hariri et de mettre la main sur les numéros des comptes bancaires en sa possession.

L'oiseau de proie

Doha, le 31 juillet 2022. Le Qatar, minuscule émirat du golfe Persique dont certains dirigeants comptaient parmi les principaux soutiens de l'organisation des Frères musulmans, avait acquis son indépendance en 1971. Il tirait sa toute-puissance financière des revenus du gaz et du pétrole. En l'espace de cinquante ans, d'immenses buildings, des cliniques de luxe, des multiplexes, des stades de foot climatisés et de magnifiques autoroutes avaient jailli un peu partout.

Telle une immense dune de béton, de métal et de verre figée en plein milieu du désert, l'aéroport Hamad de Doha – la capitale – constituait un hub international où se croisaient, dans un brouhaha abrutissant et polyglotte, toutes les nationalités imaginables. Construit sur six étages et organisé pour accueillir cinquante millions de passagers chaque année, ses infrastructures s'étendaient sur les deux tiers de la ville, en faisant l'un des symboles de la démesure qatarienne. Il disposait d'une mosquée et de deux salles de prière, d'une dizaine de boutiques de luxe, de plusieurs librairies internationales, d'une dizaine de restaurants dont certains offraient un accès à des salles de conférence, et d'une douzaine de salons d'embarquement dotés de toutes sortes de services multimédias. L'aéroport de Doha était en fait le lieu par lequel tout bon businessman qui se respecte se devait de passer au moins une fois par an.

Alors que presque plus aucune compagnie aérienne ne desservait officiellement l'Afghanistan, quelques avions de la Kam Air effectuaient encore des vols entre la capitale qatarienne et Kaboul. Excepté quelques humanitaires, les rares diplomates et les espions qui l'empruntaient, la ligne servait surtout à maintenir un contact précieux entre le régime taliban, mis au ban des nations, et l'émirat du Qatar.

Depuis près d'une année et le retrait des forces américaines de Kaboul, l'Afghanistan avait en effet renoué avec ses vieux démons islamistes et se retrouvait coupé du monde, en proie à une crise humanitaire dramatique. Aussi tragique et aberrant que cela puisse paraître, les plus grandes armées du monde n'étaient pas parvenues à vaincre le groupe de religieux fanatiques formé de seigneurs de guerre accros au pavot et de va-nu-pieds illettrés qui constituaient le gros des forces talibanes. Le pays, à bout de souffle, s'enfonçait dans la misère et la barbarie qui lui étaient imposées par ses nouveaux maîtres. Les caisses des banques étaient exsangues et le chômage et la pauvreté étaient partout. Il n'y avait plus de travail, et plus de quoi se nourrir.

Dans les villes et les campagnes, une odieuse famine, qu'accompagnaient sinistrement une épidémie de rougeole ainsi que la Covid, tuait des milliers de femmes et d'enfants qui n'avaient plus assez de défenses immunitaires. La population afghane à laquelle l'Occident avait tant promis n'avait plus rien, hormis le désespoir.

La défaite afghane, pour l'Occident, n'avait pas été que militaire. Elle marquait l'effondrement de son humanisme, autant que de sa pensée stratégique et géopolitique. Ainsi, après vingt ans de présence occidentale, les montagnes et les villages perdus au milieu de la rocaille afghane étaient redevenus un véritable sanctuaire pour les terroristes d'Al-Qaïda. La diplomatie qatarie en avait profité pour se positionner en interlocutrice privilégiée des bourreaux de Kaboul et jouer ainsi les intermédiaires avec les chancelleries occidentales.

Parmi les passagers qui devaient emprunter le vol de seize heures trente se trouvait un type seul, à l'apparence peu amène.

Jamal Hariri avait les cheveux bouclés et les sourcils laineux, des yeux noirs, un nez en bec d'aigle, une barbe drue et des lèvres épaisses qui lui donnaient un aspect inquiétant. Comme s'il voulait se dérober au regard d'autrui, il portait en permanence, de jour comme de nuit, une paire de lunettes de soleil à monture métallique. Affublé d'une veste en cuir marron à col large, il était vêtu d'un pantalon de toile noir et d'une chemise jaunâtre. Dans un pays où les apparences vestimentaires comptaient plus que tout, rien ne laissait penser qu'il était un homme riche. Il faut dire que depuis qu'il était tout jeune, il détestait tout ce qui était ostentatoire.

Né en 1972, Jamal était un pur produit de l'intelligentsia marxiste jordanienne. Étudiant surdoué, il avait suivi un enseignement de philosophie à la Sorbonne durant quatre ans, puis il avait obtenu avec brio un doctorat en sciences physiques. Lecteur assidu de Karl Marx et admirateur des thèses de Cornelius Castoriadis[43], il avait été marqué par la pensée de Seyyed Qutb, théoricien référent des Frères musulmans dont il avait découvert les écrits lors de ses séjours à Gaza.

Au début des années 90, il avait effectué plusieurs voyages en Iran où il avait été très impressionné par l'organisation pyramidale mise en place par le régime. Il avait surtout été marqué par la fabuleuse réussite des Gardiens de la révolution[44] qui détenaient entre leurs mains l'arsenal militaire et toute la puissance économique du pays. Peu à peu, il avait tissé des liens étroits avec eux, se faisant des amis au plus haut niveau de l'organisation paramilitaire. Gagnant leur estime, il était entré en contact avec les Fedayins de l'Islam, un groupe ultra-rigoriste qui prônait un islam strict et dont les chefs recommandaient l'assassinat des intellectuels et des personnalités politiques n'étant pas assez purs à leurs yeux. La devise de cette organisation liée aux Gardiens de la révolution résumait à elle seule sa pensée dogmatique : « l'Islam est au-dessus de tout et rien n'est au-dessus de l'Islam. »

43 • Philosophe décédé en 1997, économiste et psychanalyste franco-grec, auteur de *L'Institution imaginaire de la société* et co-fondateur du groupe Socialisme ou Barbarie.

44 • Organisation paramilitaire de la République islamique d'Iran dépendant directement du Guide de la révolution.

Cependant, après les attentats du World Trade Center, Jamal avait trouvé en la personne d'Oussama Ben Laden un leader beaucoup plus charismatique que les mollahs iraniens. Par le biais de son oncle qui résidait en Égypte et avait été proche d'Ayman al-Zawahiri, alors numéro deux d'Al-Qaïda, il avait réussi à entrer en contact avec les chefs de l'organisation terroriste auxquels il avait fait allégeance, tout en continuant à entretenir ses bonnes relations avec les Iraniens.

Au début des années 2010, il s'était installé au Qatar où il avait investi dans une société de courtage en pierres précieuses. Il avait fait fortune en quelques années, utilisant ses bénéfices personnels pour soutenir les combattants du Front al-Nosra[45] en Syrie. À dire vrai, Hariri était l'exemple typique de l'activiste révolutionnaire et religieux prêt à se mettre au service des pires salopards pour faire avancer sa cause.

Bien qu'ayant grandi dans une famille de la petite bourgeoisie jordanienne plutôt favorable à la monarchie hachémite, il considérait le califat[46] comme la seule et unique solution pour mettre un terme aux maux du monde arabe. Et bien sûr, fort de la fortune à laquelle il avait accès, il se voyait très bien en calife et digne successeur de Mahomet.

Dire qu'il était aussi mégalomane que dangereux tenait de l'euphémisme.

---

45 • Groupe terroriste jihadiste affilié à Al-Qaïda, créé en 2012 dans le contexte de la guerre civile en Syrie.

46 • Dans l'islam sunnite, le calife est supposé être le successeur du Prophète Mahomet. Chef spirituel et politique, il symbolise l'unité de la communauté musulmane.

Ce jour-là, il embarqua avec un passeport diplomatique qatarien au nom de Jamal Al-Kwari. Car il ne voyageait que rarement sous sa véritable identité, les services secrets qataris ou de la Turquie lui fournissant leur assistance à chaque fois qu'il avait besoin d'un nouveau nom.

Muni d'un attaché-case hors d'âge, il prit ainsi place à l'avant de l'avion, dans ce qui ressemblait moins à une classe affaire qu'à une bétaillère.

Le fait est que lorsque l'on se rendait en Afghanistan, le plus difficile n'était pas de se retrouver confronté au régime des talibans. Non. C'était plutôt de survivre aux trois heures et demie de vol entre Doha et Kaboul. Car entre le manque de confort, les turbulences au-dessus de l'Hindou Kouch[47] et la promesse d'un atterrissage vigoureux au milieu d'une cuvette rocheuse située à mille huit cents mètres d'altitude, les conditions étaient réunies pour que le voyage se termine par une journée de deuil national. Parmi les passagers, les uns priaient *Allah le Miséricordieux* de les protéger, quand d'autres se shootaient au Xanax, espérant peut-être que le remède miracle apaiserait les cieux agités.

Mais Jamal n'avait que faire des risques. Kaboul était une destination importante pour lui. Car c'est là que résidait celui qu'il considérait comme son maître à penser : Ayman al-Zawahiri, ancien bras droit du défunt Oussama Ben Laden et actuel numéro un de l'organisation Al-Qaïda.

Comme lui, Zawahiri était un scientifique et un organisateur. Grand adulateur de Seyyed Qutb, c'était un homme résolument méthodique qui avait réussi à mettre les États-

47 • L'Hindou Kouch est une chaîne de hautes montagnes en Afghanistan et au Pakistan.

Unis à genoux en septembre 2001. Il incarnait surtout l'exemple même de ce qu'il aspirait à devenir un jour. Un leader islamiste mondialement reconnu.

Lorsque l'avion atterrit enfin au milieu des montagnes, les voyageurs applaudirent le pilote pour le remercier de l'exploit qu'il venait d'accomplir. Quittant l'appareil en empruntant un tarmac sillonné de crevasses informes, ils se dirigèrent vers l'unique terminal où se trouvaient trois petits kiosques poussiéreux derrière lesquels des types barbus et dépenaillés, armés de pistolets mitrailleurs, vérifiaient les papiers d'identité et les visas.

Une fois cette ligne de démarcation franchie, des porteurs en combinaisons grises se bousculèrent pour offrir leurs services. Jamal, qui n'avait aucun bagage excepté sa mallette, passa outre. Lorsqu'il fut enfin parvenu à l'extérieur, un type en salwar kameez, le ventre gonflé, la barbe traînant jusqu'à la poitrine et la kalachnikov en bandoulière, lui fit signe et l'interpella.

— Salam aleykoum, Agha[48]. Je suis envoyé par le ministère des Affaires étrangères. C'est moi qui dois te conduire auprès de notre ami.

— Aleykoum salam, mon frère. Je suis heureux de te voir. Tu remercieras ton ministre de sa délicatesse. Je suis assez pressé, car je dois repartir au plus vite. Si tu veux bien, prenons la route immédiatement.

Le type acquiesça et, saisissant le bagage de Jamal, il lui montra le chemin du parking où se trouvait un Land Cruiser

48 • Monsieur.

noir métallisé flambant neuf. Jamal s'engouffra sur la banquette arrière et le type démarra. Ils quittèrent alors l'enceinte de l'aéroport dans un nuage de poussière, empruntant une immense avenue bondée de pickups, de carrioles en bois usé tirées par des mules rachitiques et de cyclistes dégingandés tentant de se frayer un chemin à travers les embouteillages.

Jamal, qui n'était pas revenu en Afghanistan depuis longtemps, porta son regard sur le paysage lunaire qui s'offrait à lui.

Les rues, théâtre de quarante années de guerre, d'attentats et de bombardements, étaient ravagées, leurs trottoirs défoncés. Il voyait des mendiants décharnés, parfois amputés d'une jambe ou d'un bras, qui quémandaient un bout de nan[49] ou quelques afghanis[50] pour survivre jusqu'au lendemain. Les rares femmes que l'on voyait déambuler étaient recouvertes de burkas bleues ou jaunes, la plupart crasseuses.

Le fait est que le chagrin et le dénuement régnaient en maîtres absolus à Kaboul, laquelle ressemblait davantage à un champ de ruines qu'à une ville. Même les fameux taxis jaunes que leurs propriétaires avaient autrefois voulu pareils à ceux de Manhattan, n'étaient plus que des amas de pièces détachées et rouillées, leurs pare-brise cendreux ne tenant que grâce à des bouts de chatterton. Kaboul offrait une vision apocalyptique et ses habitants, qui portaient sur eux toutes les marques de la résignation, donnaient l'impression de vivre à mi-chemin entre le purgatoire et l'enfer.

49 • Pain.

50 • Monnaie afghane.

Alors que le 4x4 s'enfonçait à faible allure dans une ruelle cabossée qui menait au quartier fortuné de Sherpur où vivaient de nombreux dignitaires talibans, Jamal aperçut une femme enveloppée dans sa burka qui se faisait frapper par un jeune type au visage noir de crasse et à la barbe folle, les yeux injectés de sang. Il entendit alors son chauffeur pousser un grand rire.

— Cette satanée pute n'a que ce qu'elle mérite ! Tu as vu qu'elle ose se promener en ville sans porter de gants ? C'est une salope qui ne mérite que d'être rappelée à l'ordre. Si tu restais un peu plus longtemps, tu verrais comme on les remet au pas, toutes ces prostituées qui ont couché avec les Américains et qui ne respectent pas la charia.

Jamal ne répondit pas. Il n'aimait pas la violence gratuite envers les femmes, et les talibans lui étaient toujours apparus comme des abrutis. Ils n'étaient au fond que des alliés de circonstance, qui restaient attachés à des mœurs d'un autre temps. Pour lui, l'islamisme demeurait une doctrine politique et religieuse qui donnait sa place à chacun. Si les femmes étaient selon lui des êtres inférieurs qui avaient moins de droits que les hommes, elles devaient néanmoins être respectées.

Le véhicule s'arrêta soudain aux abords d'un petit immeuble non loin duquel deux types armés d'AK-47 montaient la garde.

— Nous sommes arrivés chez notre ami. Je n'ai pas le droit de rester car il faut être discret. Je reviendrai te chercher dans quarante-cinq minutes, dit le chauffeur en regardant son passager dans le rétroviseur.

Jamal ouvrit la portière et se dirigea vers l'entrée du bâtiment. Il emprunta les escaliers et, arrivé au troisième étage, frappa quatre fois à la porte du seul appartement qui se trouvait là. Une femme d'une cinquantaine d'années, la tête recouverte d'un hijab, vint lui ouvrir.

— Salam aleykoum. Il vous attend, chuchota-t-elle en lui faisant signe d'entrer.

Jamal pénétra dans le salon où régnait une odeur de pistache et de menthe pilée.

Ayman al-Zawahiri, un turban blanc sur le crâne, avait le haut du visage creusé de sillons et une barbe abondante qui n'avait pas été taillée depuis des jours. Vêtu d'une épaisse tunique et d'un salwar laiteux, il était affalé sur un canapé recouvert de tissu bariolé et de coussins en satin. Ses jambes toutes maigres reposaient sur une petite table en bois placée devant lui. Il tourna la tête et fit signe à Jamal de venir s'asseoir près de lui.

— Bienvenu chez moi, mon frère. Je suis heureux de te revoir, dit le vieil homme de 71 ans d'une voix faiblarde.

Le visage de Jamal s'illumina.

— Merci à toi, cheikh, répondit-il en prenant place sur le canapé.

— Nous n'avons pas beaucoup de temps, trancha brusquement Zawahiri. Tu m'excuseras donc de te recevoir aussi simplement. Dis-moi vite quelles sont les nouvelles de notre projet.

— Tout se présente bien. Le pape François organisera dans un mois et demi une grande conférence de la paix.

C'est à ce moment-là que nous frapperons. Il a invité plusieurs dirigeants, parmi lesquels les présidents français, américain, italien et russe. Seront aussi présents des représentants de la Ligue arabe, le président chinois et le premier ministre israélien, ce qui est inespéré... Alors que notre cible de départ était François, les chefs d'État des plus grandes puissances vont mourir à ses côtés... Pour la logistique, nous utiliserons deux drones que nous équiperons de charges à l'uranium appauvri. Comme tu le sais et conformément à tes directives, ce sont nos frères iraniens qui nous fourniront tout ce dont nous avons besoin... Et une fois que ces drones auront atteint leurs cibles, Rome et le Vatican ne seront plus qu'un champ de ruines.

— Comment vas-tu déjouer la surveillance aérienne des Italiens ?

— Grâce à nos alliés turcs, nous avons récupéré un système de brouillage antiradar qui empêchera l'aviation de repérer nos drones. Une heure avant de lancer notre opération, nous allons plonger l'ensemble des tours de contrôle italiennes dans le brouillard.

Zawahiri esquissa un sourire et caressa péniblement la main de Jamal.

— Tu as bien travaillé, mon frère... Mais cela ne suffira pas. Nous devons être plus ambitieux et frapper les Occidentaux comme ils ne l'ont jamais été. Tu dois donc armer nos frères en Algérie, en Tunisie, au Liban, en Jordanie et en Arabie saoudite pour qu'ils prennent en même temps d'assaut les ambassades italiennes, françaises, américaines et russes. Il faudra, dans chacun de ces pays, que des commandos bien préparés s'emparent également de la télévision nationale et des chaînes de radio publiques. Qui détient l'information détient le pouvoir...

— Je ferai selon tes ordres, cheikh. Des armes sont arrivées par bateau à Doha il y a quelques jours. Elles seront acheminées sous peu, via des humanitaires qatariens, à nos combattants qui se trouvent dans tous ces pays.

— Ce n'est pas tout... reprit Zawahiri, la voix tremblante. Écoute-moi bien : je veux aussi que tes réseaux au sein de l'organisation des Frères musulmans lancent une opération massive de boycott via Internet contre les produits des grandes industries françaises et américaines. Vêtements, aliments, parfums ou voitures, tout doit y passer ! Attaquées de la sorte, les actions en bourse de ces entreprises vont chuter et provoquer la panique sur les marchés internationaux. Nous frapperons ainsi l'Occident et ses alliés militairement et économiquement. Privés de leurs principaux dirigeants et plongés dans une crise économique d'envergure mondiale, leurs pays sombreront dans le chaos et la guerre civile... L'opération que nous menons sera sans précédent depuis l'attaque que nous avons conduite contre les tours jumelles. Il ne faut donc lésiner sur aucun moyen... Utilise tous les fonds dont tu disposes si nécessaire. Cet argent qui appartient aux sionistes et aux francs-maçons causera ainsi leur perte !

— Je suis à tes ordres, cheikh. Et comme je te l'ai dit, je ferai selon ta volonté. Mais ensuite, que se passera-t-il ? Les armées occidentales ne resteront pas sans réaction, sans parler de leurs services de renseignement...

— Il leur faudra plusieurs jours, voire des semaines avant de réagir. Sans compter que la France, les États-Unis, l'Italie, Israël, la Russie et même la Chine vont devoir organiser de nouvelles élections. Ce sera alors le bon moment pour nos relais politiques de se présenter en tant que candidats. Ceux-ci tiendront un discours qui appelle à la paix entre les religions et les cultures. Les Occidentaux sont des pacifistes et des imbéciles. Ils les éliront pour éviter le pire. Et toi, mon cher Jamal, tu coordonneras ce projet qui mènera la prochaine génération au califat.

— Et quel sera ton rôle dans ce nouveau monde, cheikh ?

— Ma mission au sein de notre mouvement touche à sa fin. Je suis un homme malade... Mon corps est envahi de tumeurs qui me rongent chaque jour davantage. Je me pisse dessus dès que je bois un verre d'eau, je ne peux plus déféquer sans souffrir le martyre. Alors, pourquoi continuer à vivre dans ces conditions ? J'aurais voulu mourir chez moi, en Égypte, mais c'est impossible. Alors, c'est ici que j'ai choisi de passer les derniers jours qui me restent, entouré des miens. Bientôt, je partirai en martyr. Ce n'est d'ailleurs qu'une question d'heures.

Le visage de Jamal se figea. Il ne comprenait pas où Zawahiri voulait en venir.

— Que veux-tu dire par là, cheikh ?

— La CIA a prévu de m'abattre. Ses agents ont déjà planifié mon assassinat et le tien.

— Comment sais-tu cela ?

— Tu dois préserver le secret que je vais te confier. Nos amis du MIT[51] ont une source de haut niveau au sein des services secrets français. C'est elle qui leur a parlé de cette opération. À l'heure qu'il est, un navire espion français mouille dans le golfe Persique, avec à son bord des espions qui ont pour mission d'écouter nos conversations. Ces kafirs travaillent en collaboration avec la CIA. Ils ont réussi à localiser ton téléphone et ont écouté nos échanges. Ils savent désormais où je me trouve. Ils savent même que nous devons nous rencontrer aujourd'hui.

— Mais pourquoi ne m'as-tu pas prévenu, cheikh ? Je ne te comprends pas.

Jamal était médusé par ce qu'il entendait.

— Je vais t'expliquer... Ils ne frapperont pas en pleine journée, pour éviter les dommages collatéraux. Ils attendront la nuit et, d'ici là, tu seras reparti. Moi, je mourrai en martyr. Je préfère finir ainsi que rongé par la douleur. Dans deux ou trois jours, tu auras de ton côté gagné l'Iran et de là tu t'envoleras pour l'une de leurs îles dans le Golfe, où t'attendent nos frères.

— Et ta famille ? Tu ne l'as pas mise à l'abri, cheikh ?

— Ma famille est prête à tout, y compris à mourir avec moi. En ce qui me concerne, les Américains croient qu'en m'abattant, ils vont mettre un terme à mon histoire. Ce sont des imbéciles, car elle ne fait que commencer.

La voix de Zawahiri faiblissait. Jamal crut percevoir une larme couler sur son visage. Ce n'était plus qu'un vieillard

51 • Le Millî İstihbarat Teşkilatı ou MİT est l'organisation nationale du renseignement turque.

fatigué et malade, mais il conservait ce courage et cette détermination qu'il admirait tant chez lui. Il prit ses deux mains entre les siennes et les porta devant ses lèvres pour les embrasser en signe de respect.

— Maintenant tu dois partir et continuer notre œuvre, Jamal. Désormais, c'est toi qui incarnes l'avenir de notre mouvement.

Jamal lâcha les mains du vieil homme. Il se leva et saisit son attaché-case.

— Qu'Allah veille sur toi et les tiens, cheikh. Je suis sûr qu'il t'ouvrira ses portes avec bienveillance.

Il salua la femme voilée et se dirigea vers la porte. Deux minutes plus tard, il rejoignait son chauffeur en bas de l'immeuble.

* * *

Langley, quartier général de la CIA, le même jour. Jane se trouvait au sous-sol de l'agence depuis une heure, dans une salle bunkérisée d'une cinquantaine de mètres carrés, insonorisée et comportant des vitres fumées. Il y avait autour d'elle une vingtaine d'analystes du renseignement et quatre pilotes de drones assis devant plusieurs écrans de contrôle.

Il avait fallu attendre plus de vingt ans pour parvenir à localiser Zawahiri. Elle avait conscience qu'elle s'apprêtait à vivre un moment historique. Assise derrière un pupitre, en tailleur bleu marine, elle était encadrée de deux officiers de l'armée de l'air en uniforme, prêts à demander une assistance aérienne en cas de problème. Silencieuse et visiblement nerveuse, elle faisait face à quatre immenses téléviseurs qui diffusaient les images du drone prêt à frapper et des zones qu'il devait survoler.

Au-dessus des écrans étaient disposées quatre horloges indiquant les heures américaine, française, pakistanaise et omanaise. Il ne restait plus que quelques secondes avant que le drone n'atteigne sa cible, et la tension était à son comble.

— Que chacun se tienne prêt ! dit-elle. Dans moins de quarante secondes, notre appareil sera à proximité de l'objectif. Rappelez-vous que la deuxième cible ayant disparu de nos écoutes, le deuxième drone reste en stand-by.

Elle regarda le compte à rebours qui s'affichait devant elle. Il ne restait plus que trente secondes. Puis elle scruta l'un des écrans de contrôle qui relayaient les images. La cible se tenait paisiblement debout sur son balcon, le dos courbé, son téléphone portable à la main. Il était inimaginable que le terroriste le plus recherché au monde soit aussi facilement accessible. C'était à croire qu'il ne craignait ni ses ennemis ni la mort. À moins qu'il ne la recherche.

Parvenu à quelques centaines de mètres au-dessus de Zawahiri, dans un bourdonnement à peine perceptible depuis le sol, le drone décocha un missile Hellfire R9X « Flying Ginsu », baptisé ainsi en référence au tranchant des couteaux de cuisine d'une célèbre marque. Dénué de toute charge explosive, l'engin de mort était équipé de six lames acérées qui devaient se déployer quelques fractions de seconde avant d'atteindre leur point d'impact.

Attendant l'issue fatale, Zawahiri tremblait. Sa respiration, faible et haletante, reflétait la peur qu'il avait de mourir. Lui qui avait tué des milliers de gens et avait participé à tant de combats, il redoutait maintenant de passer de l'autre côté du miroir. Depuis qu'il se savait condamné, une question le hantait : avait-il eu raison de suivre Ben Laden et de faire de la violence son unique mode de vie ? Tout cela avait-il un sens ?

Il fut soudain pris d'une envie d'uriner. Il fronça les sourcils et passa sa main sur son bas-ventre. Il sentit alors qu'une énorme rafale de vent venait à lui, puis comme un coup de couteau entre ses omoplates. Il n'eut pas le temps de réfléchir davantage. En quelques instants, son corps fut déchiqueté par l'oiseau de proie mécanique. Des lambeaux de chair et d'os furent projetés sur le sol et contre le mur. Des morceaux de sa tête, fendue en quatre, baignaient dans une mare de sang et d'urine. Comme prévu, le missile n'explosa pas. Ayant transpercé le corps du terroriste, il termina sa route dans le salon, soufflant au passage les vitres de l'appartement mais laissant les murs intacts. Seul le cri strident de la femme voilée, effrayée par l'horrible spectacle dont elle était témoin, vint briser le silence de mort qui s'était abattu sur le quartier.

Les hommes et les femmes qui se trouvaient dans la salle de contrôle se mirent à applaudir. La mission était réussie.

— Félicitations à toute l'équipe ! dit Jane.

Puis elle s'adressa à l'un des officiers de l'armée de l'air qui se trouvait à ses côtés.

— Mettez moi en communication avec le *Dupuy-de-Lôme*. Je veux parler de toute urgence aux colonels Galtier et Diner.

Le militaire s'exécuta immédiatement. Écouteurs vissés sur ses oreilles, elle entendit trois minutes plus tard la voix d'Alex, de retour à la salle des transmissions du *DPL*.

— Salut, Jane. Comment s'est déroulée l'opération ?

— Aussi bien que nous l'avions prévu. Il ne reste plus rien d'Ayman al-Zawahiri. Il appartient maintenant au passé. Sa mort sera annoncée par le président d'ici quelques heures.

— Et Hariri ? Vous l'avez tué ?

— Jamal Hariri n'était pas avec Zawahiri. Nous avons perdu tout contact avec lui deux heures avant l'opération. Soit il a eu de la chance, soit il était informé que vous le pistiez.

— Qu'entends-tu par là ?

— J'entends qu'il ne pouvait pas être au courant que nous étions après lui, à moins que l'info ait fuitée depuis Paris.

— Pourquoi l'information n'aurait-elle pas plutôt fuité depuis la CIA ?

— C'est peu probable. C'est vous qui avez tracé Hariri depuis plusieurs semaines. Nous sommes intervenus sur son cas il y a quelques jours seulement. Moi-même, je ne suis dans la boucle que depuis soixante-douze heures. Cela laisse peu de temps pour que quelqu'un ait opéré une fuite depuis Langley. Par sécurité, nous allons demander à Manfred quelques éclaircissements.

— Tu ne le soupçonnes pas, quand même ?

— Manfred est au-dessus de tout soupçon. Mais il rend des comptes à sa hiérarchie et à l'Élysée. Je me trompe peut-être, mais nous devons en avoir le cœur net. S'il y a une taupe chez vous ou chez nous, nous devons savoir qui c'est.

Elle s'arrêta de parler quelques instants, puis elle s'adressa à Paul Diner.

— Paul, crois-tu que cela puisse venir de chez vous ?

— Impossible. Seuls le Saint-Père et moi sommes au courant de l'affaire Hariri. Aucun agent du service n'a été tenu informé de nos opérations, répondit-il, presque choqué que Jane ose lui poser ce genre de question.

— OK. Bon, j'ai autre chose à vous dire, messieurs. Mon boss a demandé que je vous rejoigne sur le *Dupuy-de-Lôme* dans les prochaines quarante-huit heures. Il s'est entendu avec Manfred pour que nous montions une opération conjointe aux abords de l'île de Grande Tomb. L'objectif consiste à neutraliser Hariri. Et si j'en crois le compte-rendu des confessions de Salmane, c'est là qu'il devrait se trouver sous peu.

— Jamal Hariri est donc la nouvelle priorité de la CIA ? intervint Alex.

— Disons que les choses s'accélèrent... Avec l'élimination de Zawahiri, notre président doit penser qu'un deuxième trophée serait parfait avant les élections de mi-mandat. Du reste, entre le projet d'attentat que Hariri prépare contre le pape et l'organisation de cette fichue conférence au Vatican, la Maison-Blanche imagine le pire. Il y a donc urgence à le stopper. J'ai le champ libre pour vous donner un coup de main.

— Voilà une nouvelle qui nous ravit, dit Paul, le sourire aux lèvres. Surtout Alex ! Mais comme tu le sais, ma chère Jane, notre priorité à nous est de le capturer.

— Je n'arrive pas à vous comprendre, dit Jane. Je vous offre la possibilité de buter un terroriste recherché par les services secrets du monde entier, lequel veut en plus assassiner le pape, et vous, vous préférez le garder en vie. Dites-moi plutôt quel précieux secret ce salopard a en sa possession... Cela nous fera gagner du temps.

— Dès qu'un secret est connu de plus de deux personnes, ce n'est plus un secret, rétorqua Paul pour piquer Jane au vif. De plus, les informations que nous voulons arracher à Hariri n'intéressent en rien la CIA. Donc pour le moment, tu nous excuseras, mais on va essayer de le ramener vivant.

Jane arracha ses écouteurs. Elle saisit juste le microphone de son casque et lâcha, mordante :

— Bien, nous nous sommes tout dit ! Je serai aux Émirats demain dans la nuit. Un hélicoptère me conduira ensuite de là-bas jusqu'à vous. Là-dessus, *so long, guys* !

Elle coupa net la communication. Alex enleva ses écouteurs et fixa longuement son camarade.

— Tu crois à cette histoire de fuite ?

— Ce qui est certain, c'est que Hariri n'était plus avec Zawahiri, répondit Paul. Manfred nous en dira sans doute davantage lors de notre prochain briefing. Avant cela, essayons de localiser Hariri via nos sources au sein de l'administration iranienne. La chance sera peut-être avec nous...

— Inch Allah ! répliqua Alex en levant les bras au ciel.

Ils sortirent sur le pont extérieur. La nuit était chaude et claire. Ils aperçurent dans la pénombre un groupe de dauphins noirs qui jouaient en filant à l'étrave du bateau. Alex sortit sa petite boîte de cigarillos et son zippo.

— Je suppose que les curés, ça ne fume pas le cigarillo ? dit-il à Paul.

— Vous, les francs-maçons, vous avez vraiment un problème avec les prêtres... Tu supposes donc mal, mon ami. Ce soir, je fume... Et si tu m'offres un verre au mess, je serai même preneur pour boire un coup à la santé de feu Ayman al-Zawahiri.

Le révolutionnaire désenchanté

Iran, le 31 juillet 2022. Jamal détestait voyager en voiture. Surtout sur les routes abîmées et poussiéreuses d'Asie centrale où il fallait parfois plusieurs heures pour faire cent kilomètres. Mais il n'avait pas eu le choix. Après que Zawahiri lui eut révélé qu'il était surveillé, il devait se montrer prudent. Se rendre en avion en Iran n'étant plus possible, le régime taliban avait donc mis une nouvelle fois un Land Cruiser avec chauffeur à sa disposition.

Ils avaient pris la direction de la cité antique d'Hérat, fondée par Alexandre le Grand et située à l'ouest, puis longé le chemin de fer reliant la ville afghane de Rozanak à celle de Khaf en Iran. La voie, au croisement des routes de la soie, était détériorée en de nombreux endroits. Elle serpentait au milieu d'un désert rocheux entouré de montagnes aux crêtes affilées où l'on ne rencontrait presque aucune âme qui vive, à l'exception de quelques bandes de coupe-jarrets et des mouchards talibans qui circulaient sur leurs motos éreintées, le fusil en bandoulière. Ils avaient toutefois croisé quelques camions bariolés de dessins aux couleurs agressives qui transportaient des marchandises de première nécessité, et même une caravane de chameaux usés et surchargés de sacs de pistaches et de caisses de safran, de poudre d'amandes, de dattes et de raisins secs.

Parvenus à un poste frontière formé d'une simple barrière encadrée par quelques blocs de béton, ils furent hâtivement contrôlés par trois policiers échevelés et débraillés qui étaient en faction, le AK-47 porté nonchalamment à l'épaule, et qui semblaient davantage préoccupés par les voitures dans lesquelles se trouvaient des femmes.

Une fois du côté iranien, le chauffeur montra aux pasdarans un document en persan émanant du ministère de l'Intérieur iranien qui leur épargna toute forme de vérification. Ils avaient ensuite roulé en direction d'Ispahan. Ils ne s'étaient arrêtés que pour prendre de l'essence et soulager leur vessie, arrivant le lendemain à destination, après plus de vingt heures de route.

Si l'ancienne capitale des Safavides[52], située au centre du pays, était connue des touristes pour ses minarets ornés de mosaïques aux tons céruléens merveilleusement ciselées et ses magnifiques fontaines d'eau en pierre, la vie y était devenue compliquée depuis quelques années. En effet, alors qu'une partie du territoire était constituée de plaines arides

52 • Dynastie qui a régné sur la Perse de 1501 à 1736.

en proie à un climat semi-désertique, le corps des Gardiens de la révolution islamique, qui avait la mainmise sur plus de soixante pour cent de l'économie, avait autorisé des entreprises étrangères à construire des barrages dans la région en contrepartie d'importants dessous-de-table. À cela s'ajoutaient le mauvais état du réseau de traitement des eaux usées et le réchauffement climatique. Résultat de cette politique mafieuse déconnectée des problématiques environnementales, la province tout entière était en situation de stress hydrique, une partie de la population n'ayant plus accès à l'eau potable. En 2021, des manifestants avaient osé interpeller le président iranien Ebrahim Raïssi sur la tragédie en cours. Mais leurs cris d'alarme n'avaient pas été entendus. Au contraire, la police avait muselé toute forme d'appel à l'aide, considérant leurs récriminations comme une volonté de déstabiliser le pouvoir. Malgré la répression brutale du régime, depuis quelques semaines, les contestataires étaient pourtant de plus en plus nombreux.

Assis à l'arrière de son 4x4, Jamal observait un groupe d'une dizaine de femmes couvertes de foulards cachant à peine leurs chevelures épaisses qui devisaient devant la Grande Mosquée, sous l'œil soupçonneux d'un policier. Il n'aimait pas voir des femmes se promener seules ou se rassembler ainsi. Cela n'était jamais bon signe et donnait le mauvais exemple. Pour lui, une femme devait être convenablement couverte et se promener accompagnée de son mari ou rester chez elle. Bien sûr, il ne voulait en rien d'un pays qui soit à l'image de l'Afghanistan. Mais tout de même, la charia imposait de ne pas dépasser certaines limites. Il considérait ainsi que la permissivité du régime iranien vis-àvis de la gent féminine sapait peu à peu les fondements de la révolution islamique.

Le comble, c'est que dès son arrivée au pouvoir, Khomeini avait fait du voile islamique l'étendard de son régime. Pourtant, avec le temps et le renouvellement des générations, tout avait changé en Iran. Les enfants des révolutionnaires de 1979 ne voulaient plus entendre parler de charia. Ils ne rêvaient que de liberté, de France et d'Amérique. Même les Fedayins de l'Islam, qui avaient exercé une influence importante, semblaient avoir perdu leur ascendant sur les religieux.

« Le monde change. Même ici. Mais pas en bien. C'est pour cela qu'il faut une nouvelle révolution islamique, plus violente, qui mette à genoux l'Occident et coupe nos jeunes de son emprise », pensait Jamal.

Alors qu'il était pris par ses réflexions, le véhicule sortit de la ville et s'embarqua sur une route déserte. À une dizaine de kilomètres au nord, il ralentit aux abords d'un immense bâtiment lugubre. C'était la prison de Dastgerd, sinistrement réputée pour détenir le record mondial de pendaisons. Jamal avait entendu parler de cet endroit effrayant qui « abritait » près de neuf mille prisonniers répartis dans une quinzaine de blocs crasseux. Il savait que les conditions de détention y étaient extrêmement éprouvantes et que toute forme de miséricorde avait été bannie de ce lieu maudit où la violence et la mort régnaient en maîtresses absolues.

Il n'aimait pas l'idée d'y séjourner, ne serait-ce même que quelques heures. C'était pourtant là qu'il devait rencontrer le général Ali Afchar Jan, commandant adjoint des Gardiens de la révolution et chef suprême de l'organisation des Fedayins de l'Islam.

Le véhicule stoppa devant un portique en fer massif. Un gardien en uniforme noir fit signe au chauffeur de patienter quelques instants, le temps de vérifier ses papiers et ceux de son passager. Puis le portail s'ouvrit.

Jamal découvrit une succession d'enclos formés de barbelés hauts d'au moins cinq mètres à l'intérieur desquels déambulaient, le regard perdu, des êtres cabossés et rachitiques qui ressemblaient davantage à des morts-vivants qu'à des êtres humains. Il y avait parmi eux quelques voleurs, des violeurs et des assassins, mais surtout des opposants au régime des mollahs. Vêtus de combinaisons grises, la plupart arboraient des cicatrices et des marques de brûlures sur leurs visages. Jamal observa longuement les pauvres bougres et sourit, comme s'il prenait plaisir à regarder cet effroyable spectacle.

Le 4x4 poursuivit son chemin le long d'une allée puis s'arrêta devant un bâtiment dont la façade craquelée était terne, presque décolorée. Un type en uniforme kaki, casquette vissée sur le crâne, le visage émacié et la barbe grisonnante parfaitement taillée, l'attendait devant.

Jamal descendit de la voiture.

— Salam aleykoum, mon frère, sois le bienvenu en Iran.

— Aleykoum salam, général Ali Afchar Jan. Je suis heureux de te retrouver en bonne santé.

Le militaire fit signe à Jamal de le suivre à l'intérieur et l'entraîna dans un bureau.

— Je suis désolé de te faire venir ici. L'endroit est assurément moins confortable que nos hôtels de Téhéran. Toutefois, c'est beaucoup plus discret... Officiellement, je suis en déplacement en province pour une tournée d'inspection de nos équipes carcérales. Personne ne doit savoir, à Téhéran, que je me rends avec toi sur notre île.

— De quoi as-tu peur, mon frère ? Tu tiens presque tout le pouvoir entre tes mains, fit remarquer Jamal en s'asseyant sur un fauteuil en cuir aux accoudoirs râpés.

— Le pouvoir peut se perdre, mon frère. Ces derniers mois, le régime connaît une forte période de contestation. Les conditions climatiques, la famine, le manque d'eau amènent le peuple à se soulever dans plusieurs provinces. L'un de mes officiers a été assassiné il y a trois mois... Officiellement, il a été abattu par la CIA. Mais la vérité, c'est qu'il a été pris à partie par des manifestants qui n'en pouvaient plus d'avoir faim et soif... Nos mollahs sont vieux et ne savent plus comment réagir. Je crains qu'une forme de déni ne se soit emparé d'eux... Et s'ils faiblissent, nous tombons tous. Alors il faut se montrer précautionneux.

— Tu es toujours certain de vouloir me vendre ton uranium ? demanda Jamal.

— Ne t'inquiète pas de cela. Si tu as de quoi payer, alors tu auras tout ce que tu veux.

— Dès que j'aurai vu la marchandise, je procéderai à un virement de cinq cents millions de dollars sur le compte chiffré que tu m'as transmis.

— C'est une banque aux Caïmans, mon frère... C'est là que je prendrai ma retraite, loin du tumulte de la révolution, s'enthousiasma Ali Afchar Jan en joignant les mains.

— Je t'ai connu plus exalté s'agissant de notre cause, général, lui fit remarquer Jamal, irrité.

— J'ai bientôt 75 ans ! rétorqua l'Iranien d'un ton sec. J'ai participé à la révolution de 1979. J'ai ensuite fait la guerre contre l'Irak. Depuis plus de trente ans, je poursuis des espions à la solde des Américains et des Israéliens. Et pour quoi ? Je te le demande... Car la vérité, c'est que notre régime s'effrite. Il a perdu son objectif et finira par sombrer. Bientôt, ce sont les types que tu as vu errer derrière nos barbelés qui seront au pouvoir. Ces soi-disant démocrates deviendront les nouveaux bourreaux de l'Iran et quant à nous, nous prendrons leur place en prison, à moins qu'ils ne nous pendent avant. Cette révolution est un échec. Une nouvelle génération doit prendre la suite... Dans tout le monde musulman, ce sont des gens comme toi qui incarnent l'avenir de l'Islam.

Jamal ne répondit pas. Les élucubrations d'Ali Afchar Jan ne l'intéressaient pas. Il regarda sa montre.

— Dans combien de temps partons-nous ?

— Un hélicoptère viendra nous prendre dans trois heures. Il nous conduira au cœur du golfe Persique, sur l'une des îles qui abritent nos bases. Une fois là-bas, tu auras deux jours pour contrôler la marchandise, et pour que je m'assure que tu m'as bien transféré les fonds. Ensuite, nous repartirons chacun de notre côté. Toi vers le Qatar à bord d'un boutre, et moi pour Téhéran... Tu pourras embarquer l'uranium avec toi. Ensuite, les Qataris sauront comment l'acheminer vers l'Europe via l'une de leurs ONG[53]. En ce qui me concerne,

53 • Organisation non gouvernementale.

c'est ma dernière mission. Car j'ai pris assez de risques. Je compte donc sur toi pour remplir ta part du contrat.

Bien que troublé par l'attitude d'Ali Afchar Jan qui semblait plus préoccupé par l'argent qu'il devait toucher que par la cause qu'il servait, Jamal acquiesça.

— C'est très bien, général. Si tu le permets, je souhaiterais maintenant me retirer et me reposer en attendant notre départ.

— Bien sûr ! Je vais te faire conduire à une chambre où tu pourras faire une sieste. Mon ordonnance te portera une collation.

Jamal se leva et prit momentanément congé de l'officier.

Quelques heures plus tard, ils étaient tous deux à bord d'un Shahed 225[54] et volaient en direction des îles iraniennes du golfe Persique.

---

54 • Hélicoptère de reconnaissance utilisé par les Gardiens de la révolution iraniens. Il sert également au repérage des navires ennemis. À ne pas confondre avec les drones Shahed.

L'île mystérieuse

Mer d'Oman, le 2 août 2022. L'avion de Jane s'était posé aux Émirats arabes unis vers une heure du matin. Comme l'exigeait le protocole, un officier français l'avait récupérée à l'aéroport pour la conduire sur la base française. De là, un hélicoptère l'avait emmenée jusqu'au navire-espion où elle avait été déposée par le biais d'un filin actionné par un treuil.

La nuit était noire, la mer d'un calme plat, et la chaleur brûlante.

À peine débarquée, son paquetage avait été récupéré par un sous-officier. Elle avait ensuite été conduite à une salle de réunion insonorisée où l'attendaient Paul, Alex et Athéna. Sans perdre de temps, elle avait fait un point rapide de la situation avec chacun d'entre eux, puis ils étaient allés se coucher.

À huit heures trente, Jane s'était levée et avait pris une douche. En sortant de la baignoire, elle s'était massé le bas du ventre avec quelques gouttes d'huile de sauge pour prévenir tout problème digestif, puis elle s'était habillée. Elle avait noué ses longs cheveux noirs, s'était parfumée et avait enfilé un pantalon de treillis bleu marine, un tee-shirt blanc et un bomber dont la coupe enflée et courte soulignait les courbes de sa poitrine et rallongeait curieusement ses jambes.

Elle était alors sortie sur le pont et avait fumé une cigarette, contemplant le spectacle des dauphins surfant dans le sillage du navire. Elle était restée là un moment, puis elle avait rejoint Paul et Alex dans la salle de briefing. Sur la table de réunion autour de laquelle ils se tenaient, un gobelet de café tiède ainsi qu'un croissant pâle et informe l'attendaient. Elle resta debout, prit le gobelet de café entre ses mains et le porta à ses lèvres.

— Je viens de m'entretenir avec Manfred, commença Alex. Il avait des infos concernant la localisation de Jamal Hariri.

Paul cligna des yeux. Son visage se referma d'un coup. Il ressemblait à un jeune fauve qui sent l'odeur de sa proie.

— Comme je le disais, les infos de Manfred sont assez précises. Hariri serait depuis deux jours sur une île située à mi-distance entre celles de Grande et Petite Tomb[55]... Salmane ne devait pas le savoir. C'est pourquoi l'information qu'il nous a donnée était imprécise.

55 • Grande Tomb et Petite Tomb sont deux îles de l'est du golfe Persique, situées à une douzaine de kilomètres l'une de l'autre.

— Cette île a-t-elle un nom ? demanda Paul.

— C'est là que ça devient drôle, si l'on peut dire... Car elle ne figure sur aucune carte maritime... En tout cas aucune des nôtres. Tout au plus apparaissent quelques rochers, répondit Alex.

— Tu nous expliques ?

Jane vint s'asseoir près de Paul.

— C'est une île qui se trouve au milieu de nulle part, officiellement inhabitée à l'exception de quelques familles de pêcheurs. Depuis hier, la CIA a effectué plusieurs relevés satellitaires de cette zone à partir des infos de Manfred.

— Oui, c'est bien ça. Manfred a également fait faire une vérification par notre satellite Hélios 2[56]. Et là, bingo... Entre deux et trois heures du matin, il a détecté des sources de chaleur dues à une activité humaine, reprit Alex.

— Mais cela ne veut pas dire que Hariri est là... Comme tu viens de le dire, il y a des pêcheurs sur cette île. Et il doit y avoir aussi quelques bestiaux. Est-on bien sûr que le satellite a détecté une présence humaine ? insista Paul.

— Je confirme. Il s'agit bien d'individus... Peut-être une dizaine.

— Les Iraniens disposent de nombreux bunkers et de troupes cantonnées sur plusieurs îlots du Golfe. Il va nous falloir un peu plus de certitudes sur ce coup-là...

— Ces informations satellitaires ont été confirmées par du A1. Et notre source d'information est issue d'un J2X, répliqua Alex d'une voix assurée.

---

56 • Sonde spatiale, il s'agit du deuxième objet le plus rapide construit par l'homme, qui atteint une vitesse de 70,2 km/s.

— Tu veux bien arrêter d'utiliser ton jargon d'espion européen ? coupa Jane, agacée par ces termes techniques.

— Tu as raison. Je t'explique... Ce jargon, comme tu dis, fait référence à la cotation des infos issues d'une source humaine. La lettre A permet de noter le degré de fiabilité de la source, et le chiffre 1 le niveau de son information. Le terme *J2X* signifie que la source est « traitée » par un officier de chez nous. Et dans le cas présent, l'officier traitant, c'est Manfred.

— Manfred traite lui-même des sources ? questionna Paul.

— Normalement non, excepté les *Titres 8*. Il s'agit d'agents infiltrés, expliqua Alex.

— Je comprends mieux. Manfred a donc une taupe dans les rangs iraniens. Si ses infos sont fiables, alors il faut rassembler des hommes rapidement et capturer Hariri sur l'île.

— En effet, répondit Alex. J'ai d'ailleurs eu le colonel Parisse, patron du CPEOM[57], via liaison sécurisée. Il nous envoie une équipe de nageurs de combat stationnés à Djibouti. Ils arrivent dans trois heures et demie. Ils seront parachutés par un A400M[58] à proximité du *DPL* en mode tarpon[59], avec deux mini-sous-marins Proteus.

— Vous comptez vraiment donner l'assaut contre une île iranienne ? demanda Jane, perplexe. C'est un peu risqué, non ? Je pensais que nous serions un peu plus discrets que cela. Du reste, ce n'est pas le moment de créer un incident

57 • Unité de la DGSE agissant clandestinement sur terre, mais à partir de la mer.

58 • Avion gros porteur utilisé par l'armée pour acheminer des troupes et du matériel.

59 • Largage en haute mer de personnel et de matériel pour renforcer une force navale.

diplomatique avec les mollahs, alors que nos pays respectifs sont en pleine renégociation de l'accord sur le nucléaire iranien...

— Si je comprends bien, ce n'est pas une île iranienne, puisqu'elle n'existe pas... De plus, ce morceau de rocher se trouve dans les eaux internationales ? intervint Paul, un sourire aux lèvres.

Le visage d'Alex s'éclaira.

— Tout à fait, mon vieux Paul, et vu qu'elle n'existe pas... Nous n'existons pas non plus ! Pas plus que ce que nous nous apprêtons à faire n'aura eu lieu. Je vois donc mal les Iraniens se plaindre d'une intervention étrangère sur un territoire qui ne leur appartient pas et sur lequel ils ne sont pas censés disposer d'une base.

— Vu comme ça, tout semble simple, dit Jane. Il n'empêche qu'on n'a pas intérêt à foirer notre coup. J'ai beau avoir une totale carte blanche de Langley pour monter une opération avec vous, si cela tourne au vinaigre, je pourrai dire adieu à toute promotion.

Paul fronça les sourcils et réfléchit. Il lança un regard inquiet à Alex.

— Jane a peut-être raison... Il nous faudrait davantage de renseignements sur cette île... D'un autre côté, nous devons conserver au maximum l'effet de surprise.

— Je vais demander un passage de drone à la NSA, dit Jane. Je vais aussi voir sur quelle logistique nous pouvons nous appuyer. Nous avons des navires et des sous-marins qui patrouillent dans le coin.

Alex se raidit.

— Non, Jane. Il faut éviter de se montrer trop voyants. Si les Iraniens constatent une activité inhabituelle de la marine américaine dans le Golfe, cela va les alerter. On ne peut pas prendre ce risque. Là où nous nous trouvons avec le *DPL*, nous sommes dans les eaux territoriales omanaises. Nous sommes donc plus discrets que les bâtiments américains qui patrouillent dans le secteur de l'île. À l'exception des repérages satellites, tout doit maintenant se faire à partir d'ici.

Paul posa la main sur son menton et se tourna vers Alex.

— Quel est ton plan ?

— Nous devons préserver au maximum l'effet de surprise, quitte à devoir composer avec quelques impondérables. L'idée est que nous utilisions les deux mini-sous-marins Proteus dès cette nuit. Six nageurs de combat prendront place dans le premier, et toi, Jane et moi irons à bord du second, avec trois types du CPEOM. Nous atteindrons l'île en demeurant parfaitement invisibles. Une fois sur place, on sécurise la plage, on localise Hariri et on tente de le capturer... Il y a forcément un moment où il se retrouvera seul. Soit dans une chambre, soit aux toilettes... On le neutralise avec un sédatif et on l'embarque à bord d'un hélicoptère Caracal stationné à huit minutes de notre position, qui viendra nous récupérer pour procéder à son exfiltration vers notre base d'Abu Dhabi. Les commandos repartiront de leur côté avec les sous-marins. Lorsqu'il se réveillera, Hariri sera en cellule.

— Et si une fois sur l'île, on ne peut pas l'approcher ? Si les Iraniens nous repèrent ? insista Jane.

— On a deux possibilités, reprit Alex. S'il est à portée de tir, on l'abat en mode silencieux, bien que l'objectif prioritaire soit de le capturer... Si c'est trop risqué, alors on décampe en silence. Dans tous les cas, on fait en sorte d'éviter un accrochage avec les Iraniens.

Jane fit une moue dubitative. Elle posa ses mains sur ses hanches.

— Messieurs, je vous rappelle que je suis supposée encadrer cette mission. Cela a été décidé d'un commun accord entre nos deux présidents et le pape. Je vous suis donc sur ce coup-là, mais j'espère que vous êtes sûrs de vous. Parce que, comme vous dites en français, j'ai l'impression qu'on est en train de monter une opération *avec une bite et un couteau.*

— Je ne peux pas me prononcer sur la question de la bite... Mais en ce qui concerne le couteau, tu as un expert en face de toi ! s'amusa Paul.

Un sourire s'afficha sur le visage d'Alex. Puis il regarda sa montre.

— Il est dix heures quinze... Je propose de se préparer au plus vite. Je m'occupe de l'arrivée des commandos et des deux mini-sous-marins. Jane, nous devrons rejoindre le second Proteus en combinaison étanche. Tout le monde doit être opérationnel à vingt heures !

— Je vous préviens, ça fait longtemps que je n'ai pas fait ce genre d'exercice, dit-elle en souriant. Croisons les doigts pour que tout se passe bien...

— Tout ira bien, la rassura Paul. Notre immersion sera de courte durée... J'ai cependant une question. Quelle est la place d'Athéna dans cette opération ?

Jane bomba soudain le torse. Elle reprenait la main.

— Athéna rejoindra la base d'Abu Dhabi dans l'après-midi. Participer à une mission commando ne fait pas partie de ses qualifications. En revanche, elle s'est montrée particulièrement convaincante à Londres. Si nous capturons Hariri, c'est donc elle qui procédera à son interrogatoire… en ma présence.

— Mais je pensais que seuls Paul et moi devions être aux côtés d'Athéna, intervint Alex.

— Tu pensais mal, mon vieux ! Je veux comprendre ce que vous attendez de Hariri. Être présente lors de son interrogatoire est le meilleur moyen de le savoir.

Alex et Paul restèrent de marbre. Jane se leva. Elle tourna les talons et sortit de la salle.

* * *

La dizaine d'hommes qui composaient le commando du CPEOM était arrivée au début de l'après-midi. Après un briefing d'une demi-heure, ils s'étaient restaurés avec quelques sandwichs et biscuits, puis ils s'étaient reposés afin d'être au maximum de leurs capacités.

En début de soirée, ils s'étaient affairés à mettre leur matériel à l'eau. Considérés comme l'élite des armées, et surentraînés pour affronter n'importe quelle situation dans n'importe quel environnement, ils n'étaient nullement perturbés par le manque de lumière, encore moins par le fait de plonger dans une mer infestée de requins.

Debout sur la passerelle, Paul testa son détendeur pour s'assurer qu'il ne fuyait pas. Il inspira et expira longuement, examina avec attention son manomètre, puis il enfila ses longues palmes et sauta dans l'eau pour rejoindre Alex, à moitié immergé dans une mer sans vagues. Comme les autres membres de l'équipe et conformément au protocole des nageurs de combat, il était équipé d'un appareil respiratoire monté en circuit fermé, permettant de recycler le gaz expiré et de ne pas laisser échapper de bulles d'air une fois sous l'eau. Jane, elle, ne se sentait pas rassurée. Habituellement sûre d'elle, elle était sous pression. Durant toute la journée, elle avait eu un mauvais pressentiment, mais n'en avait rien dit. Elle enfila à son tour sa combinaison en néoprène, son recycleur et ses palmes. Elle se fit rapidement briefer par l'un des commandos sur le dispositif de plongée, puis elle se jeta à l'eau à son tour.

Les uns après les autres disparurent peu à peu sous les flots pour intégrer les deux mini-sous-marins. Une fois à bord des submersibles, chacun prit sa place presque machinalement, dans un silence abyssal. Ils plongèrent à une profondeur d'une quinzaine de mètres pour se stabiliser, et ils prirent la direction de l'île.

Trente minutes plus tard, leurs GSP indiquèrent aux commandos qu'ils se trouvaient à deux cent trente mètres de leur objectif. Équipés de sacs étanches dans lesquels se trouvaient leurs armes, ils ouvrirent les sas et sortirent des sous-marins pour se regrouper sous l'eau en une forme de boule noire, à environ cinq mètres de la surface. Ils formèrent rapidement des binômes, puis ils s'élancèrent à coup de palmes en direction de l'îlot.

Une fois parvenus sur zone, ils se débarrassèrent de leur matériel sur la plage sans prononcer un mot. La rigueur et la réactivité étant leurs maîtres mots, ils opéraient mécaniquement. Le premier groupe s'affaira ainsi à nettoyer et sécuriser les lieux, pendant que le deuxième s'occupait de la localisation de Hariri.

Bien qu'il soit le plus âgé du groupe, Paul semblait parfaitement dans son élément.

Équipés de lunettes de vision nocturne, les membres de la première équipe scrutèrent les abords de plage. L'un d'eux se posta derrière un rocher, avant que deux autres ne le rejoignent. Ensemble, ils couvraient assez de points pour que leurs camarades leur emboîtent le pas en restant à l'abri d'un tir ennemi.

Excepté quelques crabes qui rampaient sur le sable, l'endroit était calme. Trop calme. Sur cette plage sauvage jonchée de rocaille qui longeait une vaste étendue de végétation, il n'y avait manifestement aucune activité, aucune lumière visible. Par ailleurs, des arbres et d'épais feuillages recouvraient presque entièrement le paysage et le plus haut point culminait à trente-cinq mètres au-dessus du niveau de la mer. À première vue, il n'y avait pas âme qui vive.

— L'île a vraiment l'air inhabitée... Et si nous faisions erreur ? chuchota Paul à l'oreille d'Alex, alors qu'ils se positionnaient avec leur groupe.

— C'est impossible. Je suis sûr que nous sommes au bon endroit, répondit l'espion français qui, tout en se plaçant dos contre un arbre, sortit de son sac étanche une mini-tablette à écran tactile sur laquelle apparurent les données issues des relevés satellitaires.

— On est à environ un kilomètre de la position où le satellite a repéré des sources de chaleur… Nous devons prendre la direction du nord-est.

Il leva son bras droit et fit un geste pour ordonner aux commandos de se déployer au milieu de la végétation. Après quelques minutes de marche, l'un des nageurs de combat aperçut un cabanon fait de quelques planches en bois et de morceaux de taule froissée. L'endroit se trouvait à une vingtaine de mètres. Deux soldats se séparèrent alors du groupe afin de prendre position sur le flanc gauche de l'habitation de fortune, couvrant ainsi par l'arrière leurs collègues.

Jane sortit de son sac un fusil de sniper MK13 MOD7[60] qu'elle monta, pièce par pièce, sans la moindre hésitation, comme elle l'avait déjà fait au moins cent fois en opération. Elle ajusta la lunette thermique lui permettant de détecter toute forme de chaleur. Mais elle ne distingua que quelques lièvres qui détalaient, dérangés par l'arrivée de ses hommes. Il n'y avait définitivement personne dans les parages. Elle fit signe au groupe de se reformer et ils reprirent leur progression.

Tandis qu'ils venaient tout juste de se remettre en mouvement, ils perçurent soudain le bourdonnement d'un moteur de bateau. Quelques secondes passèrent, puis le bruit cessa. Des voix d'hommes se firent entendre. Ils parlaient le persan. D'un geste, Jane ordonna à son équipe de se dissimuler derrière les fourrés.

— Ce sont des miliciens iraniens qui viennent d'arriver sur la plage… chuchota Paul en s'adressant à Alex.

---

60 • Ce fusil rétractable en fibre de carbone est utilisé par les forces spéciales américaines.

— Ils ne nous ont pas vus. Sinon ils seraient plus discrets. On reste à couvert pour le moment, et on voit ce qu'ils font là...

Les voix se rapprochèrent. Tapis derrière un bosquet, Alex et Paul distinguèrent les uniformes kaki des Gardiens de la révolution. Ils étaient six. Il s'agissait d'hommes jeunes qui portaient leur fusil à l'épaule et avançaient sereinement au milieu de la végétation, en direction des mêmes coordonnées qu'eux. L'un d'eux fumait une cigarette tout en devisant avec l'un de ses collègues. Ils connaissaient visiblement l'île et savaient très bien où ils se rendaient.

Passant devant les commandos français qui les observaient cachés dans la pénombre, ils s'engouffrèrent sur un petit chemin qui serpentait à travers les arbres. Ils s'arrêtèrent au bout d'une vingtaine de mètres, devant un résineux massif. L'un d'eux se pencha doucement puis passa sa main droite sur le tronc où était fixé un minuscule boîtier en fer. Il l'ouvrit, laissant apparaître un digicode et, d'un geste assuré, composa une série de sept chiffres. Alex et Paul sentirent alors le sol trembler. À quelques mètres, une trappe en acier, fixée dans la terre, s'entrouvrit. Elle donnait accès à un bunker. Jane comprit immédiatement que le commando venait de faire mouche. D'un geste brusque, elle donna l'ordre à ses hommes de faire feu sur les Iraniens.

Tout alla très vite. Six flots de cartouches jaillirent de leurs silencieux et cinq Iraniens, touchés en pleine tête, s'effondrèrent immédiatement. Le sixième eut juste le temps d'appuyer sur la gâchette de sa mitraillette, tirant dans toutes les directions, puis il tomba à son tour.

Deux soldats du CPEOM s'avancèrent alors vers les corps des miliciens et leur tirèrent une balle dans la tête. Ils traînèrent ensuite les cadavres par les pieds et les camouflèrent derrière des bosquets.

— Alex ! Paul ! Vous prenez vos gars et vous descendez dans le bunker ! Je reste ici avec trois hommes pour sécuriser l'entrée ! cria Jane sur un ton qui ne souffrait aucune discussion. Paul remarqua qu'elle se tenait la cuisse, et que son visage était crispé.

— Tout va bien ? demanda-t-il.

— Tout va parfaitement bien, monsieur le curé ! répondit-elle, agacée. Allez, ne perdez pas de temps à vous préoccuper de moi ! Si Hariri se trouve quelque part, c'est ici...

Obéissant immédiatement, les Français s'engouffrèrent l'un après l'autre dans le bunker en empruntant une échelle métallique d'une dizaine de mètres qui menait à un dédale de béton mal éclairé. Un parfum d'amande mêlé à une odeur d'hypochlorite de sodium donnait l'impression d'un souterrain parfaitement entretenu. L'endroit était donc fréquenté. Cependant, en dehors d'un grondement sourd qui provenait probablement de la turbine alimentant le bunker en oxygène, on n'entendait aucun bruit.

Suivis de leurs hommes, Alex et Paul progressèrent sur une dizaine de mètres, avant de se retrouver face à un embranchement d'où partaient deux couloirs, chacun à l'opposé de l'autre. Paul s'engagea sur celui de droite avec trois hommes, et fit signe à Alex de suivre l'autre. Au bout de quelques mètres, le passage de gauche débouchait sur deux portes qui se faisaient face. Au-dessus de chacune d'elle était fixé un portrait du Guide de la révolution Ali Khamenei.

Paul, couvert par son équipe, ouvrit délicatement la première porte. Il tomba alors sur une salle habillée de trois bureaux métalliques disposés face à un mur, sur lesquels reposaient deux ordinateurs portables et un poste de transmission radio. Là, se trouvaient deux jeunes soldats affalés sur des chaises. Le premier, assis de dos face à son poste, fumait une Bahman[61], ses écouteurs vissés sur le crâne. L'autre lisait le quotidien en ligne *Kayhan* sur son écran plat. Ils n'avaient rien entendu de l'accrochage qui s'était déroulé à la surface. Lorsqu'ils s'aperçurent que quelqu'un venait de pénétrer dans la salle, ils n'eurent même pas le temps de comprendre ce qu'il se passait. Ils furent immédiatement abattus par les tirs des SIG P226[62] des soldats français. Leurs corps tremblotèrent quelques instants sous l'impact des balles, puis ils s'écroulèrent sur le sol froid.

Paul ouvrit alors la seconde porte, mais la salle sur laquelle elle débouchait était déserte. Il n'y avait là que deux couchettes, une table en bois, quelques chaises et un écran de télévision de marque coréenne fixé sur le mur. Il donna l'ordre à ses coéquipiers de se saisir des ordinateurs qu'ils avaient vus dans la première salle, quand des coups de feu retentirent. Il leur fit alors signe de se remettre immédiatement en progression, en direction de l'endroit d'où venaient les détonations.

Parvenus au niveau de l'intersection où ils s'étaient séparés d'Alex et de son groupe, ils tombèrent nez à nez avec un

61 • Marque de cigarettes iraniennes.

62 • Arme de dotation des commandos, considérée par beaucoup comme la meilleure arme de poing actuellement en service.

Gardien de la révolution, kalachnikov au poing, le bas-ventre sanguinolent. Profitant de l'effet de surprise, Paul dégaina immédiatement le couteau qu'il portait à la ceinture et le lui projeta en plein plexus. Les yeux exorbités, le type lâcha son arme, puis il poussa un long râle avant de s'écrouler, quand deux autres tirs résonnèrent.

Alex apparut. Son pistolet à la main droite, il soutenait de son bras gauche l'un des commandos blessé à la jambe. Il haletait.

— Il va tenir le coup ? demanda Paul.

— Oui. Je pense que c'est une blessure légère... On a fait le tour. Il n'y avait que trois types... On en a fumé deux. Le troisième, celui que tu as eu, était seulement blessé, et il nous a échappé... D'après ce qu'on a vu, ils travaillaient sur des systèmes d'écoute. On a pu récupérer un carnet avec la liste des fréquences radio et des codes utilisés par les pasdarans. On a aussi eu le temps de sniffer les données de leurs ordinateurs. Mais on n'a trouvé aucune trace de Hariri, répondit Alex d'une voix presque désespérée.

— Ce n'est pas possible ! Il est forcément ici.

— Il n'est pas là, putain ! lâcha Alex, cette fois passablement irrité. Ce fumier nous a encore baisés !

Paul regarda le corps du milicien qui gisait à ses pieds. Il avait perdu beaucoup de sang, mais il respirait encore.

— Attends un peu... Le type que j'ai accroché au couteau... Il est dans les vapes mais il respire. Il doit savoir si Hariri est passé par là.

Il se mit à genoux et tapota les joues de l'Iranien qui entrouvrit les yeux. Il s'adressa à lui en farci.

— Un étranger vous a-t-il rendu visite ces derniers jours ? Un Arabe du nom de Hariri ?

Le soldat sembla tétanisé et apeuré.

— Qui... qui êtes-vous ?

— Qui nous sommes n'a pas d'importance. Ce qui est important, c'est que tu répondes à mes questions. Des milliers de vies, peut-être des millions en dépendent.

— Vous allez me soigner, si je réponds ?

— Oui.

— Un type est arrivé avant-hier. Il était venu rencontrer notre chef Ali Afchar Jan pour lui acheter un stock d'uranium appauvri entreposé au troisième sous-sol. Ali Afchar Jan lui a aussi fourni deux drones en pièces détachées...

— Comment accède-t-on à ce sous-sol ?

— Vous perdrez votre temps. Le type est reparti avec le stock d'uranium et ses deux engins à bord d'un boutre. Il n'y a plus rien ici.

— Pour quelle destination ?

— Je ne sais pas... Ils n'ont rien dit devant moi. Mais c'est forcément pour un pays de la région. Ce sont des navires de cabotage, ils ne s'éloignent que rarement des côtes.

— Et ton chef ? Où est-il ?

— Il est reparti lui aussi, mais pour Téhéran...

Le corps du milicien se raidissait.

— Par pitié... implora-t-il. Je vous ai dit tout ce que je savais. Donnez-moi à boire... Donnez-moi aussi de quoi me soigner.

Le type semblait souffrir le martyre. Paul dévisagea Alex.

— Je crois qu'il dit la vérité. Il a balancé tout ce qu'il savait.

Alex s'approcha du jeune soldat. Il tendit son pistolet au-dessus de son front et l'arma. Le jeune Iranien ne dit pas un mot. Il avait compris que cela ne servirait à rien. Il ferma simplement les yeux. Il entendit à peine le bruit sourd du projectile silencieux qui vint se loger entre ses yeux. Alex releva la tête, contrarié.

— Je suis désolé, Paul. Je sais que tu n'aimes pas ça... Mais on a des ordres. On ne doit laisser aucun témoin derrière nous.

Paul se releva.

— Je sais quels sont les ordres... Mais je n'aime pas ça. Cela fait de nous des tueurs.

— Si tu veux bien, on attendra d'être rentrés pour les leçons de morale... Pour le moment on se tire d'ici, on rejoint Jane, et on file.

Paul acquiesça. Il fit un signe de croix au-dessus du corps du jeune milicien.

— Tu as raison. On se tire... Il n'y a rien de plus ici.

Le commando reprit sa route vers la sortie du bunker. Une fois remontés à la surface, Alex et Paul ne virent que les trois hommes qui accompagnaient Jane.

— Où est la colonelle Red Eagle ? questionna Paul.

— Elle a été blessée. On l'a étendue à l'abri, derrière un arbre.

— Que s'est-il passé ?

— Elle a pris une rafale de kalachnikov lorsqu'on a attaqué la patrouille.

— C'est grave ?

— On dirait... Elle a reçu deux balles dans la cuisse droite, à quelques centimètres juste au-dessus du genou. Les deux projectiles sont ressortis en laissant deux plaies ouvertes. On les a nettoyées autant qu'on pouvait et on a appliqué un pansement, mais je crains qu'une partie de l'os ait explosé. Elle a besoin d'un chirurgien au plus vite.

— Ok ! Appelez l'hélico et demandez une exfiltration d'urgence. Dites que nous avons deux blessés, dont un grave, ordonna alors Paul. Puis il se tourna vers Alex.

— Allons la voir...

À quelques mètres, Jane gisait sur le sol, adossée à un arbre. Ses jambes reposaient dans une mare de sang. Son visage était livide, sa mâchoire contractée, ses yeux tirés.

— Tu vas tenir le coup ? lui demanda Alex.

— Qu'est-ce que tu crois ? ironisa-t-elle, la voix fatiguée. Évidemment que je vais tenir le coup. Je ne vais quand même pas donner l'occasion à monsieur le curé de m'administrer les derniers sacrements. Je suis encore trop jeune pour ça. Dites-moi plutôt ce qu'il s'est passé en bas ? Vous avez eu Hariri ?

— Il nous a encore filé entre les doigts, dit Paul. Ce coup-ci, c'est sûr, il y a une taupe qui nous a balancés.

— Nous nous occuperons de ça plus tard, coupa Alex. L'hélico va venir te récupérer, Jane. Nous avons un autre blessé. Nous allons vous faire évacuer sur la base d'Abu Dhabi. Paul et moi repartirons à bord des sous-marins de poche. On se retrouvera là-bas.

Jane lança un sourire à Alex. Il s'accroupit à côté d'elle et lui prit la main.

— Je suis désolé… J'ai été très con autrefois.
— Oui… Tu as été très con… Écoute, si jamais je ne m'en sors pas… Il y a un gamin… C'est mon fils. Il s'appelle Jonathan… Il a neuf ans et demi… Elle ferma les yeux et sombra dans le coma.

Alex l'embrassa sur le visage.

Huit minutes plus tard, un Caracal venait récupérer les deux blessés. Alors qu'il s´éloignait de l'île à basse altitude afin de ne pas être repéré par les radars iraniens, Paul, Alex et les hommes du commando rejoignaient leurs sous-marins.

La taupe

Paris, le 4 août 2022. Le général Manfred Roger n'aimait pas se rendre à l'Élysée. Encore moins de bon matin. Surtout lorsqu'il avait participé à des agapes qui s'étaient terminées tardivement la veille. Mais il ne discutait jamais lorsqu'il recevait une convocation du président de la République, c'était une question de principe. De toute façon, étant donné le revers subi par son protégé et ses coéquipiers, il ne s'attendait pas à recevoir des félicitations. « Donc autant en finir au plus vite », se disait-il.

Après que son chauffeur eut garé son véhicule – une Peugeot noire 5008 aux vitres fumées – dans la cour d'honneur, il en descendit promptement puis se dirigea d'un pas alerte vers les marches qui menaient au vestibule. Édifié de la façon la plus classique, le palais présidentiel était constitué d'un bâtiment principal qui s'élevait sur deux étages et de deux dépendances rectangulaires que leur architecte avait voulues plus « modestes ». Si l'Élysée était un lieu de secrets et de pouvoir où se décidait habituellement le destin de la nation, en ce moment même, c'était celui de la planète qui s'y jouait.

Les journalistes et les hauts cadres de l'administration française surnommaient l'endroit « le château », « Louis XVI » étant le sobriquet donné par le personnel à son locataire fraîchement réélu, lequel n'entretenait pas toujours des rapports faciles avec ses subordonnés.

Toutefois, Manfred n'avait jamais eu à s'en plaindre. Au contraire, le jeune président, véritablement passionné par le travail des hommes de l'ombre et conscient de la nécessité de leur action, avait toujours montré une certaine bienveillance à son égard, veillant comme il le disait lui-même à « assurer la place de la DGSE parmi les meilleurs services de renseignement du monde ». Afin de coordonner au mieux son fonctionnement avec les autres offices en charge du renseignement, il avait d'ailleurs imposé avec une certaine lucidité la création d'une Coordination nationale du renseignement et de la lutte contre le terrorisme (CNRLT) qui permettait aux maîtres-espions de mieux collaborer en la matière. Il avait en effet conscience que la menace terroriste qui demeurait à son plus haut niveau ne cessait de muter, y compris technologiquement, et qu'elle prenait des formes inconnues jusqu'alors. Il savait ainsi que le monde était loin d'en avoir fini avec les organisations jihadistes comme Al-Qaïda et Daesh et que celles-ci continuaient à faire peser un risque majeur au cœur même de l'Europe et de ses territoires. Même si Manfred le jugeait un peu trop directif avec les vieux de la vieille et qu'il goûtait peu son style parfois théâtral, il considérait de fait qu'il n'était pas moins bon qu'un autre.

Alors qu'il était tout à ses réflexions, Manfred aperçut un huissier qui lui faisait signe de le suivre. Il tira sur les pans de sa veste de costume et se mit dans les pas de l'appariteur. Ils empruntèrent l'escalier est qui conduisait jusqu'au salon doré – actuel bureau du président – où il fut introduit avec la déférence due à son rang.

— Général Manfred Roger ! Je suis fort aise de vous voir ! s'exclama le président en se levant de son fauteuil, un sourire mordant sur les lèvres.

— Monsieur le président, je vous présente mes respects.

Ils se serrèrent la main en se fixant droit dans les yeux. Manfred remarqua que son hôte portait un costume et une cravate assortis à la couleur de ses yeux. Les cheveux en bataille, il avait le teint bronzé, ce qui lui donnait l'apparence d'un jeune premier.

— Prenez place en face de moi, général... Je crois que nous avons deux ou trois choses à nous dire.

Manfred s'exécuta sans prononcer un mot. Installé sur son fauteuil, il promena quelques instants son regard sur la pièce occupée par tous les présidents de la République depuis le général de Gaulle. Il observa avec circonspection une œuvre de Pierre Soulages accrochée sur l'un des murs, puis jeta un œil au-dessus d'une porte où étaient inscrites les lettres N et E, lesquelles rappelaient le passage de

Napoléon III et d'Eugénie en ces lieux chargés d'histoire. En agissant de la sorte, il prenait l'air volontairement détaché, attendant de voir ce que le président, assis derrière son immense bureau noir, allait lui dire.

Ce dernier remonta légèrement les manches de sa veste et tendit la tête en avant.

— Bon. C'est quoi ce foutoir ?

— Vous voulez sans doute parler de la mission de notre commando entre les îles de Petite et Grande Tomb, monsieur le président ? répondit Manfred, avec sa voix pierreuse de Gascon.

— Précisément ! Mais épargnez-moi les leçons de géopolitique. Ce qui m'intéresse, c'est de savoir pourquoi l'opération a tourné au fiasco...

Manfred croisa les jambes et joignit ses mains l'une à l'autre. On aurait dit un sphynx.

— Je vais essayer d'être bref, monsieur le président. Comme vous l'avez lu dans mon rapport, l'islamiste Jamal Hariri devait se rendre sur cette île du golfe Persique pour y acheter de l'uranium appauvri à une organisation secrète, les Fedayins de l'Islam, qui œuvre au sein du corps des Gardiens de la révolution iraniens. Or, nous savons que ledit Hariri prépare un attentat contre le pape François... Comme vous le savez, il s'est fait livrer, via le Qatar, un stock d'armes et un système de brouillage antiradar dont nous savons qu'ils doivent servir à son projet... Bref, en d'autres termes, Hariri prépare un attentat d'envergure à la bombe sale, et le meilleur moment pour frapper le souverain pontife sera évidemment la conférence de paix qu'il a décidé d'organiser en septembre… et à laquelle vous devez participer avec plusieurs autres chefs d'État… Notre commando avait donc pour mission de le neutraliser.

Le président coupa Manfred.

— Je sais déjà tout cela, général… Ce que je veux savoir, c'est comment ce Hariri a pu acheter de l'uranium aux Iraniens.

— Il dispose de fonds colossaux issus du trésor de guerre des nazis, monsieur le président… Des fonds sur lesquels nous essayons de mettre la main, comme je vous l'ai déjà expliqué. Le *hic*, c'est que lui seul détient les numéros des comptes sur lesquels ils sont placés. Toute sa force financière provient de là… De plus, il bénéficie d'un réseau d'influence solide au sein de plusieurs organisations islamistes, y compris iraniennes.

— Je vois… Et qui a donné l'ordre de l'assaut sur l'île, général. Est-ce vous ?

— L'opération a été validée conjointement par mon homologue américain à Langley et moi-même, monsieur le président. Nous ne pouvions pas nous douter que Jamal Hariri nous filerait entre les pattes avant même que nos commandos débarquent.

— Vous voulez dire qu'il était bien sur l'île, mais qu'il a fui avant votre arrivée ? Cela veut-il dire que vos hommes ont manqué de réactivité ou de discrétion ?

— Non, monsieur le président. Nous avons utilisé des nageurs de combat du CPEOM et des sous-marins de poche.

Il est impossible que nous ayons été repérés. La raison de notre échec est ailleurs...

— Venez-en au fait ! dit le président sur un ton cassant.

— Eh bien, je pense que Hariri a été prévenu par quelqu'un qui était au courant de notre mission.

— Vous insinuez qu'il y aurait une taupe au sein de vos services ?

— Je ne suis pas certain qu'une taupe œuvre directement au sein de la DGSE. Car en dehors de moi, seuls le lieutenant-colonel Galtier et Athéna Knight étaient au courant des détails de la mission. Et je réponds d'eux.

— Alors qui ? Peut-il s'agir des Américains ?

— Je ne le crois pas, monsieur le président. Ils n'ont aucun intérêt à nous trahir. De plus, leur agent, la colonelle Jane Red Eagle, est dans la confidence depuis trop peu de temps. J'ajoute qu'elle a failli perdre la vie durant cette opération sur l'île. En revanche, cela peut venir de votre entourage. Car à part le pape qui gère ce genre de mission directement avec Paul Diner, il n'y a que vous qui vous ouvriez de ces questions hautement sensibles à vos proches conseillers et aux coordinateurs du renseignement...

Le président se cabra sur son fauteuil.

— Vous insinuez que la taupe fait partie de mon entourage proche ?

— Comme je vous l'ai dit, monsieur le président, les Américains sont arrivés trop tard dans la boucle pour que cela vienne d'eux. Cependant, je n'insinue rien... Il y a beaucoup de façons d'obtenir des renseignements, même sur une opération secrète. Nous sommes tous susceptibles d'avoir été espionnés.

— Général, je ne suis pas certain de vous suivre... Pour l'heure, je constate que votre mission n'a pas encore donné les résultats escomptés. Enfin, nous sommes à deux doigts de l'incident diplomatique avec la République islamique d'Iran, alors que nous sommes en pleine renégociation de l'accord sur le nucléaire[63], qui ne se présente pas sous les meilleurs auspices compte tenu de la situation là-bas. Je résume donc ma pensée : nous avons échoué à neutraliser un terroriste qui menace d'abattre plusieurs chefs d'État et, qui plus est, a mis la main sur suffisamment d'uranium pour détruire une ville entière, d'autant plus qu'il y a un centre de recherche nucléaire aux abords de Rome, lequel est doté d'un réacteur[64]. Vous imaginez donc la catastrophe dans le cas où il serait également visé par les terroristes... Cela provoquerait des milliers de morts et de blessés, sans parler de tous ceux qui seraient irradiés...

Manfred afficha une moue tourmentée.

— Je partage votre inquiétude, monsieur le président. Mais croyez bien que mon équipe fait le maximum...

Le président passa la main sur son nœud de cravate. Il se raidit et tira dessus d'un coup sec.

— Je ne critique en rien votre équipe d'agents puisqu'il semble qu'elle a été victime d'une fuite. En revanche,

63 • En 2021 et 2022, l'Iran et les grandes puissances renégocient à Vienne l'accord international de 2015 sur le nucléaire, dont étaient sortis les États-Unis.

64 • Le centre de recherche de Casaccia, à 25 kilomètres au nord-ouest de Rome.

je veux que vous trouviez au plus vite qui est derrière... Dressez-moi dans les plus brefs délais une liste des personnes et des moyens de communication qui ont pu être piratés, y compris parmi mes proches collaborateurs. Je veux aussi qu'on retrouve la piste de ce Hariri et qu'il soit neutralisé une bonne fois pour toutes ! Je vous donne une totale carte blanche et des moyens illimités. Je demanderai personnellement à nos autres services de vous fournir tout le soutien dont vous aurez besoin. Mais je ne veux plus de couacs, c'est bien clair ? La conférence a lieu dans un peu plus d'un mois... Le temps joue donc contre nous !

— C'est parfaitement clair, monsieur le président.

Le chef de l'État esquissa un sourire contraint. Il tendit la main en direction de Manfred, paume vers le haut, pour lui signifier que l'entretien était terminé.

— Alors nous nous comprenons ! Surtout, je veux être tenu informé au jour le jour des développements de l'affaire, général.

Manfred acquiesça et se leva. Il serra la main du président et quitta le salon doré.

Une fois que ce dernier se trouva seul, il saisit l'un des deux téléphones qui se trouvaient sur son bureau.

— Allô, cher ami ! Je viens de recevoir le général Manfred Roger. Son rapport au sujet de nos opérations dans le golfe Persique me préoccupe... Vous savez toute la confiance que j'ai en lui. Mais il semble que nous ayons des problèmes de fuite... Si besoin, je souhaite que vos services lui apportent leur soutien et fassent quelques vérifications sur la fiabilité des gens qui l'entourent.

— Vous pouvez compter sur moi, monsieur le président, répondit une voix masculine particulièrement doucereuse à l'autre bout du téléphone.

— Parfait ! Tenez-moi au courant si vous avez du neuf. Au revoir.

Le président raccrocha sans même attendre que son interlocuteur le salue. Il se leva et fit quelques pas dans son bureau, se pinçant le menton. Il était inquiet. Manfred était son meilleur atout, et il ne mettait pas en doute la fiabilité de son équipe. Mais trop de monde était au courant de l'opération Spinoza, et cela ne pouvait avoir échappé à des services secrets étrangers.

* * *

Ankara, siège du MIT[65], le 5 août 2022. Barbe fine et sourire poupon, Gulbudin Pacha avait toute l'amitié et la confiance du président turc. Cet ancien diplomate, dont même les pires adversaires reconnaissaient qu'il était doté d'une intelligence supérieure, régnait sur les services secrets depuis plus de dix ans sans aucun contrepouvoir ni contrôle. Nationaliste, il était tout aussi proche des réseaux d'extrême droite que de ceux de l'islamisme, considérant ces derniers tels des outils indispensables à la stratégie d'influence turque. Il s'appuyait d'ailleurs bien souvent sur leurs réseaux

65 • Millî İstihbarat Teşkilatı : organisation qui regroupe les services secrets intérieurs et extérieurs turcs.

en Europe pour recruter des indicateurs ou commettre des attentats contre les opposants kurdes.

Afin que ses agents n'aient jamais à répondre de leurs actions devant la justice, il avait usé de toute son influence auprès du raïs pour faire passer une loi qui leur permette de pouvoir agir en dehors de tout cadre légal. Le siège de l'Organisation nationale du renseignement, autrement baptisé « la forteresse », était dès lors devenu un sanctuaire pour les espions aux plus viles méthodes et les tueurs de la pire espèce. Employant plus de six mille personnes, l'institution avait tissé sous sa direction un important réseau d'agents à travers le monde, officiant tel le bras invisible et vengeur de la présidence partout où cela était nécessaire, y compris à l'intérieur du pays.

Car Gulbudin Pacha ne laissait jamais rien au hasard, n'hésitant pas à recourir à la terreur si cela lui apparaissait opportun.

En 2016, à la suite d'une tentative de coup d'État contre son maître, il avait été l'artisan d'une terrible purge contre ceux qui avaient osé défier le pouvoir. En quelques jours, il avait fait placer vingt-cinq mille personnes en garde à vue, en faisant enfermer quatorze mille autres sans aucune forme de procès. Il avait aussi fait arrêter des centaines d'officiers et suspendre des dizaines de milliers de fonctionnaires. Du jour au lendemain, des intellectuels, des journalistes et des étudiants avaient disparu sans que l'on sache jamais ce qu'ils étaient devenus.

Les grandes démocraties avaient eu beau protester, il ne s'en était pas soucié. Ce bon père de famille, qui avait successivement travaillé à l'Agence internationale de l'énergie atomique à Vienne et aux Nations unies avant de devenir espion, n'avait de toute façon aucune sympathie pour les Américains qu'il accusait de tous les mauvais coups au Moyen-Orient, et n'hésitait pas, en privé, à exprimer son plus profond mépris pour les Européens qui n'avaient pas voulu de la Turquie en leur sein. Il agissait donc comme bon lui semblait, défendant au mieux les intérêts de la nation.

Dormant peu, il se rendait à son office dès six heures du matin, ne se couchant jamais avant une heure. Travailleur acharné, on ne lui connaissait aucune passion particulière, aucune addiction, aucun vice. Sa vie se bornait uniquement à servir deux causes : son maître et l'Islam.

À l'exception de deux photographies du président Erdogan disposées sur une élégante commode en bois laqué, son bureau aux murs gris était vide de tout artifice. De la même manière, il était toujours vêtu de costumes raffinés, mais sobres. Il n'aimait pas briller.

Alors qu'il était habituellement calme et qu'on lui connaissait un certain sens de l'humour, il se montrait depuis quelques jours particulièrement nerveux. Car l'un des pays voisins de la Turquie, l'Iran, connaissait de nombreux troubles.

Proche des Gardiens de la révolution iraniens auxquels il avait vendu par le passé des renseignements sur des espions infiltrés du Mossad, il s'inquiétait de voir le régime des mollahs dont ils dépendaient incapable de mater le vent de contestation qui soufflait contre lui. Ce n'est pas qu'il éprouvât de la sympathie pour eux, mais il les considérait comme des partenaires fiables et des garants de la stabilité de la région, avec lesquels il était aisé de faire des affaires. Qui plus est, il ne souhaitait pas qu'ils se retrouvent fragilisés par les velléités contre-révolutionnaires de certains groupes d'opposition qui s'étendaient au sein de la jeunesse iranienne et dans les universités, de peur que la fronde à laquelle ils étaient confrontés ne contamine la Turquie. Enfin, le fait que Jamal Hariri, auquel il avait plus d'une fois confié ses basses besognes en Syrie lors du Printemps arabe, ait été récemment repéré par les services secrets occidentaux alors qu'il se trouvait en territoire iranien, le gênait aussi terriblement. Grand admirateur des Frères musulmans, il considérait ce dernier comme leur seul héritier légitime, le seul capable de poursuivre leur œuvre. Il le voyait également comme un élément clé de sa stratégie de déstabilisation de l'Occident et il ne voulait pas que ses plans soient contrariés, pas plus qu'il ne souhaitait que sa relation avec Jamal, Al-Qaïda et les Iraniens soit percée au grand jour.

Alors que la guerre entre la Russie et l'Ukraine faisait rage et que la Chine menaçait d'envahir Taïwan, il savait que l'Europe et les États-Unis se trouvaient de plus en plus fragilisés. Et il rêvait de participer à leur affaiblissement en organisant le maximum d'opérations qui contribuent à les plonger dans l'insécurité. Au fond, son projet était simple : il voulait donner à la Turquie les moyens de faire rayonner de nouveau le califat dans toute une partie du Moyen-Orient et en Méditerranée orientale, en s'assurant toutefois de préserver des alliances fortes avec Moscou et Téhéran.

Il était neuf heures quinze du matin quand Jamal fut introduit dans son bureau par une secrétaire vêtue d'une jupe droite et d'un chemisier bleu, dont le visage était cerclé d'un hijab de la même couleur.

— Mon cher Jamal. Je suis heureux de te voir sain et sauf. Quand es-tu arrivé à Ankara ?

Jamal souleva ses lunettes et adressa un regard malicieux au patron des services secrets turcs.

— Gulbudin Pacha, mon vieil ami... Ne joue pas à ça avec moi. Tu sais mieux que personne depuis quand je suis ici. Tes agents ne m'ont pas quitté d'une semelle depuis mon arrivée à l'aéroport. Je les soupçonne même de m'avoir suivi depuis Doha.

Gulbudin ricana.

— C'est que nous nous préoccupons de ta santé ! Les récents événements en Afghanistan et dans le golfe Persique nous ont fait craindre qu'il t'arrive quelque chose. Je pensais d'ailleurs que tu resterais au Qatar après l'épisode de l'île.

— Justement... C'est pour cela que je suis ici. Car j'ai besoin de ton aide. Les agents de la DGSE et de la CIA me courent après. Et l'honorable cheikh Ayman al-Zawahiri, que Dieu veille sur lui, m'a dit quelques heures avant d'être assassiné par ces maudits Américains que ton service avait des informations sur ceux qui étaient à ma poursuite. Il m'a révélé que tu disposais d'une source de haut niveau à Paris qui te fournissait des renseignements.

Gulbudin Pacha leva les yeux au ciel. Puis son visage se crispa.

— Le vieil homme devait être bien fatigué pour te faire toutes ces confidences. Mais il est vrai que j'ai des informations… La position de notre pays au sein de l'OTAN me permet d'avoir pu établir de solides relations avec un certain nombre de mes homologues occidentaux… Et je peux te confirmer que plusieurs agents sont sur tes traces. Deux officiers travaillant pour les services du Vatican et la DGSE qui opèrent en étroite collaboration avec la CIA ont ainsi tenté de t'intercepter à deux reprises. La première fois en Afghanistan, et la seconde en Iran. Le Français s'appelle Alex Galtier. Je n'ai pas l'identité des agents qui officient pour la CIA et le Vatican… Mais sache que dans les deux cas, c'est moi qui ai prévenu tes hôtes du péril que tu encourais… et je ne peux pas être derrière toi en permanence. Cela me fait courir trop de risques. Tu dois donc apprendre à te faire plus discret.

— Il y a une autre solution… dit Jamal.

— Laquelle ?

— Abattre ceux qui me pourchassent.

— Cela tiendrait de l'entreprise industrielle. C'est donc impossible. Et puis nous avons déjà beaucoup trop de problèmes après les assassinats ciblés que nous avons menés contre les opposants kurdes en Europe.

Jamal fronça les sourcils. Il se raidit sur son fauteuil. Le cuir de sa veste craqua.

— Notre objectif est plus important que les Kurdes… Il doit passer avant toute autre considération, mon cher Gulbudin Pacha. N'oublie jamais que tu dois ta position au sein du MIT à mes nombreux financements comme à mes contributions à tes projets. C'est grâce à mes réseaux que tu as pu fournir des armes aux jihadistes syriens. Si je disparais, tu perdras un atout majeur. Et si tu ne peux pas avoir la peau de ces espions, alors trouve un autre plan… La conférence internationale sur la paix aura lieu dans un mois et demi. Notre projet ne peut souffrir aucun échec !

Gulbudin se passa la main droite sur le haut du crâne. Il posa son index sur la pointe de son nez.

— J'ai peut-être une idée pour mettre fin à tes problèmes… Le projet est coordonné par un seul homme. Un général de la DGSE qui a pour nom Manfred Roger. C'est lui qu'il faut sortir du jeu. Car c'est lui le donneur d'ordres.

— Que comptes-tu faire ? Lui verser des pots de vin ?

— C'est un incorruptible… Il est donc peu probable qu'on puisse l'acheter. Il n'a pas non plus de maîtresse… Donc inutile de penser le faire chanter. Laisse-moi réfléchir à son sujet… Quant à toi, préoccupe-toi surtout de te faire oublier. Ne reste pas ici, car en Turquie, il te sera difficile de passer inaperçu. Malgré notre surveillance, Ankara grouille de mouchards. Retourne à Doha dès demain. C'est de toute façon là-bas que se trouvent le système antiradar, l'uranium et les deux drones Shahed[66] qui doivent transporter les bombes et frapper le Vatican et le laboratoire nucléaire de Casaccia… Prépare leur transit vers Chypre en toute discrétion… Mes agents t'ont trouvé un endroit sûr là-bas, à l'abri des regards. Enfin, s'agissant des armes, je veux que tu commences à les répartir à nos différentes cellules en Syrie, en Irak, en Jordanie

66 • Drones kamikazes de fabrication iranienne, longs d'environ trois mètres et larges de deux mètres et demi. Ils peuvent voler sur une distance de 2 500 kilomètres avant de toucher leur cible.

et en Palestine. Comme a dû te le dire le cheikh Zawahiri, nos amis qataris te fourniront toute l'aide utile. Ils disposent de suffisamment d'avions de transport civil pour te faciliter la tâche. De mon côté, je te procurerai des faux papiers pour ton voyage dès ce soir.

Les lèvres de Jamal s'allongèrent. Il inspira longuement et fit un petit mouvement du cou. Ses muscles cervicaux craquèrent.

— Je vais écouter tes conseils, Gulbudin Pacha. Je repartirai demain pour l'émirat. Mais je compte sur toi pour régler nos problèmes !

Puis il se dressa sur ses jambes fines et se dirigea vers la porte. Avant de l'ouvrir, il se tourna vers son hôte.

— Fais-moi porter mes nouveaux papiers d'identité à mon hôtel. Et si tu veux bien, envoie-moi une de tes filles. Je n'ai pas baisé depuis des semaines…

Gulbudin cligna des yeux. Il lui adressa un regard réprobateur.

— Méfie-toi des femmes, Jamal. Elles causeront ta perte ! D'ailleurs, j'ai omis de te préciser que les agents qui sont sur ta trace travaillent avec une contractuelle des services secrets français. Ils l'utilisent pour corrompre leurs proies. D'après ma source, c'est une vraie pro qui a plusieurs assassinats ciblés à son compteur. Elle se fait appeler Athéna Knight… Mais son vrai nom est Marie-Élisabeth Knightley.

— Ne t'inquiète pas pour ma libido, Gulbudin Pacha. Quant à la pute française, je saurai m'en souvenir…

Jamal ouvrit la porte et s'en alla.

Jamal parti, Gulbudin se cala dans son fauteuil et porta une nouvelle fois son index droit sur la pointe de son nez. Il avait une idée. « Il est impossible d'abattre deux espions aguerris qui travaillent sur la même affaire... Mais se débarrasser de leur chef... Oui, cela doit pouvoir se tenter », se dit-il.

Il sortit un téléphone de sa poche. Il ouvrit une application de messagerie cryptée et composa un numéro à quatorze chiffres. Il attendit trois sonneries avant que quelqu'un ne décroche.

— Bonjour, général. Ici l'hôpital.

— Bonjour, professeur. Je n'avais pas prévu que vous m'appeliez aujourd'hui. Je suis à mon bureau. Que me voulez-vous ?

— J'ai besoin d'informations sur les prochains déplacements du vieil homme... Il est très fatigué et je pense que nous allons devoir lui administrer un traitement. Pouvez-vous me donner quelques indications sur son état actuel ?

La voix à l'autre bout de la ligne marqua quelques instants de silence.

— Vous êtes bien certain de vouloir lui administrer un traitement ? D'après de récentes informations que j'ai obtenues du chef de famille en personne, sa mise sous observation le préoccupe...

— Raison de plus pour que nous nous soucions de sa santé. Je ne peux pas prendre le risque de voir la tumeur grandir.

— Très bien. Si c'est ce que vous voulez, je vais me renseigner sur ses déplacements à venir. Je vous reviens sous quarante-huit heures.

Gulbudin raccrocha. La taupe allait lui donner les moyens de se débarrasser de Manfred et de porter un coup fatal aux opérations de ses espions.

Pressentiments

Base française d'Abu Dhabi, le 6 août 2022. Les forces françaises disposaient aux Émirats arabes unis d'un important groupement de l'armée de terre, d'un centre d'entraînement en zone désertique, d'une base aérienne et d'une base navale. L'ensemble des forces d'élite stationnées là étaient commandées par un amiral. Nombre des opérations qui étaient conduites sous son office étaient tenues secrètes. D'ailleurs, les rares journalistes qui avaient été autorisés à se rendre sur la base n'en avaient presque jamais rien vu, excepté des bâtiments aux volets clos.

Si une chose, en dehors de cet incroyable dispositif militaire, pouvait faire la fierté de la France, c'était son centre médical interarmées auquel était agrégé un hôpital administré par les médecins du service de santé des armées. C'est là que Jane avait été conduite quatre jours plus tôt. Depuis les minutes qui avaient précédé son transfert à bord du Caracal, elle était restée dans le coma. Elle ne s'était réveillée que quelques heures plus tôt.

Alex et Paul n'avaient pas reçu l'autorisation de la voir après son opération. Elle avait perdu beaucoup de sang et, en raison des restrictions imposées par l'épidémie de coronavirus, les visites étaient restreintes. Ils avaient donc erré sur la base en attendant qu'elle se réveille, passant leurs journées à échafauder des plans pour retrouver la piste de Hariri et leurs soirées à jouer au poker et aux échecs.

Athéna ne s'était pas jointe à eux. Elle connaissait peu Jane, mais elle avait de l'admiration pour cette femme. Elle avait donc passé le plus clair de son temps assise devant la porte de sa chambre, à attendre qu'elle recouvre ses esprits, le nez fourré dans un livre ou sur son téléphone portable. Dans les faits, cela ne servait pas à grand-chose, mais elle avait le sentiment d'être utile, de veiller sur elle.

Vers quinze heures, Alex avait reçu un appel alors qu'il sirotait une bière au mess en compagnie de Paul, les yeux rivés sur un écran de télévision sur lequel tournaient en boucle les informations de la chaîne Sky News Arabia.

— Alex ? C'est Athéna... Jane est revenue à elle. Elle a demandé à te voir. Le chirurgien a donné son feu vert, avait-elle simplement dit.

— Dis-lui que j'arrive.

Il avait immédiatement laissé Paul en plan et pris la direction de l'hôpital. Dix minutes plus tard, il arrivait à la chambre de Jane.

Vêtue d'une chemise de nuit blanche, elle était à demi assise, sa tête reposant sur un épais coussin laiteux. Un cathéter auquel était raccordée une perfusion de morphine était enfoncé dans son avant-bras droit. En voyant Alex, son visage s'était illuminé. Il s'était assis sur le bord du lit, à côté d'elle.

— Comment te sens-tu ?

Elle inspira, fournissant un effort conséquent pour répondre.

— J'ai encore un peu mal... Il paraît que j'ai pris deux balles, l'une au-dessus du genou et l'autre à quelques centimètres en dessous de l'os iliaque. Il semble que je sois hors service pour un bon moment... Je suis bonne pour deux mois de rééducation, mais ça aurait pu être pire... Il paraît que l'on va me rapatrier aux États-Unis d'ici quatre jours par avion médicalisé.

— Oui, j'ai croisé le médecin chef qui s'est occupé de toi. C'est ce qu'il m'a dit. Nous allons être de nouveau séparés.

Jane eut un rictus.

— Cela ne t'a pas dérangé toutes ces années.

— Je te rappelle que c'est toi qui as quitté Paris sans dire un mot.

— Tu étais incapable de choisir entre Alice et moi.

— Je sais... J'ai été stupide. Mais tu nous vois en couple ? Un espion français et une agent de la CIA ? Compliqué, non ?

— C'est bien le problème avec les mecs de ton espèce... Vous êtes capables de risquer votre peau pour des causes qui ne vous concernent pas, mais impuissants à vous engager auprès d'une femme. Vous avez toujours une raison pour fuir.

— Je te l'ai dit, je regrette. Si c'était à refaire...

Elle posa son index sur ses lèvres.

— Tais-toi... sinon tu vas regretter ce que tu t'apprêtes à dire.

Alex se tut pendant quelques secondes et la contempla. Il la trouva belle.

— Lorsque nous étions sur l'île, tu m'as parlé d'un enfant... Jonathan.

Jane sourit.

— Oui, je te l'ai dit. Il s'agit de mon fils. J'ai eu peur de ne pas le revoir. Il vit avec moi en Virginie.

— Où est son père ?

— Il n'a pas de père. Je l'ai élevé toute seule, avec l'aide de mes parents qui le prennent auprès d'eux pendant les vacances.

— J'ai calculé qu'étant donné son âge, il pourrait être de moi.

— Écoute, Alex... Je t'en ai parlé parce que je craignais de mourir. Si cela avait été le cas, j'aurais voulu que ce soit toi qui le lui annonces, plutôt qu'un mec en uniforme ou ses grands-parents. Mais c'est tout... J'éprouve un grand respect pour toi, et peut-être même encore de l'amour. Toutefois, cela s'arrête là. Nous deux, cela ne pouvait pas fonctionner. Tu l'as dit toi-même. Deux espions ensemble...

Alex lui prit la main.

— J'éprouve la même chose pour toi, Jane. Mais je veux savoir, à propos de ton fils...

Deux fines larmes s'échappèrent des yeux de Jane.

— Si j'avais voulu que mon fils ou qui que ce soit sache qui est son père, je l'aurais dit depuis longtemps. En ce qui te concerne, cela ne te regarde plus. Je suis saine et sauve... Je vais donc pouvoir reprendre le cours de ma vie comme avant. Maintenant que tu es rassuré sur mon sort, tu peux filer rejoindre ton *alter ego*. Et dis-lui que je le remercie pour ses prières... Car je suis certaine qu'il a prié pour moi, ce fichu curé. Non ?

Alex sourit.

— Oui. Il a même beaucoup prié. Il t'aime aussi, à sa manière.

Il lui adressa un clin d'œil et se pencha vers elle. Puis il posa ses lèvres contre les siennes, lentement. Elle se laissa faire, sans rien dire. Il chuchota à son oreille.

— Je reviendrai te voir demain. Nous reprendrons cette conversation. Toi et moi, on n'en a pas fini. Cette fois, je ne te laisserai pas me quitter.

Alors qu'il se levait, elle lui attrapa le bras.

— Avant de partir, dis-moi ce qui s'est passé sur l'île. On a eu Hariri ?

— Non. Il avait déjà filé. Manfred arrive ce soir de Paris pour faire le point avec nous. Il veut revoir nos plans, mais il n'a pas voulu m'en dire plus au téléphone. Il a l'air de se méfier de quelque chose... Mais ne t'inquiète pas... Je te tiendrai au courant de ce qu'il nous dira.

Elle lui lâcha le bras et esquissa un sourire.

— Allez, va-t'en ! souffla-t-elle. Puis elle ferma les yeux.

Il quitta la chambre. À l'extérieur de l'hôpital, Athéna l'attendait. Elle portait une combinaison de la marine française, trop large pour elle, dont elle avait retroussé les manches. Ils prirent le chemin du mess pour rejoindre Paul.

— Alors, comment va-t-elle, papa ? demanda la jeune femme.

— Elle est encore très fatiguée. Mais c'est une dure. Elle va se remettre sur pieds très vite.

— Tu as le béguin pour elle ?

Alex lâcha un rire gêné.

— Jane et moi, c'est une longue et vieille histoire. Disons que je n'ai pas été à la hauteur de ce qu'elle attendait de moi. Alors j'essaye de rattraper le coup.

— Au moins, toi, tu peux rattraper quelque chose, lâcha Athéna, l'air chagriné.

— Qu'est-ce qui te rend si triste ?

— C'est que moi, je ne risque pas de retrouver ceux que j'ai aimés. Ma vie s'est arrêtée le 11 septembre 2001, quand j'ai perdu mes parents.

— Ne dis pas cela. Tu es jeune, brillante et jolie. Tu ne vas pas me dire que tu n'as pas un mec à Paris ?

— Avec le job que je fais, quel type voudrait de moi ? Et puis de toute façon, cela ne m'intéresse pas. Au fond, je ne suis d'ailleurs pas sûre qu'il y ait grand-chose qui m'intéresse, excepté la vengeance... Enfin, si. Il y a toi, papa. Toi, je t'aime bien. Et puis ton vieux copain le curé, je l'aime bien aussi. On forme un bon trio tous les trois, même si vous êtes parfois un peu vieux jeu.

Il la regarda, attendri. Elle ne lui avait jamais parlé ainsi.

* * *

Manfred était arrivé à dix-neuf heures dix, à bord d'un Falcon 7. Il était en uniforme, képi vissé sur la tête, ce qui n'était pas habituel. Après s'être soumis aux politesses d'usage auprès du commandant de la base, il avait réuni Paul, Alex et Athéna dans une salle sécurisée où ne passait aucune liaison téléphonique. Il avait demandé qu'on leur porte à manger et qu'on les laisse seuls.

Il était vingt heures trente quand ils s'étaient retrouvés tous les quatre autour d'une table de réunion sur laquelle étaient disposées des assiettes de poulet rôti, une corbeille à pain en argent et une bouteille de Château La Fleur 2016. Un ventilateur, dont les pales semblaient fendre l'air, tourbillonnait au-dessus de leurs têtes dans un léger ronflement.

Manfred prit la parole. Il avait l'air grave.

— Bien. Je ne vais pas y aller par quatre chemins. Vous vous êtes fait doubler sur l'île. Les Fedayins de l'Islam savaient que vous alliez arriver.

Ils le regardèrent d'un air interrogateur.

— Vous voulez dire qu'on nous a balancés, mon général ? interrogea Paul.

— Il y a eu des fuites. *A minima* involontaires... Mais nous ne sommes pas à l'abri d'avoir quelqu'un à l'intérieur de nos services ou dans l'entourage du président qui informe nos ennemis de vos faits et gestes. Comme il ne peut s'agir d'aucun de vous trois ni de la colonelle Red Eagle et encore moins du pape, cela vient d'ailleurs.

Alex et Athéna restèrent muets. Ils avaient pour habitude de ne pas interrompre Manfred. Ils savaient qu'il avait son idée, et qu'il n'allait pas tarder à la leur exposer.

— Vous avez une piste ? renchérit Paul.

— Cela se pourrait bien, colonel, répondit Manfred en se servant une cuisse de poulet. Très peu de gens sont au courant de nos opérations. En dehors de nous, il y a les officiers du *Dupuy-de-Lôme* et du CPEOM. Mais ils ont été informés de votre mission beaucoup trop tard pour avoir pu transmettre des informations. Du reste, leurs états de service sont remarquables. On peut donc les éliminer de la liste. Ensuite, il y a moi... Et là, je n'exclus pas la possibilité d'avoir été mis sur écoute. J'ai donc demandé à notre service technique de vérifier mes téléphones et ordinateurs... Cependant, si tel est le cas, c'est que quelqu'un avait intérêt à me faire surveiller. Et c'est donc forcément une personne qui est mise au courant du cadre particulier de notre mission... Or, en dehors des personnes que je viens de citer, seul le président de la République a eu connaissance en temps réel des évolutions de nos objectifs... Mais comme il est évidemment insoupçonnable, il est probable que cela vienne de son entourage.

— Vous pensez à quelqu'un de son cabinet, mon général ? questionna Paul.

— Ce n'est pas impossible. À moins qu'il s'agisse de quelqu'un opérant pour l'un des services avec qui il est en contact. Bref... Comme me l'a demandé le président, j'ai dressé personnellement une liste de tous ceux qui peuvent être à l'origine de ces fuites ou dont les moyens de communication ont pu être piratés. Et je ne tarderai pas à trouver ce que je cherche... Mais ce n'est pas seulement pour vous parler de cela que je suis ici.

— Alors, dis-nous en plus, nous t'écoutons, dit Alex en servant le bordeaux dans chacun des verres.

Manfred porta la cuisse de poulet à sa bouche et croqua dedans avant de reprendre la parole, les joues gonflées.

— Si Hariri a fui à bord d'un boutre avec la cargaison d'uranium, il est certainement à Doha. Il est en effet presque impossible qu'il se soit rendu dans un autre pays de la région car la plupart des États du Golfe font la chasse aux Frères musulmans, à l'exception du Qatar. Je vous rappelle d'ailleurs que c'est à Doha qu'ont été livrées les armes transportées par *Le Maltese*. C'est aussi à Doha qu'on a retrouvé le corps mutilé du capitaine du navire, ainsi que celui de son passager clandestin. Le premier a été tué parce qu'il nous informait. Le second, un pauvre bougre espagnol qui s'était retrouvé là par je ne sais quel hasard, a été abattu sans doute parce qu'il en avait trop vu. Il paraît évident que c'est depuis l'Émirat que tout se trame ! Et c'est donc à Doha que Hariri s'est réfugié avec son chargement, sous la protection de ses amis bédouins. Les services qataris nous ont en effet habitués à jouer double jeu depuis des années... D'un côté, ils se disent nos alliés dans la lutte contre le terrorisme, et de l'autre, ils arment et financent les groupes jihadistes. On ne peut pas se fier à eux. Je veux donc que vous vous rendiez sur place et montiez une opération pour capturer Hariri.

Alex, qui portait à ses lèvres son verre de vin, se cabra sur sa chaise.

— À Doha ? Mais notre marge de manœuvre va être très limitée. Le Qatar est un État policier. Il nous sera quasiment impossible de monter une opération sans risquer de nous faire repérer.

Manfred fronça les sourcils.

— Ce sont mes ordres, Alex ! Vous partirez chacun par des vols différents. Je vous ai fait préparer des passeports avec vos nouvelles identités. Toi Alex, tu es un spécialiste en sécurité qui travaille pour la ville de Paris. Tu viens à Doha en tant qu'expert, pour prendre connaissance de la façon dont ils ont sécurisé les stades de la Coupe du monde, et t'en inspirer en vue des Jeux olympiques de 2024 qui se tiendront dans la capitale. Athéna, tu gardes ta couverture habituelle de cadre dans une grande boîte de La Défense. Tu es à Doha pour les vacances.

Il laissa planer un silence, puis reprit.

— Quant à vous, colonel... ou devrais-je dire *mon père*, vous êtes un prêtre qui prépare un livre sur les chrétiens du Moyen-Orient. Vous vous rendez à Doha pour rencontrer la communauté catholique philippine. Vous restez ainsi dans votre registre.

— Vous êtes trop bon, mon général, dit Paul en souriant. Et une fois là-bas ?

— Vous et Alex résiderez dans un hôtel familial du souk. Convenable, mais pas trop clinquant. Quant à toi Athéna, tu prendras une réservation au Sheraton. Tu viens faire du tourisme au Qatar...

Athéna jeta un regard incompréhensif à Manfred.

— Après Londres, tu ne crois pas que je risque de me faire épingler ?

— Il y a peu de risques. Le chauffeur de Salmane est sous les verrous, mis au secret. Il n'a pu parler avec personne. Quant aux agents anglais qui nous ont aidés, ils n'avaient aucune information sur ton identité réelle ou supposée.

— Très bien. Si ce sont les ordres, je les exécuterai, dit Athéna. Mais ensuite, une fois sur place, quel est le plan ? On n'est même pas certains que Hariri s'y trouve...

Manfred s'apaisa. Son visage s'illumina.

— Excellente remarque, jeune fille ! C'est pour cette raison que j'ai demandé à nos services d'établir un scan de tous les passagers des vols internationaux arrivés au Qatar depuis cinq jours, avec fiches d'identité et photographies à l'appui.

— À quoi ça sert, puisque Hariri est vraisemblablement arrivé en bateau ? fit remarquer Paul.

— *A priori*, vous avez raison, colonel. Mais j'ai fait effectuer ce contrôle par sécurité, car je soupçonnais Hariri d'avoir rendu visite à ses donneurs d'ordre turcs...

— Les Turcs ? s'étonna Alex.

Manfred se resservit un verre de bordeaux avant de répondre.

— Oui. Si, comme je le crois, il y a une taupe au sein de nos services ou que l'un d'entre nous a été mis sur écoute, cela veut dire que Hariri est informé en temps réel de nos projets. Il se sait donc menacé. Et si tel est le cas, il en aura référé au MIT. Du reste, les services secrets turcs sont bien les seuls à être capables de soudoyer ou de mettre sur écoute quelqu'un de chez nous...

— Mais je ne vois pas pour quelle raison Hariri se serait rendu en Turquie pour revenir ensuite au Qatar, trancha Paul.

— Hariri est prudent. Peut-être même trop prudent... Et s'il craint qu'on le piste, il sera allé demander de l'aide à Gulbudin Pacha, le patron du MIT. Il est en quelque sorte son parrain, si je puis dire... Et Hariri a beau disposer du soutien des Qataris, il sait qu'ils ne sont pas aussi compétents que les Turcs pour le protéger.

— Ça se tient, dit Alex.

Manfred avala une gorgée de vin. Il fit claquer ses lèvres et prit un air satisfait.

— Ça se tient tellement que vous allez être surpris du résultat de nos recherches ! Un certain Receyp Yılmaz, muni d'un passeport turc, est arrivé ce matin même à Doha. Nous avons fait un rapprochement entre sa photo et un portrait que nous avions de Hariri dans nos archives... et devinez quoi ?

— Tu vas nous dire que tu as mis dans le mille, dit Athéna. Hariri et ce Receyp Yılmaz ne font qu'un !

— Exactement ! ajouta Manfred en frappant dans ses mains. Et notre service d'identification est formel à quatre-vingt-dix pour cent. D'après eux, il serait descendu au Sheraton !

— Alors pourquoi ne pas demander aux services qataris de l'arrêter ? Ou aux Américains, qui ont une base à Doha, de l'appréhender ? Après tout, il est recherché pour actes de terrorisme et préparation d'un attentat… dit Paul qui était le seul à n'avoir pas touché à son assiette.

Manfred leva les yeux au ciel.

— Colonel, si je ne connaissais pas vos états de service, je finirais par me demander si vous n'êtes pas plus curé qu'agent secret… Vous vous doutez qu'on ne peut pas faire confiance aux Qataris. Quant aux Américains, ils préfèrent que ce soit nous qui nous occupions officiellement de Hariri, car ils ne veulent pas froisser l'émir avec qui leur président entretient des relations compliquées. Ils mettront cependant tous leurs moyens logistiques à notre disposition. C'est ce que m'a dit mon homologue de la CIA à qui j'ai fait part de nos soucis, sans toutefois rentrer dans les détails puisqu'il faut se méfier de tout le monde, à commencer par nos amis… La colonelle Jane Red Eagle étant blessée, il a également accepté de s'en remettre à vous concernant le déroulé des opérations sur le terrain, le temps pour lui de nommer quelqu'un à sa place.

— Parfait, général. Mais que voulez-vous que l'on fasse une fois qu'on aura Hariri en contact visuel ? On l'abat ? reprit Paul, imperturbable aux remarques de Manfred.

— On remet en place le même dispositif qu'à Londres. Sauf que cette fois, vous ne pourrez compter que sur vous-mêmes… Et pas question de le tuer. Je veux qu'il se mette à table concernant les comptes bancaires sur lesquels il a la main. Il y a donc deux choses que vous devrez faire. La première concerne Athéna : elle doit établir le contact avec

Hariri et le séduire. Une fois dans sa chambre, elle devra se débrouiller pour scanner son téléphone portable et télécharger toutes ses données. Je veux aussi qu'elle place un mini-traceur dans ses affaires ou dans sa voiture, ce qui permettra de le géolocaliser. Avec la technologie dont nous disposons, ces deux opérations pourront se faire en toute discrétion. Elle devra surtout le mettre en confiance et installer une relation durable le temps de son séjour... Hariri est un homme fatigué et sous pression... Athéna lui fera passer des nuits particulièrement agitées pour l'épuiser... Au besoin, elle pourra utiliser un anticholinergique[67] qui lui provoquera des troubles de l'attention et des pertes de repères. Dès lors qu'il quittera son hôtel, elle vous tiendra au courant. Vous n'aurez qu'à mettre en place une filature pour qu'il vous mène là où se trouvent les armes, l'uranium et le système antiradar qu'il a en sa possession. Ensuite, vous détruirez tout ce que vous pouvez, et vous indiquerez au commandement américain de la base d'Al-Udeid où vous vous trouvez. Une unité des SEALS se tiendra en alerte. Où que vous soyez, il ne lui faudra pas plus de quinze minutes pour vous rejoindre en hélicoptère et vous exfiltrer avec votre prisonnier et l'uranium. Un numéro crypté que je remettrai à Alex vous permettra de les joindre. Quant à Athéna, elle rentrera en France par le premier vol pour Paris.

— À t'entendre, c'est un jeu d'enfants, soupira Alex. Mais si ton plan ne fonctionne pas ?

— J'ai conscience que ce que je vous demande est com-

67 • Substance qui provoque des vertiges, de la confusion et des troubles de la vision.

plexe. Et pour répondre à ta question, si mon plan ne marche pas, alors il y a deux options. Ou bien vous abattez Hariri, ou bien nous risquons de nous retrouver avec un attentat sans précédent sur le sol européen. Cette fois, l'opération Spinoza ne doit pas échouer !

— Quand partons-nous ? demanda Paul.

— Athéna partira la première demain matin, par le vol de sept heures cinquante. Une réservation a déjà été prise à son nom. Si on la questionne sur les raisons de sa provenance, elle pourra dire qu'elle a visité les Émirats et fait une escale à Abu Dhabi. En ce qui vous concerne, messieurs, vous repassez par Paris. Vous repartirez donc avec moi cette nuit. Vous pourrez dormir dans l'avion. Une fois en France, vous réembarquez sur un vol civil en direction de Doha. J'espère que tout est clair pour tout le monde, acheva Manfred.

Alex regarda sa montre.

— Nous avons le temps de repasser à l'hôpital pour dire au revoir à Jane ?

— Mon Falcon décolle à vingt-trois heures quinze. En principe les visites ne sont pas autorisées à cette heure, mais comme j'avais anticipé ta demande, j'ai obtenu une autorisation spéciale de l'amiral. Elle n'est valable que pour toi, et tu n'auras pas plus de dix minutes. Pour ce qui est d'Athéna et Paul, je suis désolé, mais cela ne sera pas possible compte tenu des restrictions.

— Je pense qu'Athéna et moi comprenons parfaitement, mon général, dit Paul.

Puis se tournant vers Alex :

— Bon, ne fais pas l'imbécile et dis-lui les choses essentielles. Une fois que nous aurons réussi notre mission, tu auras tout loisir d'aller passer quelques jours aux États-Unis...

Alex sourit. Il se leva et quitta la salle.

* * *

À vingt-et-une heures trente, Alex était à nouveau à l'hôpital. Jane ne dormait pas.

— Déjà là ? Je ne pensais pas te revoir si vite...

— Je repars ce soir... Avec Athéna et Paul.

— Manfred vous envoie de nouveau au front... J'espère que cette fois, vous réussirez. Quelle est votre destination ?

— Doha. C'est là-bas que se trouve Hariri... Mais je ne suis pas venu pour que nous parlions de cela.

— Tu es venu me dire au revoir ?

— Pas seulement. Dès que nous en aurons fini avec Hariri, je viendrai te retrouver aux États-Unis. Enfin... si tu es d'accord. Nous pourrions passer un peu de temps ensemble. Je pourrais faire la connaissance de ton fils et m'en occuper pendant ta rééducation...

— Tu vas surtout passer de sales quarts d'heure avec lui... C'est un vrai Sioux. Incontrôlable !

— Alors, j'imagine que tu es d'accord ?

Elle tendit la main vers lui et l'attira contre elle.

— Reviens vite... Je t'attendrai en Virginie.

Il l'embrassa longuement.

Lorsqu'il quitta l'hôpital, Alex rejoignit le baraquement qu'il occupait avec Paul et fit son paquetage. À vingt-trois heures dix, ils étaient sur le tarmac, avec Manfred, prêts à embarquer. Athéna était aussi présente. Avant qu'ils ne montent dans l'avion, elle les serra l'un après l'autre contre elle, longuement.

— Faites bien attention à vous deux, dit-elle. On se retrouve à Doha.
— Prends soin de toi, répondit Paul.

Alex lui caressa la joue.

— Toi aussi, Athéna. Fais attention. Hariri est un dingue. S'il y a quoi que ce soit que tu ne sens pas, tu arrêtes tout.
— Ne t'inquiète pas pour moi, papa. Je suis un animal, mû par l'instinct de vengeance et prêt à bondir sur sa proie ! dit-elle en souriant. Mais elle n'en pensait pas un mot. Depuis le début de la journée, elle ne se sentait pas tranquille. Et la réunion avec Manfred n'avait fait que renforcer cette sensation.

Cinq minutes plus tard, le Falcon 7 décollait. Paul s'était assis à l'écart de ses deux collègues. Il sortit un livre de son sac à dos : celui des *Psaumes*. Enfoncé dans son fauteuil, il l'ouvrit presque machinalement sur le texte 144 et en lut à voix basse le contenu.

« *Béni soit le Seigneur, mon rocher ! Il exerce mes mains pour le combat, il m'entraîne à la bataille. Il est mon allié, ma forteresse, ma citadelle, celui qui me libère ; il est le bouclier qui m'abrite, il me donne pouvoir sur mon peuple. Qu'est-ce que l'homme, pour que tu le connaisses, Seigneur, le fils d'un homme, pour que tu comptes avec lui ? L'homme est semblable à un souffle, ses jours sont une ombre qui passe. Seigneur, incline les cieux et descends ; touche les montagnes : qu'elles brûlent ! Décoche des éclairs de tous côtés, tire des flèches et répands la terreur. Des hauteurs, tends-moi la main, délivre-moi, sauve-moi du gouffre des eaux, de l'emprise d'un peuple étranger : il dit des paroles mensongères, sa main est une main parjure. Pour toi, je chanterai un chant nouveau, pour toi, je jouerai sur la harpe à dix cordes, pour toi qui donnes aux rois la victoire et sauves de l'épée meurtrière David, ton serviteur. Que nos fils soient pareils à des plants bien venus dès leur jeune âge ; nos filles, pareilles à des colonnes sculptées pour un palais ! Nos greniers, remplis, débordants, regorgeront de biens ; les troupeaux, par milliers, par myriades, empliront nos campagnes ! Nos vassaux nous resteront soumis, plus de défaites ; plus de brèches dans nos murs, plus d'alertes sur nos places ! Heureux le peuple ainsi comblé ! Heureux le peuple qui a pour Dieu le Seigneur !* »

Alors que l'avion, qui traversait la couche de nuages, était secoué par quelques légères turbulences, Paul releva la tête et regarda à travers le hublot. Il ne distingua qu'une sorte de fumée blanche informe qui lui donna l'étrange sensation d'évoluer entre deux mondes. Il soupira. « Je me demande bien à quoi se raccroche notre ennemi en ce moment, alors qu'il se prépare à nous détruire. » Il ferma les yeux, et essaya de s'endormir.

Alex et Manfred était assis face à face. Ils n'avaient pas dit un mot depuis le décollage, quand Alex sortit du silence.

— Il y a un truc que tu ne nous as pas dit lors du briefing, Manfred.

— Tu as raison. Garde-le pour toi, mais j'ai la quasi-conviction de savoir qui est la taupe.

— Tu veux dire que tu exclus qu'on ait été mis sur écoute ?

— Oui. Très peu de choses ont été dites via nos téléphones cryptés. Nos ordinateurs n'ont quasiment pas servi. Cela ne peut venir que de quelqu'un qui est au cœur du pouvoir.

— À qui penses-tu ?

— Je ne peux rien te dire, car pour le moment je n'ai aucune preuve... Mais écoute-moi bien... Dès que j'en saurai un peu plus, je laisserai à ton attention une note avec des instructions et le nom de celui que je soupçonne d'être la taupe dans un coffre secret qui est dissimulé derrière le mur nord de mon bureau, au sein de notre loge. Il est masqué par un carré de quatre pierres qui sont amovibles. En dehors de moi, personne n'y a accès et seuls les anciens vénérables maîtres ont eu connaissance de son existence. Comme ils sont presque tous morts et que le dernier en vie est en EHPAD, inutile de te dire que c'est une cachette exceptionnelle... Bref, si jamais il m'arrivait quelque chose, je veux que tu t'y rendes et que tu récupères la note... Voici le code du coffre : 7 – 3 – 5 – 9.

— Les chiffres de la plénitude, de la perfection, de la connaissance et de l'aboutissement, dit Alex en souriant. Une vraie combinaison de franc-maçon.

Manfred ne réagit pas. Concentré sur ce qu'il avait à dire, il poursuivit.

— À l'intérieur du coffre, il y en a un second beaucoup plus petit dont l'ouverture est commandée par un système électronique. Sa combinaison, c'est la longitude et la latitude du temple de notre loge mère.

— Mais pourquoi autant de mystères ? Que veux-tu qu'il t'arrive ?

— Je ne sais pas... Trop de choses nous échappent depuis le début de cette histoire. Je suis persuadé que quelqu'un agit dans notre dos pour saboter tous nos efforts. Quelqu'un qui n'a pas intérêt à ce que l'on arrête Hariri et que l'on mette la main sur l'argent des SS.

— Tu en dis trop ou pas assez, Manfred.

Manfred se pencha en direction d'Alex. Il le dévisagea.

— Alex... En dehors de ma femme et de ma fille, tu es sans doute la personne la plus proche de moi. Alors, je t'en prie : fais-moi confiance et contente-toi de suivre mes consignes. Car ce qui se passe va bien au-delà des projets de Hariri... Si l'attentat contre le pape réussissait, le monde entier s'en trouverait déstabilisé. Et si, de plus, nos services ou le cabinet du président étaient infiltrés de l'intérieur, alors cela voudrait dire que nous n'aurions plus aucun moyen de riposter sans que nos ennemis en soient informés.

— J'ai conscience de cela, Manfred. Je suivrai tes consignes, répondit Alex. Manfred inclina la tête, l'air satisfait. Il ferma les yeux, et s'enfonça à nouveau profondément dans son fauteuil.

— Alors j'en suis heureux. Maintenant, j'ai besoin de dormir et de reprendre des forces. La route qui nous attend promet d'être semée d'embûches, dit-il.

Sexe et châtiment

Doha, le 7 août 2022. En sortant du hall de l'aéroport, Athéna s'engouffra dans le premier taxi qui s'offrit à elle. Le chauffeur, un Pakistanais moustachu et gringalet, avait suivi la route de la corniche en direction du quartier de West Bay où résidaient la plupart des expatriés, pour arriver enfin au Sheraton. Célébré dans le monde arabe comme la « pyramide du Golfe » en raison de sa forme, ce palace faisait autant figure d'attraction touristique qu'historique, car il avait été le tout premier à être construit dans le pays. On y célébrait autant de fêtes luxueuses que de mariages princiers, les hommes d'affaires venus du monde entier y séjournant lors de leurs passages sur la presqu'île. Doté de sept restaurants, il disposait d'une plage privée, de trois piscines, de deux courts de tennis et d'une salle de sport. C'était un endroit réputé tant pour son luxe que pour son calme.

Lorsque Athéna fut conduite à sa chambre, au quatrième étage, elle glissa un billet au groom et s'allongea sur le lit. Depuis la veille, elle avait l'étrange sensation que les choses ne tournaient pas rond. Les échecs des deux opérations conduites contre Hariri lui faisaient pressentir qu'aucun membre de l'équipe ne maîtrisait la situation. Sans compter les révélations de Manfred, qui l'inquiétaient.

Elle alluma la télévision et tomba sur un clip de la chaîne Rotana. On y voyait le chanteur égyptien Amr Diab, véritable star de la pop romantique dans le monde arabe, reprendre son tube fétiche *Tamally Ma'ak*. Bodybuildé et cheveux gominés, il était entouré de jeunes femmes pulpeuses aux formes généreuses, plus belles les unes que les autres.

Athéna aimait bien cette autre facette du Moyen-Orient qui contrastait avec celle des fous de Dieu qu'elle avait choisi de combattre. Elle avait d'ailleurs conscience que peu de choses la séparaient d'une grande partie de sa population, en quête de liberté et d'ouverture sur le monde. Mais voilà, elle avait choisi d'être une combattante, le bras vengeur d'un Occident frappé en son âme lors des attentats contre les tours jumelles. Et elle avait beau se dire que son combat était peut-être dépassé, il faisait partie intégrante de son ADN, de ce qui la maintenait en vie.

Elle enviait Alex. Malgré ses réticences à se caser, il avait connu de vraies histoires d'amour. Il avait une vie, une famille et encore des projets. Elle n'avait rien de tout cela. Employée contractuelle d'une officine qui l'utilisait comme tueuse et pute de luxe, elle n'était plus qu'une fleur fanée. Au fond, sa vie n'était pas très glorieuse.

Elle éteignit le téléviseur. Elle se leva, retira son chemisier, son pantalon et ses chaussures. Elle saisit son IPod dans son sac à main et alla se faire couler un bain tiède. Elle y plongea tout son corps quelques minutes plus tard, écouteurs enfoncés dans les oreilles, et poussa le son à fond en fermant les paupières. *Zombie*, un tube des Cranberries des années 90, résonna dans tout son être.

Another head hangs lowly
Child is slowly taken
And the violence caused such silence
Who are we mistaken?
But you see, it's not me
It's not my family
In your head, in your head, they are fighting
With their tanks and their bombs
And their bombs and their guns
In your head, in your head, they are crying...

Ses muscles se relâchèrent, et quelques larmes perlèrent sur ses joues. Elle se sentait pitoyable.

* * *

Vers quinze heures locales, Athéna descendit au restaurant de l'hôtel. Elle était vêtue d'une jupe d'été rouge et d'un tee-shirt blanc sur lequel retombait une veste en lin à chevrons bleus. Installée dans un large fauteuil de couleur sable, elle commanda une salade Caesar et un verre de vin qu'un serveur en habit gris vint déposer sur la petite table en marbre qui se trouvait devant elle. Elle scruta la salle autour d'elle pour voir si elle apercevait Hariri, mais il n'y avait personne. En cette période d'été, l'endroit était quasiment vide. Elle grignota un peu, laissa la moitié de son plat et avala son verre d'une seule gorgée. Elle décida de retourner à sa chambre prendre son sac à main, et d'aller ensuite jouer les touristes. Doha offrait un nombre important de lieux de vie climatisés où l'on trouvait des boutiques de luxe, des magasins de prêt-à-porter féminin et des salons de thé. Tout ce qu'il lui fallait pour se fondre dans son rôle.

Elle se dirigea vers l'ascenseur, appuya sur le bouton d'appel et attendit moins d'une minute avant que les portes ne s'entrouvrent. Devant elle, à l'intérieur, se tenait un type barbu, lunettes noires et veste en cuir à col large. En le voyant, elle eut un sursaut. C'était Jamal Hariri. Elle fit un pas de côté pour le laisser sortir. Il lui adressa un sourire et un signe de la tête pour la remercier, puis elle s'engouffra à son tour entre les portes. Lorsqu'elles se refermèrent derrière elle, son cœur se mit à battre à toute vitesse et sa respiration se fit saccadée. Elle éprouva une forme de panique. Arrivée au quatrième étage, elle se précipita vers sa chambre. À peine eut-elle ouvert la porte qu'elle s'empressa d'aller vers le minibar mis à sa disposition. Elle en sortit une fiole de whisky et en descendit la moitié d'un trait. Elle inspira et expira ensuite longuement et, reprenant ses esprits, elle saisit son sac et ressortit de la chambre.

Lorsqu'elle fut de nouveau dans l'ascenseur, elle attrapa son téléphone portable et composa un message à l'attention d'Alex : « Salut papa. J'ai trouvé l'homme de ma vie. »

***

Arrivés vers six heures quinze à Roissy, Paul et Alex quittèrent aussitôt Manfred, qui était attendu par son chauffeur. Ils furent pris en charge par un agent de « la boîte » chargé de la logistique qui leur remit leurs faux papiers ainsi qu'un pistolet Liberator[68] en pièces détachées, indétectable aux rayons X. Il leur indiqua qu'ils trouveraient des munitions sur place, celles-ci devant être placées par un agent des services spéciaux américains dans une canette de Pepsi-Cola qui se trouverait à l'intérieur du minibar de la chambre d'Alex.

Ils reprirent un avion à huit heures, installés à des places séparées.

Ils atterrirent à Doha après six heures et demie de vol. Prenant soin de ne jamais se trouver côte à côte, ils avaient passé la douane sans encombre, sans même être fouillés. À l'approche de la Coupe du monde, nombreux étaient les Français qui affluaient dans l'émirat pour le visiter, et le moins que l'on puisse dire, c'est que les policiers qataris n'étaient pas particulièrement hyperactifs quand venait l'heure de la sieste.

Sans attendre, Paul prit un taxi pour rejoindre les abords du souk Wakif où se trouvait leur hôtel. Ce lieu aseptisé qui n'avait rien d'un marché antique était construit sur les ruines de l'ancienne place centrale de la capitale qatarienne. Sa rue principale accueillait plusieurs restaurants où l'on pouvait déguster des mets syriens ou iraniens, et quelques boutiques de souvenirs artisanaux. De chaque côté de cette longue artère pavée de dalles aux couleurs fauves, on trouvait des

---

68 • Le Liberator est un pistolet de calibre 9 millimètres, fabriqué grâce à une imprimante 3D. Il a été conçu par un étudiant américain.

venelles surmontées de toits en cèdre du Liban, lesquelles abritaient des vendeurs d'étoles et des magasins d'épices.

Leur lieu de résidence était caché dans une minuscule ruelle non loin de là, ce qui leur permettrait de demeurer à l'abri des regards.

Pendant que Paul prenait ses quartiers, Alex alla louer une petite berline noire chez l'un des concessionnaires de l'aéroport. Il avait ensuite rejoint l'hôtel et déposé ses affaires dans sa chambre. Après qu'il eut remonté l'arme et récupéré les projectiles, ils prirent la direction des abords du Sheraton où ils restèrent en planque, attendant un signal d'Athéna.

Elle était rentrée de sa balade à dix-neuf heures.

À vingt-et-une heures, après avoir dîné d'un steak accompagné d'une sauce au miel, elle s'était installée au bar et avait commandé un verre de vin chilien. Perdue dans ses pensées, elle avait pris un air renfrogné et tapotait sur son téléphone, quand le barbu de l'ascenseur vint s'installer à côté d'elle.

— J'espère ne pas vous importuner, mademoiselle, dit-il dans un français parfait. Nous nous sommes croisés cet après-midi dans l'ascenseur.

Elle leva les yeux et le regarda. En le dévisageant, elle sentit un frisson parcourir son corps.

— Euh... non. Je vous en prie... De toute façon, je ne vais pas rester longtemps, dit-elle.

— C'est dommage, répondit-il, l'air contrarié. Il n'y a pas grand monde avec qui parler dans cet hôtel. À part des hommes d'affaires... Et qu'êtes-vous venue faire à Doha, si je puis me permettre de vous poser cette question ?

— Je profite des vacances pour visiter les Émirats du Golfe.

— Et vous n'êtes pas accompagnée ?

— Non. J'aime voyager seule.

— Je comprends. Mais dans les pays arabes, ce n'est pas très prudent. Les gens ne sont pas habitués à voir de jolies femmes se promener seules. Vous devriez au moins prendre un guide pour vous faire visiter la ville...

Il souleva ses lunettes et la fixa. Elle remarqua qu'il avait un grain de beauté sur la paupière droite.

— Et vous, demanda-t-elle, vous êtes ici pour affaires ?

— Oui, si l'on veut... Je suis dans l'import-export de fruits. Je suis au Qatar pour la signature d'un contrat. Mais ici, les bédouins ont l'habitude de prendre leur temps. Alors, en attendant, je flâne un peu, et je fais comme vous... du tourisme.

Il reposa ses lunettes sur son nez et se passa la main sur sa barbe.

— Vous m'excuserez... Je ne bois pas d'alcool, mais je peux vous offrir un autre verre ? Je vous accompagnerai avec l'un de leurs merveilleux cocktails de jus de fruits.

Athéna eut soudain envie de dire non et de prendre ses jambes à son cou. Mais le succès de la mission dépendait d'elle.

— Oui, pourquoi pas ? Mais vous ne m'avez pas dit comment vous vous appeliez...

— Je m'appelle Receyp Yılmaz, répondit-il avec beaucoup de douceur. Et vous ?

— Athéna. Athéna Knight.

Il afficha un sourire éclatant de sournoiserie.

— C'est un bien joli prénom que le vôtre, fit-il. Eh bien, Athéna, bienvenue dans le golfe Arabique !

Elle prit un air étonné.

— Ah ? Je croyais qu'on disait plutôt le golfe Persique.

— Ça, c'était avant que les Émirats de la région deviennent des superpuissances financières et que des buildings et des centres d'affaires poussent au milieu du désert. Depuis, tout a changé... même les noms sur les cartes géographiques !

Il ricana narquoisement et tourna la tête vers le serveur auquel il s'adressa en arabe.

— *La même chose pour la fille. Et un cocktail de fruits pressés pour moi !*

Il regarda de nouveau Athéna.

— Parlez-moi de vos impressions sur la région.

Elle croisa les jambes et posa la main sous son menton, faisant semblant de réfléchir.

— Je ne suis pas certaine que ce que je pense des Émirats vous apprenne grand-chose. Vous connaissez sans doute ces pays beaucoup mieux que moi...

Il eut un rictus qui laissait entrevoir à quel point il la trouvait idiote.

— Oui, vous avez raison... Mais j'adore tellement cette partie du monde que j'apprécie d'entendre que les autres l'aiment autant que moi.

Athéna se redressa sur sa chaise en se forçant à glousser quand le serveur leur apporta leurs boissons. Hariri saisit son verre et le porta devant ses lèvres charnues.

— À votre santé, comme on dit en France.
— À votre santé, répondit-elle, les yeux illuminés.

Il avala une gorgée de son cocktail et le reposa sur le bar.

— Quel est votre programme pour la soirée ?

Athéna fit semblant d'hésiter.

— Euh… Je comptais aller me coucher. Ou alors me balader, peut-être au souk…
— Excellente idée ! Le souk de Doha est formidable. M'autorisez-vous à vous y accompagner ?

Elle afficha une moue dubitative.

— Vous êtes assez direct… Mais après tout, pourquoi pas ? À condition que vous me promettiez de rester sage.
— Vous avez ma parole, mademoiselle.

Il leva à nouveau son verre dans la direction d'Athéna et fit mine de porter un toast.

Ils quittèrent le bar cinq minutes plus tard et se dirigèrent vers le sas de sortie de l'hôtel. Parvenus sur le parking, Hariri tendit avec condescendance un billet de cinq dollars au voiturier pour qu'il lui amène son véhicule, une Jeep Avenger grise.

Avant de monter dans le 4x4, Athéna adressa discrètement un message à Alex : « Direction souk dans Jeep Avenger. Surtout ne me lâche pas, papa. »

En pleine nuit, les gratte-ciel et les bâtiments néo-modernes de la capitale qatarienne brillaient de mille feux, se reflétant par endroits dans les eaux du Golfe. Ils longèrent la corniche et le musée d'art islamique qui s'élevait sur quatre étages, en bordure de mer. Promenant son regard de part et d'autre, Athéna remarqua des couples qui se baladaient ou se prenaient en photo devant de vieux boutres en bois vides de tout équipage. Elle fut attendrie par ces scènes qui dégageaient quelque chose de résolument poétique.

Lorsqu'ils arrivèrent au souk, ils parquèrent le 4x4 sur un immense terre-plein poussiéreux qui se trouvait en retrait du marché. Un type en uniforme vert, keffieh sur le crâne, gesticulait dans tous les sens pour indiquer aux voitures où elles pouvaient se garer.

Alex et Paul, qui se trouvaient à une centaine de mètres derrière eux, ralentirent et attendirent deux minutes avant de se garer à leur tour. Alex coupa ensuite le moteur, puis il resta dans la voiture, laissant Paul suivre Athéna et Hariri qui s'engageaient en direction du marché aux épices.

Hariri entreprit de faire découvrir à la jeune femme de minuscules rues commerçantes où des marchands iraniens vendaient du safran, de la cannelle, du lapé[69] et des pistaches aromatisées au citron. Il l'entraîna ensuite dans une boutique où un vieil homme aux joues creusées, vêtu d'une dishdasha, tissait des tapis bédouins traditionnels de ses mains étrangement fines. Il la conduisit enfin sur une place où se trouvait le marché aux animaux. Là, des types au regard imbécile ten-

69 • Graine iranienne ressemblant à un petit pois.

daient devant eux des cages dans lesquelles étaient enfermés des poussins dont le mince pelage était recouvert de peinture rouge, orange ou bleue. D'autres vendaient des chiens au regard abattu, suffoquant de chaleur.

Athéna, dégoûtée, détourna le regard.

Hariri s'adressa à elle sur un ton qui oscillait entre le paternalisme et celui d'un guide touristique.

— Je vois que vous êtes sensible… Mais cet endroit est incroyable ! Imaginez que ce marché traditionnel a été totalement refait à neuf. Bien sûr, il paraît un peu clinquant vu comme cela, mais c'est quand même une prouesse extraordinaire d'avoir préservé et modernisé un tel endroit, même si tout n'y est pas parfait.

Athéna acquiesça sans dire un mot. Elle se contenta de lui adresser un sourire, demeurant sur ses gardes. Car ce type qui avait des allures de hareng saur et tentait de se donner un air charmeur lui faisait peur. Il n'avait pas le même profil que Salmane. Contrairement à son adjoint qui était un type limité, Hariri lui apparaissait comme un manipulateur extrêmement habile. Elle se demanda ainsi s'il l'avait abordée volontairement à l'hôtel, ou si les choses s'étaient passées plus vite et plus simplement qu'elle ne les avait prévues.

Elle essaya de penser à autre chose et lui proposa de poursuivre leur flânerie, ce qu'il accepta. Ils s'arrêtèrent juste quelques minutes pour acheter un cornet de glace à un marchand ambulant, puis ils continuèrent à marcher, devisant de tout et de rien tel un couple normal, durant près d'une heure.

Revenus à proximité du parking, Hariri l'attrapa délicatement par le bras.

— Vous voulez rentrer à l'hôtel ?

— Oui. C'est une bonne idée, répondit-elle.

Ils se dirigèrent vers la voiture. Hariri lui ouvrit la portière, puis alla s'installer au volant. Alors qu'il venait de mettre le contact, il tourna la tête vers elle et enroula lentement son bras autour de son cou. Il posa ensuite ses lèvres contre les siennes, elle ferma les yeux et se laissa faire, collant sa poitrine contre la sienne. Il passa alors sa main sous sa robe, la fit remonter entre ses cuisses, puis sous son string pour aller caresser la fente de son sexe.

Comme leurs corps se touchaient, Athéna plongea sa main dans la poche de sa veste et appuya sur une touche de son smartphone. Sans aucun bruit, l'appareil déclencha une application de hacking et se connecta à celui de Hariri. Il fallut moins de trente secondes pour qu'il collecte les journaux d'appels et l'ensemble des messages du terroriste qui ne se rendit compte de rien, trop affairé à peloter sa proie.

En se dégageant de son étreinte, elle soupira. Il puait le citron séché, mais la première partie de sa mission était un succès.

Paul avait rejoint Alex. Ils reprirent le chemin de l'hôtel.

— Je viens de recevoir une notification du portable d'Athéna. Elle a pu pirater les données de Hariri, dit Alex.

— Son téléphone est crypté. Ça ne sera pas une mince affaire de déchiffrer ce qu'il dissimule.

— C'est l'affaire de la direction technique de la DGSE. Mon téléphone et celui d'Athéna sont connectés à ses services en temps réel. Je mets ma main à couper qu'ils vont découvrir des choses intéressantes avant demain... Mais la nuit nous réserve encore bien des surprises...

Vingt minutes plus tard, revenus aux abords du Sheraton, les deux espions allèrent se garer dans le parking souterrain d'un centre commercial situé non loin.

* * *

Arrivés devant le Sheraton, Hariri regarda Athéna.

— Je t'offre un verre dans ma chambre ?

— Je croyais que tu ne buvais pas d'alcool, plaisanta-telle.

— En effet. Moi, je reste au jus de fruits... Mais rien ne t'empêche de te saouler si tu veux.

— Les choses vont un peu vite pour une première soirée, dit-elle.

— Et alors ? Demain je serai peut-être parti... Toi aussi, qui sait. Nous sommes deux adultes... Profitons du peu de temps que nous avons à passer ensemble.

— Tu as toujours l'habitude d'aller aussi vite avec les femmes ?

— Il n'y a pas eu beaucoup de femmes dans ma vie... Je n'ai pas le temps. La situation est donc exceptionnelle.

— Alors, agissons en fonction de ce moment et... montrons-nous exceptionnels... Continuons cette nuit magique ensemble ! dit-elle en ouvrant lentement la portière de la voiture.

Hariri sortit du véhicule et jeta les clés au voiturier. Alors qu'elle prenait son temps pour descendre et qu'il était déjà dehors, Athéna fit mine de laisser tomber son porte-cartes sur le plancher. Elle se baissa, sortit de son sac un minuscule traceur à peine plus gros que le bout de son index et le posa sous la boîte à gants. Elle se redressa comme si de rien n'était et vit qu'il ne s'était rendu compte de rien. Son deuxième objectif était atteint.

Hariri fit le tour de la voiture et se positionna auprès d'elle. Il lui tendit la main et l'aida à sortir. Ils entrèrent dans l'hôtel et se dirigèrent vers l'ascenseur. Il appuya sur le bouton du cinquième étage où il résidait.

Lorsqu'ils pénétrèrent dans la chambre, il alla directement au minibar. Il en sortit un flacon de jus d'orange et une mignonette de vodka à l'herbe de bison. Il la montra à Athéna.

— Ça t'ira ?

— Oui, c'est parfait. Mais laisse-moi faire.

Elle saisit les deux bouteilles, les posa sur la commode en bois à laquelle était incorporé le minibar. Elle prit deux verres et versa les boissons dans chacun d'entre eux. Alors que Hariri retirait sa chemise, elle ouvrit la paume de sa main droite juste au-dessus du verre de jus d'orange et laissa glisser une poudre blanchâtre, aussitôt dissoute dans le liquide.

Elle porta ensuite la vodka à ses lèvres, en avala une rasade, reposa le verre et apporta le jus d'orange à Hariri qui était maintenant à demi nu sur le lit.

— Tiens. Voilà ton shot sans alcool, lui lança-t-elle avec malice.

Il en avala une lampée sans broncher. Le troisième objectif d'Athéna était rempli.

— Viens t'allonger près de moi, ordonna-t-il.

Elle se dressa alors devant lui, fit glisser sa veste en lin par terre et retira son tee-shirt sous lequel elle ne portait pas de soutien-gorge. Il observa sa poitrine, et posa ses doigts sur ses tétons. Elle dégrafa sa jupe qui tomba sur la moquette et fit glisser son string. Elle se débarrassa de ses chaussures à talons, repoussa doucement Hariri, puis vint s'allonger à ses côtés. Elle déboutonna ensuite son pantalon et le lui retira, ainsi que son caleçon.

Elle s'assit sur lui, l'observa quelques secondes, ferma les yeux, et inspira un grand coup. Elle prit alors son sexe entre ses mains et posa sa bouche sur son gland. La tête de Hariri bascula en arrière. Il était vingt-trois heures quarante-cinq.

Durant trois heures, Athéna n'avait cessé de jouer avec sa proie. Elle l'avait excité, encore et encore, l'empêchant de dormir lorsqu'elle voyait que ses yeux commençaient à se fermer. Elle espérait qu'entre ses jeux sexuels et la drogue douce qui faisait peu à peu effet, Hariri aurait des symptômes de confusion au petit matin.

Lorsqu'il quitterait l'hôtel, Alex et Paul n'auraient ainsi aucun mal à le pister grâce au traceur qu'elle avait placé dans la voiture. Et compte tenu de son état, ils pourraient aisément tromper sa vigilance. Les ordres de Manfred étaient en effet très clairs : il fallait que Hariri les conduise à la planque où se trouvaient les armes et l'uranium appauvri. Tout devait donc être mis en œuvre pour l'affaiblir.

Cependant, bien qu'elle se laissât totalement aller à ses faux-semblants, Athéna se dégoûtait. Bien sûr, c'était pour faire ce genre de choses que « la boîte » l'employait. Mais cette fois, elle se disait que c'était la dernière. Elle ne voulait plus abandonner son corps à la cause qu'elle défendait, fût-ce la plus juste à ses yeux. Depuis qu'elle avait vu Alex se précipiter au chevet de Jane à l'hôpital militaire, elle se disait qu'elle avait aussi le droit de partager sa vie avec quelqu'un.

À six heures du matin, l'alarme du téléphone de Jamal retentit. Il se réveilla difficilement et posa lourdement la main sur son portable pour l'éteindre. Il se leva lentement et alla dans la salle de bains prendre une douche pour se remettre les idées en place. Il y resta quelques minutes, mais il n'arrivait pas à récupérer. Il avait la sensation d'être totalement laminé.

Lorsqu'il eut terminé, il retourna dans la chambre et enfila ses vêtements. Athéna le regarda, silencieuse. Il avait la tête qui tournait légèrement.

— Quelle nuit ! ricana-t-il. Les Françaises, vous savez y faire avec les hommes !

Athéna lui adressa un sourire.

— Tu t'en vas déjà ? Il est encore tôt… On se revoit ce soir ?

Il empoigna alors sa veste et plongea sa main droite dans la poche intérieure.

— Je ne crois pas, non... Je pense même que c'est la dernière fois que nous nous voyons.

Athéna se redressa sur le lit, laissant apparaître son corps à demi nu.

— Pourquoi ? C'était pas si mal, nous deux...

Jamal sortit alors un Yavuz 16[70] au bout duquel était vissé un silencieux. Il le pointa sur elle.

— C'est dommage... En temps normal, je t'aurais laissé passer encore une nuit ou deux avec moi avant de te buter... Mais tu comprendras que je ne peux pas laisser une espionne française en vie, aussi bonne soit-elle au lit.

Il lui tira deux balles dans la poitrine. Athéna écarquilla les yeux. Elle était comme figée. Elle regarda autour d'elle. La pièce semblait tourner dans tous les sens. Elle examina les draps et vit qu'ils étaient tachés de son sang. Elle tendit la main vers Jamal, comme pour le supplier d'arrêter de tirer. Il resta impassible, et pressa une nouvelle fois la détente. Elle roula sur le lit et s'écroula sur la moquette.

— Voilà. C'est terminé pour toi, ma belle. Le service de ramassage viendra débarrasser ton corps et faire le ménage avant une heure.

Il remit son pistolet dans la poche de sa veste, et se dirigea vers la sortie sans même vérifier si elle respirait encore.

* * *

70 • Pistolet semi-automatique utilisé par les services turcs.

Jamal venait de quitter la chambre quand Athéna rouvrit les yeux. Elle ne souffrait pas, mais elle ne sentait plus son corps, et sa bouche avait le goût du sang. Les larmes aux yeux, elle poussa un long râle et se traîna péniblement sur le sol jusqu'à son sac à main, laissant une longue trace d'hémoglobine derrière elle.

Déployant un effort qui lui apparaissait surhumain, elle en tira son portable et composa un message : « Papa. Il part. Ne vous occupez pas de moi. »

Puis, dans un ultime soupir, elle s'effondra.

C'est la vie

Paris, gare de Lyon, le 8 août 2022. Il était tout juste sept heures du matin quand Manfred se fit déposer par son chauffeur aux abords de la gare. Il portait un pantalon d'été en toile beige, une chemisette blanche et une fine veste bleue croisée en coton givré. La température extérieure était particulièrement élevée, et tout autour de lui, nombreux étaient les passants légèrement vêtus, les hommes en bermudas et les femmes en jupes légères. À l'entrée de la gare, une odeur désagréable de pneu brûlé et d'essence exhalait depuis une longue file de taxis qui attendaient leurs clients. Gêné, il se frotta le nez et éternua.

En pénétrant dans l'immense hall, il se sentit submergé par la foule des touristes. Les uns faisaient la queue devant des échoppes qui vendaient des pâtisseries industrielles, quand d'autres rejoignaient en piétinant et en se bousculant leurs quais d'embarquement dans un brouhaha assourdissant qui faisait vibrer ses tympans.

Tout en avançant d'un pas assuré au milieu de cette fourmilière humaine, son regard se porta machinalement sur les panneaux d'affichage indiquant les trains en partance. Il vit qu'un TGV était annoncé à destination de Beaune. Il eut alors une pensée pour Alex. Il détourna rapidement les yeux et se dirigea vers le restaurant du Train Bleu. C'est là que son homologue de la Direction du renseignement et de la sécurité de la Défense lui avait donné rendez-vous. Manfred appréciait cet endroit plein de charme construit à l'occasion de la grande Exposition universelle de 1900, qui avait été baptisé ainsi en hommage à la ligne « Paris-Vintimille » qui longeait les côtes de la Méditerranée. Il aimait ses boiseries dorées, son plancher craquant, ses lustres étincelants, ses fauteuils clubs en cuir qui crissaient lorsque l'on s'enfonçait dedans et son ambiance pleine de mystère qui lui donnait l'impression de se retrouver dans un roman d'Agatha Christie. Il aimait surtout venir y déguster son gigot d'agneau accompagné de gratin dauphinois, le meilleur de Paris.

Manfred monta les escaliers prestement et pénétra dans la grande salle à manger décorée d'immenses peintures représentant Paris, Lyon et Marseille. Il observa les tables aux nappes blanches majestueusement dressées qui se succédaient en enfilement entre les rangées de chaises et de banquettes bleues. À cette heure, l'endroit était vide.

Il porta son regard de part et d'autre, puis il s'engouffra vers le petit salon où son rendez-vous l'attendait. Il aperçut un homme en costume gris trois-pièces, le corps longiligne et le crâne pelé. C'était un type peu avenant, au visage sévère et au regard tiède. Sur la table basse qui se trouvait devant lui était posées une tasse de café et une corbeille de viennoiseries.

Manfred alla le rejoindre. Il lui tendit une main ferme et s'assit en face de lui.

— Bonjour, général. Cela fait bien longtemps que nous ne nous sommes pas vus, dit-il.

— Bonjour à vous, général, répondit l'autre d'une voix mielleuse qui tranchait avec son physique. Le temps passe. Et le moins que l'on puisse dire est que vous ne me donnez que très rarement de vos nouvelles. Heureusement, le président de la République se charge de faire le lien entre nos services. Et justement...

— Laissons le président de la République de côté, si vous le voulez bien. Dites-moi plutôt pourquoi vous avez souhaité me voir ici... Un simple coup de fil ou une visite à mon bureau aurait suffi, le coupa immédiatement Manfred.

— Je me méfie des appels téléphoniques, général. Et le moins que l'on puisse dire est qu'à la DGSE, on n'est jamais certain de ne pas se retrouver avec un mouchard dans son téléphone à la sortie...

Manfred plissa les yeux. Décidemment, ce type était un con.

— Épargnez-moi vos sarcasmes, trancha-t-il. Nos services ne s'apprécient pas beaucoup... et du reste il en va de même entre vous et moi... Mais nous sommes au service de la France, donc tenus de coopérer. J'imagine que si vous me faites venir ici de bon matin, c'est que vous avez des choses importantes à me dire, n'est-ce pas, général ?

— En effet. J'ai été informé des difficultés de votre équipe dans le golfe Persique. D'après ce qui m'a été dit, vous soupçonnez qu'elle ait été balancée par une taupe. Vous confirmez ?

— Je ne confirme rien du tout, répondit Manfred, agacé. Pour l'heure, je mène mon enquête. Nous verrons bien où elle me conduit.

L'homme au crâne rasé se raidit.

— Général, vous n'ignorez pas que mon service a pour mission d'identifier les menaces à l'encontre de nos agents.

— Oui. Et je connais votre devise : « Renseigner pour protéger ». Mais en ce qui me concerne, vous conviendrez que je n'ai pas de comptes à vous rendre. D'ailleurs, je ne rends de comptes qu'à mon ministre et au président.

— Justement, ce dernier veut savoir qui a mis en péril la mission de vos agents. Et il m'a demandé de vous aider.

— Il ne m'a rien fait savoir à ce sujet, général, mais si vous le dites... Qu'attendez-vous de moi ? demanda Manfred qui s'impatientait.

— Eh bien, nous avons quelques doutes sur l'un de vos espions, le lieutenant-colonel Galtier.

Manfred crut qu'il allait s'étouffer, quand un serveur vêtu d'un mince gilet bleu sans manches les interrompit.

— Vous désirez quelque chose, messieurs ?

— Rien pour moi, je ne fais que passer. Et monsieur est déjà servi, répondit-il. Puis il se retourna vers le type assis en face de lui.

— Alex Galtier, une taupe ? J'espère que vous plaisantez... C'est l'un de nos meilleurs agents !

— Peut-être, mais il est le seul à avoir une connaissance complète de votre mission.

— Écoutez-moi bien, général, reprit Manfred. Vous n'étiez pas encore en poste à la DRSD qu'il menait des opérations clandestines sur les théâtres d'opérations les plus difficiles... Alors, vous pouvez aisément imaginer ce que je pense de vos soupçons... D'ailleurs, avez-vous des preuves de ce que vous avancez ?

— Non, je n'en ai aucune à ce stade. Mais je vais vous demander de le faire rentrer du Qatar.

Manfred se cabra sur son fauteuil et lança un regard noir à l'homme.

— Comment savez-vous qu'il se trouve là-bas ? Sa mission est confidentielle. Vous n'êtes pas censé être au courant.

Le type afficha un sourire narquois. Il comprenait qu'il venait de remporter une manche face à Manfred.

— Votre rôle est d'envoyer des espions sur le terrain, général. Le mien consiste à les surveiller... asséna-t-il d'un ton sentencieux.

Manfred croisa ses mains sur son bas-ventre et pencha la tête en avant, regardant droit dans les yeux celui qui osait le défier.

— Écoutez-moi bien, général. Je n'ai aucune obligation de répondre à vos demandes directes. D'ailleurs, rapatrier le lieutenant-colonel Galtier mettrait en péril la mission qui lui a été confiée et la sécurité de son équipe. Mon refus est donc définitif et sans appel ! Si vous avez quoi que ce soit d'autre à me demander, je vous prierai dorénavant de passer par le ministère ou le cabinet du président. Cela nous évitera tout malentendu.

L'homme joignit ses deux mains sous son menton, comme s'il priait. Il serra ses lèvres fines et afficha une moue contrariée.

— Je regrette que vous le preniez ainsi, général. Je n'ai rien contre vous et ne demande qu'à vous aider. Mais votre agent travaille sur un dossier qui met en péril l'une des enquêtes de mon service...

— Et de quoi s'agit-il ? questionna Manfred.

— Vous avez entendu parler du trésor des SS et d'un certain livret ?

Manfred se raidit. Comment l'homme qu'il avait en face de lui était-il au courant de cette affaire ? Il attendit quelques secondes avant de répondre, le toisa et fit claquer sa bouche.

— Je ne vois pas de quoi vous voulez parler, général. Et même si c'était le cas, je n'ai aucune information à partager avec vous. Vous m'excuserez, mais je vais clore notre entretien... Ce soir, c'est l'anniversaire de ma fille, et j'ai officiellement pris ma journée pour me consacrer aux préparatifs de la petite réception familiale que je donne en son honneur.

— Parfait, général. Nous nous reparlerons sous peu.

L'homme saisit sa tasse de café à laquelle il n'avait pas touché et la porta délicatement à ses lèvres.

Manfred se leva, et sans saluer son interlocuteur, se dirigea vers la sortie du restaurant. Dès qu'il eut le dos tourné, l'homme reposa sa tasse. Il fouilla dans sa poche et attrapa son téléphone portable sur lequel il composa un message : « Il part. »

* * *

Manfred rejoignit sa voiture d'un pas résolu. En sortant de la gare, il aperçut un SDF assis près d'une poubelle. Il sortit une pièce de deux euros et la lui tendit. En relevant les yeux, il vit une superbe Suzuki GSX-R1000 que son conducteur faisait rugir non loin de sa voiture, un autre type se tenant accroché derrière lui.

« Quel engin ! », pensa-t-il en s'avançant vers son chauffeur qui l'attendait pour lui ouvrir la portière. Puis il s'adressa à lui d'un ton sec.

— Conduisez-moi rue Censier, chez Marletti. Je dois passer récupérer un flan pâtissier pour l'anniversaire de ma fille. Ensuite, vous me déposerez chez moi et vous pourrez disposer.

— À vos ordres, mon général ! répondit le chauffeur en montant à son tour dans le véhicule. Il mit le contact, effectua une légère marche arrière, puis il prit la direction du cinquième arrondissement, pendant que Manfred calait confortablement sa nuque contre l'appui-tête. Une fois bien installé, il attrapa son téléphone mobile et adressa un message à Alex : « Mes soupçons se précisent. Souviens-toi de notre conversation à bord de l'avion. »

Il rangea son téléphone et demanda au chauffeur d'allumer la radio. Ce dernier s'exécuta, faisant défiler les stations jusqu'à ce que l'on entende Franck Sinatra chanter l'une de ses vieilles rengaines : *That's life*. Il savait que son patron adorait le crooner américain. Il monta le son.

En cette journée d'été, la circulation était fluide dans la capitale. Mais Manfred aimait que son chauffeur conduise à faible allure pour profiter de la vue des rues à moitié vides. Il aimait Paris à cette saison. Il repensa à la conversation qu'il avait eue avec son homologue de la Direction du renseignement et de la sécurité de la Défense. Il se demandait comment ce salopard, qu'il détestait par-dessus tout depuis leurs études à Coëtquidan, disposait de toutes ces informations. Malgré la climatisation, il transpirait. Il s'épongea le front avec un mouchoir qu'il tira d'une des poches de son pantalon, quand le véhicule freina à hauteur d'un feu rouge, rue de Bercy.

Il tourna la tête et regarda au-dehors. Il aperçut alors la Suzuki GSX-R1000 de la gare, chevauchée par deux hommes en combinaisons de cuir, visages masqués par des casques intégraux, qui se positionnait à sa hauteur. Il jeta un œil au bolide dont le moteur pétaradait. « Encore ces guignols », grommela-t-il, quand le passager arrière de la moto braqua soudain un pistolet-mitrailleur dans sa direction.

Ni lui ni son chauffeur n'eurent le temps de réagir. Les rafales discontinues de l'arme automatique firent aussitôt voler en éclat les vitres des portières et le parebrise arrière. Manfred reçut cinq projectiles, dont un en plein cœur. Sous leur impact, son corps frétilla comme s'il était possédé et des lambeaux de sa chair éclatèrent, se répandant jusqu'au plafonnier. Il s'affala sur la banquette arrière, son visage reposant dans une mare de sang. La tête de son chauffeur, transpercée de part en part, vint percuter le centre du volant, déclenchant l'airbag et le klaxon. Alors qu'une fumée grisâtre envahissait le véhicule, la moto redémarra aussitôt dans un crissement de pneu. La radio, intacte, diffusait encore la chanson de Sinatra.

That's life, that's what people say.
You're riding high in April,
Shot down in May.
But I know I'm gonna change their tune,
When I'm right back on top in June.

L'affrontement

Doha, le 8 août 2022. Durant leur nuit passée à planquer, Alex et Paul avaient dormi chacun leur tour, guettant un message d'Athéna. Il était arrivé presque au même moment que celui de Manfred. Alex l'avait immédiatement lu.

— C'est le signal d'Athéna. Hariri est sorti de l'hôtel. On peut y aller.

Il fit rouler son zippo entre ses doigts et alluma un bout de cigarillo à moitié consumé, coincé entre ses lèvres. Il attrapa ensuite son portable et le posa au-dessus du tableau de bord pour suivre les mouvements de Jamal grâce au traceur GPS, puis il démarra.

À peine sorti du parking souterrain, Paul baissa sa vitre électrique pour aérer l'intérieur de la voiture. La fumée, ajoutée aux relents d'une nuit enfermés à deux dans la voiture, dégageait forcément une empreinte cruelle pour l'odorat. Alex le regarda, amusé, et lui adressa un clin d'œil. Il ouvrit à son tour sa fenêtre et balança son mégot encore fumant sur la chaussée.

Alors que la capitale qatarienne s'éveillait et qu'un ballet infernal de berlines et de 4x4 commençait à prendre forme sur son artère principale, il vit que le soleil était déjà haut. Ses rayons écarlates, qui transperçaient la brume marine telles des piques acérées, venaient se refléter sur les carrosseries étincelantes des automobiles qui longeaient la route de la lagune et avançaient au pas dans un vrombissement assourdissant. À cela s'ajoutait le concert retentissant des grues et des marteaux-piqueurs sur les chantiers qui bordaient la route. Doha, en construction perpétuelle, n'avait rien d'une très jolie ville. Mais compte tenu de la taille de ses édifices qui rivalisaient de démesure, elle offrait au regard une image emplie d'une certaine majesté.

— Bon... Nous allons laisser Hariri prendre de l'avance, dit Alex.

— De toute façon, avec le traceur, on ne risque pas de le perdre. Athéna a parfaitement réussi son coup. Tu penses qu'elle va pouvoir se débrouiller sans nous ? Je l'ai sentie perturbée ces derniers jours.

— Oui... Si tout va bien, ce soir, elle sera dans un avion pour Paris.

Paul tiqua. Il n'avait pas l'air convaincu.

— Et si Hariri n'est pas dupe ? Imagine qu'il se méfie et qu'il nous balade dans Doha sans que nous réussissions à localiser l'endroit où se trouvent les armes et l'uranium ?

— Dans ce cas, nous savons ce que nous avons à faire. On l'abat.

— Quitte à perdre la trace de l'argent ?

Alex eut un rire malicieux.

— Je me disais bien que ce pognon intéressait aussi ton patron... En ce qui me concerne, je m'en fous. C'est de l'argent sale volé à des juifs et des francs-maçons qui ont été massacrés. Qu'il disparaisse avec ce salopard ne me pose strictement aucun problème.

— Je comprends ton point de vue... Même si je suis écœuré à l'idée que ce soit une banque qui en profite. Mais après tout, comme tu dis, ce n'est pas notre problème. Et le Saint-Père sera ravi d'apprendre que nous avons mis Hariri hors d'état de nuire.

Alex ne répondit pas. Il jeta un œil sur le signal émis par le traceur.

— Il se dirige vers le port commercial. Je pense que c'est sa destination.

— Tu crois que l'on pourra pénétrer à l'intérieur ?

— Oui. L'endroit est en principe sécurisé, mais j'y suis déjà allé. Il suffit de dire au poste de contrôle que nous venons nous assurer que notre cargaison a été livrée, et cela devrait passer sans problème. Les vigiles ne sont pas très regardants.

Le téléphone de Paul vibra soudain. Il le saisit au fond de sa poche et regarda l'écran.

— Du nouveau ? demanda Alex.

— Non. Juste un message de Jane... Elle nous souhaite bonne chance.

— Elle aurait quand même pu te dire quelque chose pour moi…

Paul sourit.

— Ne t'en fais pas, mon ami… Tu peux être certain que cette femme t'aime… Il n'y a vraiment aucun doute à ce sujet.

Lorsqu'ils arrivèrent à l'entrée du port, Hariri avait franchi le portail de sécurité depuis quatre minutes. Le GPS indiquait que son véhicule était maintenant à l'arrêt. Ils stoppèrent au checkpoint où un agent de sécurité népalais, la bedaine pendant par-dessus sa ceinture, le teint cuivré et la peau huileuse avec des pommettes saillantes et des yeux étranges en forme de demi-lune, contrôla leurs papiers. Ensuite, après un rapide examen de leur véhicule, celui-ci s'empressa de noter de sa petite main leurs noms, ainsi que l'heure de leur passage sur un cahier. Il esquissa enfin un sourire forcé qui dévoila sa dentition pourrie, et leur fit signe de passer.

Le spectacle qu'offrait le port était singulier. Tout y était d'une taille disproportionnée. Deux immenses berges bétonnées qui semblaient d'une longueur infinie, surmontées d'un enfilement de grues géantes, se faisaient face. De part et d'autre, de gigantesques cargos battant pavillon français, pakistanais, iranien ou maltais, semblaient sommeiller au soleil, attendant que l'on vienne les délester de leurs marchandises. En retrait des débarcadères, des milliers d'imposants containers bleus, blancs et verts étaient entassés les uns sur les autres.

L'endroit était cependant presque désert.

— Il n'y a pas foule, marmonna Paul.

— C'est l'été. Le pays et ses infrastructures fonctionnent au ralenti, commenta simplement Paul qui cherchait à se garer.

Ils parquèrent leur voiture en bordure du quai nord. Alex sortit son pistolet Liberator de la boîte à gants et l'enfonça dans son jean, rabattant sa chemise par-dessus. Paul empoigna quant à lui le petit sac à dos noir qui reposait à ses pieds et le mit à son épaule.

Ils descendirent du véhicule et se dirigèrent vers le point que leur indiquait le GPS. Ils marchèrent trois minutes et parvinrent à quelques mètres d'un entrepôt devant lequel était garée la Jeep de Jamal.

— C'est ici que nous avons rendez-vous avec notre destin, soupira Alex.

— *Alea jacta est*... Et j'espère bien que le chemin ne va pas s'arrêter là pour nous, ironisa Paul, visiblement nerveux.

Puis il se figea quelques secondes et fit glisser le sac qu'il tenait en bandoulière jusqu'au sol. Il s'agenouilla et tira sur le zip. Il plongea sa main à l'intérieur pour saisir son couteau qu'il dissimula dans la poche de sa veste, puis il retira le nunchaku qu'il coinça entre sa ceinture et son pantalon.

Ils s'approchèrent du hangar. Un type en liquette marron, au visage noirot et aux joues de trompettiste, montait la garde, armé d'un fusil d'assaut M16.

— *Who are you ? What are you doing here ?*[71] lança le molosse d'une grosse voix. Mais il n'eut pas le temps d'en demander davantage. D'un geste sec, Paul saisit le manche de son nunchaku et fit virevolter l'autre bout jusqu'à son crâne. Il y eut un bruit sourd et l'homme tomba sur le côté sans un souffle, inconscient.

— Putain ! lança Alex, surpris. Moi qui pensais que ce truc ne te servait à rien...

Paul eut un sourire. Il rangea son arme, se baissa et attrapa les bras du type étendu par terre. Il le traîna sur quelques mètres et alla cacher son corps derrière un container. Il revint aussitôt auprès d'Alex.

— Je crois qu'il n'est pas près de se réveiller... Bon, on entre ? dit-il.

— Je crois qu'on n'a pas vraiment le choix. Mais si ça tourne mal, j'appelle les Seals en renfort.

— Nous ne sommes pas plutôt supposés les appeler une fois que nous aurons fait le ménage ?

À nouveau, Alex ne prit pas la peine de répondre. Il fit coulisser l'imposante porte de l'entrepôt et ils se faufilèrent à travers l'embrasure. À peine entrés, ils tombèrent nez à nez avec un type moustachu et bodybuildé qui devait mesurer un mètre quatre-vingt-dix et qui arborait un holster en cuir sous l'aisselle droite.

— *Fuck ! Where do you go ?*[72] cria le gars en dégainant son arme.

---

71 • Qui êtes-vous ? Qu'est-ce que vous faites ici ?

72 • Putain ! Où allez-vous ?

Paul sortit aussitôt son couteau et le lui lança pile dans le creux de l'épaule droite. Alex se jeta alors sur lui et lui décrocha un atémi sur la carotide. Le gars s'affala aussi sec. Alex ramassa l'arme de leur victime, pendant que Paul retirait son couteau de sa chair, et l'examina avec attention.

— Son flingue est plus sophistiqué que mon Liberator. Ça va nous donner un avantage précieux, dit-il.

Ils scrutaient l'intérieur du hangar quand deux autres types accoururent vers eux en ouvrant le feu avec des pistolets-mitrailleurs. Les deux espions se jetèrent au sol et se traînèrent jusqu'à un container derrière lequel ils s'abritèrent.

Alex passa la tête à l'extérieur, observant les types qui avançaient maintenant à pas lents dans leur direction.

Il fit un signe à Paul.

— On tente une sortie et on les dézingue !

Paul fit un mouvement de la tête pour signifier qu'il était d'accord.

Alex dégaina immédiatement son arme et plongea sur le côté en tirant trois rafales. Il abattit l'un des types d'une balle entre les deux yeux. Paul fit deux pas sur la gauche, se découvrant, et il visa l'autre avec son couteau en plein milieu de la poitrine. Le gars poussa un cri aigu et tomba à la renverse, son crâne heurtant violemment le sol.

Paul courut récupérer son arme, et ils retournèrent aussitôt s'abriter derrière le container. Ils entendirent alors une voix qui résonnait depuis l'autre bout de l'entrepôt.

— Vous êtes les agents français ? J'aurais dû me douter que cette pute avait placé un mouchard sur moi... Mais elle est morte, et vous n'allez pas tarder à la suivre ! Vous ne pourrez pas sortir d'ici vivants. Vous feriez mieux de vous rendre !

Alex et Paul se regardèrent, accablés par ce qu'ils venaient d'entendre. Alex essaya de se ressaisir. Il interpella son camarade :

— À ton avis, combien sont-ils avec lui ? demanda-t-il en vérifiant à nouveau son chargeur.

— J'en ai compté trois... Rien d'insurmontable.

— OK. Alors je tente une diversion et j'essaye d'en abattre deux. Tu te fais le troisième... Et par pitié, fume-le. Je sais que tu n'aimes pas tuer, mais là, c'est eux ou nous...

Alex se colla dans l'angle gauche du container. Il passa de nouveau la tête à l'extérieur pour avoir un nouvel aperçu de la situation.

Les types qu'ils avaient descendus gisaient sur le sol, dans une mare de sang. Autour d'eux, il y avait deux containers, des dizaines de caisses rectangulaires en bois et, les ailes déployées, deux drones Shahed sur lesquels figurait, à moitié limée, l'inscription *Iran Aircraft Manufacturing Industrial Company*. Il n'y avait aucun doute, ils étaient au bon endroit. Le tout était maintenant de neutraliser la marchandise, d'appréhender Hariri et de s'en sortir vivants.

— Jamal ! cria-t-il soudain. Je vais me montrer. Mais je veux parler avec toi !

La voix de Jamal résonna à son tour.

— Ne me prends pas pour un con, le Français. J'ai buté ta copine... Alors je sais que tu n'es pas venu ici pour discuter.

Alex se mordit les lèvres de rage. Il n'avait qu'une envie, abattre Jamal. Une larme glissa le long de sa joue droite. Il se frotta les yeux, et s'adressa de nouveau à Hariri.

— Tu te trompes… La fille, on s'en fout, répondit-il, sa voix retentissant tel un écho. Elle savait ce qu'elle risquait… Maintenant, je vais me montrer et on va discuter. J'ai un marché à te proposer. De toute façon, tu n'as pas le choix. Nous ne sommes pas seuls. Dans moins de quinze minutes, des forces spéciales américaines vont débarquer ici…

— J'en ai rien à foutre de tes Américains ! hurla Jamal. Je leur réserve le même sort qu'à ta pute ! Ici, je suis intouchable…

Alex jeta un rapide coup d'œil à Jamal. Il vit qu'il titubait. Athéna avait peut-être réussi à le droguer… Si tel était le cas, son tir ne pouvait pas être précis. Il représentait donc un moindre danger. Il se laissa tomber par terre, puis il roula sur lui-même le bras droit tendu en avant, donnant l'impression que son arme était le prolongement de sa main, et il la déchargea sur les types qui entouraient le terroriste.

Il en abattit un premier qu'il toucha au front, puis un second qu'il atteint au poumon droit.

Paul, qui était immédiatement venu se poster au niveau d'Alex, lança son poignard qui acheva son vol dans l'œil gauche du troisième homme. Le type gémit de douleur, telle une bête mutilée, et il s'effondra à genoux, le doigt crispé sur la détente de son arme qui se mit à tirer dans tous les sens.

L'une des balles atteignit Jamal juste en dessous de l'épaule droite. Il vacilla, puis chuta par terre, mais parvint aussitôt à se redresser. Il poussa un long cri, ses lèvres épaisses laissant échapper un filet de sang. Il avait la tête qui tournait et peinait à se maintenir en équilibre.

— Bande de porcs... Je vous ferai la peau ! hurla-t-il tel un démon.

Ils le virent alors se diriger vers la sortie arrière du hangar, chancelant en plein milieu de la fumée dégagée par les projectiles. Alex le mit en joue. Il visa sa jambe droite, et pressa sur la détente, mais aucun coup ne partit.

— Putain ! Mon chargeur est vide ! s'écria-t-il.

Il attrapa son Liberator, mais Jamal avait déjà disparu.

— Laisse tomber... dit Paul qui se tenait le bras droit et serrait les mâchoires.

— Tu es touché ?

— Rien de grave. La balle a transpercé le biceps... Mais on ne peut plus prendre le risque de lui courir après... Il faut s'occuper de la cargaison et se barrer au plus vite... Les flics qataris ne tarderont pas à se pointer ! Appelle les Américains et embarquons ce qu'on peut. Le reste, ils le feront sauter. Moi, j'essaye de localiser Athéna, en priant le bon Dieu pour que ce salopard nous ait menti.

Alex attrapa son téléphone et composa le numéro crypté que lui avait donné Manfred. L'appel, une fois que son interlocuteur aurait décroché, permettrait sa géolocalisation.

Cela ne prit que quelques secondes avant qu'une voix ne réponde.

— Un commando sera sur zone dans quelques minutes... Surtout, ne raccrochez pas.

Alex baissa le bras, gardant son téléphone dans la main. Il regarda Paul.

— Tu as pu joindre Athéna ?

— Non. Elle ne répond pas. J'appelle l'hôtel.

Il composa le numéro du Sheraton. Un long filet de sang suintait à travers sa veste.

— Allô, le Sheraton ? demanda-t-il en anglais. C'est très urgent... Pouvez-vous allez voir les chambres de mademoiselle Athéna Knight et de monsieur Receyp Yılmaz aux quatrième et cinquième étages ? Nous craignons que l'un d'entre eux ait fait un malaise.

— Restez en ligne, répondit une voix de femme, monocorde, avec un fort accent asiatique. Je demande au service d'étage d'aller vérifier et je vous reprends.

Pendant que Paul patientait, le visage fébrile, Alex posa son téléphone par terre et il retira sa chemise. Il la déchira en longues bandelettes, s'approcha de son camarade et lui ôta sa veste. Puis il fit un garrot autour de son bras.

— Occupe-toi des caisses... Tout va bien, lui dit Paul, quand la femme le reprit à l'autre bout du fil.

— Désolé pour l'attente, monsieur, mais il n'y a personne dans ces deux chambres. Le service d'étage est allé voir. Elles sont totalement vides...

Paul raccrocha. Il était abattu.

— Elle n'est nulle part... Soit il s'est débarrassé de son corps, soit elle a réussi à s'enfuir.

Alex lâcha un long soupir.

— On ne peut rien pour elle pour le moment... Il faut que l'on s'active avant l'arrivée des forces spéciales américaines !

Il ramassa un pied de biche qui traînait au pied d'une des caisses, et ils commencèrent à les ouvrir. Les quatre premières contenaient sept fusils d'assaut AK-47. Ils trouvèrent aussi le système antiradar dans la cinquième.

— Il n'y a que des armes. Le stock d'uranium doit se trouver dans les containers.

Il se dirigea vers les immenses caissons de métal, fracassa la chaîne du premier, puis il arracha les scellés. Il fit enfin coulisser le verrou et l'ouvrit. Lorsqu'il vit ce qu'il y avait à l'intérieur, il n'en crut pas ses yeux.

— Putain ! Il y a une bombe dans celui-ci ! À première vue, elle ne doit pas peser plus d'une trentaine de kilos...

Il l'examina minutieusement et reprit :

— Regarde... Elle ressemble à celles qui sont fabriquées par le régime iranien... Ces salopards savent qu'avec sa forte densité, l'uranium offre une masse importante pour un faible volume ! Ils ont dû aider Hariri et ses sbires à l'associer à la charge explosive pour que la bombe soit plus pénétrante et qu'elle fasse un maximum de dégâts autour d'elle en explosant.

— Ces salopards ont vu grand ! Mais comment pouvaient-ils imaginer réussir leur coup ? dit Paul qui se tenait le bras.

— Avec un engin comme ça, facilement transportable par drone, qui s'abat sur un objectif où il y a une forte concentration de bâtiments reliés à des infrastructures électriques et électroniques, c’est une réaction en chaîne assurée... Et même si les éclats et la poussière qui s’échappent de cette saloperie ne se disséminent que sur un très faible périmètre, je ne t’explique même pas les dégâts qu’elle peut causer sur la population en cas d’inhalation.

— C’est la bombe du pauvre, grande spécialité des Gardiens de la révolution, commenta Paul.

— C’est surtout celle des terroristes, répondit Alex, tout en entreprenant d’ouvrir le deuxième container.

— Regarde ! Il y en a une autre... Ces enfoirés avaient forcément deux objectifs !

— Peut-être le centre de recherche nucléaire situé à côté de Rome. C’est ce que soupçonnait Manfred... Mais ce que je ne comprends pas, c’est pourquoi ces bombes sont déjà prêtes à l’emploi... On est à un mois du sommet et à des milliers de kilomètres de l’Italie. Ils n’allaient quand même pas faire décoller leurs engins depuis le Qatar...

— Non, évidemment... Mais regarde bien. Les détonateurs ne sont pas fixés dessus. Je pense qu’ils s’apprêtaient plutôt à faire un test de survol avec les drones, pour s’assurer de leur capacité à transporter leurs charges.

— Mais pourquoi faire de Doha le cœur de leurs opérations ? *Le Maltese* venait d’Espagne. C’était plus simple de monter leur coup depuis là-bas...

— Je ne crois pas... Ici, ils pouvaient récupérer en toute facilité les aéronefs iraniens, les assembler et monter les charges dessus. Ils avaient aussi la possibilité d’effectuer leurs tests de survol sans être inquiétés par qui que ce soit. Ils pouvaient même faire joujou avec le brouilleur antiradar pour s’assurer de sa capacité à paralyser les systèmes de détection aérienne... Ensuite, avec l'aide des Qataris, ils n'avaient plus qu'à faire transporter les drones par avion ou cargo sur une île de la Méditerranée orientale. De là, ils auraient pu décoller et facilement atteindre Rome et ses parages, dit Alex.

— Ouais... soupira Paul, dubitatif. Cela ne nous dit pas pourquoi autant de flingues se trouvent dans ces caisses !

— Ça, je te dirais qu'on s'en fout. Quels qu'aient été les projets de Hariri avec ces armes, il n'en restera plus rien dans quelques minutes...

Ils entendirent soudain un bruit sourd, ressemblant à celui des rotors d'un hélicoptère en approche.

— Les Seals ! cria Paul. Il laissa Alex en plan et se précipita au dehors, se tenant toujours le bras. Un Chinook[73] venait de se poser. Six Navy SEALS équipés de fusils d'assaut sautèrent à terre et se dirigèrent vers lui. Le jeune type qui les commandait portait un uniforme de couleur sable maculé de taches de sueur. La tête enveloppée par un énorme casque qui semblait trop grand pour lui, il portait des lunettes de soleil et tenait un pistolet à la main dont le canon était braqué vers le sol. Également bardé d'un gilet pare-balles et de protections en PVC aux coudes et aux genoux, il était tout en muscles et affichait un sourire chevalin qui laissait entrevoir une dentition parfaite.

— Je suis le capitaine Tom Ryan, de l'armée américaine, aboya-t-il d'une voix sèche en faisant un salut militaire.

73 • Le Chinook est un hélicoptère d'assaut lourd d'origine américaine, fabriqué par Boeing. Reconnaissable à ses deux rotors en tandem, il sert aussi à transporter des troupes des forces spéciales.

Nous avons reçu votre signal… Y a-t-il encore des terroristes en vie ?

— Excepté leur chef qui a réussi à prendre la fuite, ils sont tous à terre, répondit Paul qui commençait à souffrir de sa blessure.

— Parfait. Mes ordres sont de tout faire sauter… Pendant ce temps, notre infirmier va s'occuper de vous. Il est à l'intérieur de l'hélico.

— Attendez ! Il y a deux bombes chargées à l'uranium, lui lança Paul. Nous devons les transporter à bord !

— Ok, fit l'officier américain en pénétrant dans le hangar. Mes hommes vont les embarquer. Quant à vous, vous dégagez la zone et vous montez dans l'appareil. Je dois vous ramener sur la base d'Al-Udeid. De là, on vous exfiltrera vers la France. Un avion prêt à décoller vous y attend !

Alex s'approcha du capitaine. Son corps rutilait de sueur.

— Je suis le lieutenant-colonel Galtier, des services secrets français… Nous avons l'une de nos agents qui a disparu… Elle s'appelle Athéna Knight. Pouvez-vous essayer de la localiser ?

— Ce n'est pas dans mes attributions, monsieur… Mais je passe l'information à ma hiérarchie. Si elle est quelque part dans l'émirat, nul doute que tout sera fait pour la trouver… Maintenant, embarquez ! Nous devons être partis avant l'arrivée des forces de sécurité locales.

Alex et Paul ne discutèrent pas. Courbant le dos et se protégeant les yeux pour éviter la poussière soulevée par les pales, ils coururent vers le Chinook et grimpèrent à son bord pendant que l'officier distribuait ses ordres à son équipe.

Sept minutes plus tard, l'hélicoptère décollait avec les deux bombes. Alors qu'il prenait de l'altitude, l'un des SEALS sortit un boîtier minuscule de la poche de sa veste de treillis. Il était doté d'un écran à cristaux liquides et d'un bouton rouge recouvert de bande adhésive noire, sur lequel il enfonça son pouce d'un coup sec.

Alex et Paul regardèrent alors à travers la porte latérale gauche du Chinook qui était entrouverte. Ils entendirent d'abord une violente déflagration, puis ils distinguèrent une lumière intense qui formait une ligne discontinue au-dessus de l'entrepôt. Ils aperçurent enfin d'immenses flammes orange et brunes surgir de tous les côtés du bâtiment, ainsi qu'une épaisse fumée grise et noire qui se répandait sur le port.

Tout avait sauté.

Alex regarda Paul.

— Voilà une affaire réglée. Reste à savoir ce qu'il est advenu de Hariri.

— Celui-là ne courra pas longtemps, dit Paul. S'il n'est pas déjà mort, avec le bordel qu'il vient de foutre au Qatar, ses protecteurs bédouins vont le laisser tomber pour un bon bout de temps. Quant aux Iraniens, ils vont tout faire pour se débarrasser de lui. Reste les numéros des comptes bancaires... De deux choses l'une, soit ils disparaîtront avec lui, soit ses amis turcs les récupéreront !

Alex demeura silencieux. Il ne pensait déjà plus à l'argent, ni à Jamal. Son véritable sujet de préoccupation, c'était Athéna. Les questions se bousculaient dans sa tête : où pouvait-elle se trouver ? Hariri avait-il menti ? Avait-elle pu s'échapper ?

Il passa sa main sur ses cheveux pleins de poudre et de sueur, et scruta le ciel. Au-dehors, le soleil était à son zénith, et la chaleur intense du désert avait envahi l'intérieur de l'appareil. Il avait la sensation que sa peau cuisait.

Il se redressa et se rapprocha du capitaine Ryan, assis en face de lui.

— Capitaine, pouvez-vous me mettre en liaison avec mon chef à Paris ?

— Je regrette, monsieur, mais je n'y suis pas autorisé. Vous devrez attendre que nous soyons arrivés à la base. Il n'y en a que pour quelques minutes.

La réponse de l'officier américain l'exaspéra. « Quel petit con, ce Ricain », pensa-t-il.

Essayant de contenir son irritation, il se retourna pour regagner sa place, quand il ressentit une forte douleur dans le cou. Tout se mit alors à tourbillonner autour de lui, et il ne distingua plus qu'une étrange lueur blanche. Il chavira, et s'affala sur le plancher de l'appareil, sombrant dans un sommeil abyssal.

* * *

Port de Doha, quelques instants plus tôt. Hariri avait réussi à quitter l'entrepôt. Mais il était affaibli et souffrait horriblement. La balle avait pénétré entre son poumon et son épaule, et il éprouvait de la difficulté à respirer. Son crâne lui faisait un mal de chien, sa langue gonflée pendait entre ses lèvres boursoufflées, et il toussait. Il lui semblait aussi que son corps transpirait le sang et, malgré toute la puissance du soleil, il grelottait de froid. Il se sentait seul. Terriblement seul.

Il fut soudain saisi de panique et sentit que ses jambes ne le portaient plus. Il s'écroula face contre terre, à quelques mètres seulement de la mer. Le quai, pourtant construit en béton, lui parut soudain sablonneux. Un instant, il crut que la terre se dérobait. Il poussa un court gémissement et leva péniblement la tête vers le ciel. Dans la lumière du petit matin, il lui sembla apercevoir le visage de Zawahiri, son maître tué en Afghanistan, le regard empli de reproches. Leur opération avait échoué, et il en avait terriblement honte. Mais il ne voulait pas mourir. Pas maintenant, pas comme ça. C'était beaucoup trop tôt, et il avait encore tant de combats à mener. Il tenta de se ressaisir. Il appuya ses deux mains sur le sol brûlant, posa péniblement un genou devant lui, puis il poussa de toutes ses forces sur ses jambes pour parvenir à se redresser.

Quand il fut enfin debout, titubant, il scruta les alentours pour trouver une voiture ou quelqu'un qui puisse l'aider. Malgré sa vision qui se brouillait, il distingua plusieurs silhouettes qui couraient dans sa direction, sans parvenir toutefois à voir avec précision de qui il s'agissait. Il se demanda s'il n'était pas en proie à une hallucination. Il tendit ses deux mains pleines de sang et de gravier devant lui, comme s'il voulait appeler à l'aide, quand tout à coup il entendit une puissante et longue déflagration. Il fut aussitôt projeté violemment à plusieurs mètres au-dessus du quai, les flammes qui se soulevaient depuis le hangar consumant ses vêtements et sa chair. Il s'enroula alors sur lui-même, le corps en partie calciné, avant de retomber dans l'eau et de disparaître sous les flots.

Ainsi avait officiellement péri Jamal Hariri.

Résurrection

Cité du Vatican, le 10 août 2022. Athéna gisait nue sur le sol, la peau transpercée de balles, mais elle respirait encore. Alex était allongé à côté d'elle. Il aurait voulu l'aider, mais il ne pouvait pas bouger. Son corps tout entier était paralysé. Il avait soif et éprouvait du mal à déglutir.

Sa vision était floue, mais il tenta cependant de balayer la pièce du regard pour comprendre où il se trouvait. Elle lui apparut totalement vide.

Il entrevit soudain une silhouette qui vint se positionner au-dessus de lui. Il ne parvenait pas à reconnaître son visage. Il entendit alors une voix venue d'outre-tombe, qu'il reconnut immédiatement.

— Je vous ai eus, toi et ta pute ! Maintenant, vous allez crever.

C'était Hariri. Il tenait son pistolet encore fumant à la main, qu'il pointait sur la poitrine d'Athéna. Il l'arma, et tira en poussant un fou rire de dément. Au moment où le projectile percuta la chair de la jeune femme, son corps tressaillit et ses yeux encore ouverts se fixèrent sur le plafond. Un épais jet de sang jaillit de son sein, éclaboussant Alex qui se mit à hurler. Il trouva alors la force de se redresser, quand il sentit une main se poser sur son bras.

— Alex... Tu as fait un cauchemar, lui dit Paul qui se tenait assis près de lui, engoncé dans l'un de ses éternels costumes trois-pièces.

— Où suis-je ? demanda-t-il.

— Au Vatican. À l'hôpital.

Il sentit comme une légère odeur d'éther et regarda tout autour de lui. Il était allongé sur un lit, dans une chambre spacieuse et sans vie. Sur une table de chevet étaient posés une carafe d'eau et un verre en plastique. Face à lui, il y avait une petite armoire blanche en bois, entrouverte. Excepté une fenêtre aux vitres opaques et un écran de télévision au-dessus duquel trônait un crucifix, les murs, d'une couleur jaunâtre, étaient vides.

Il avait mal au crâne. Il se palpa le corps et se rendit compte qu'il portait une chemise de nuit.

— Que... que m'est-il arrivé ? Pourquoi sommes-nous là ? Où est Athéna ? demanda-t-il, la voix éreintée.

— Une question à la fois, mon ami... Tu es ici car nous devions te cacher.

— Me cacher ? Pourquoi ?

— Il y avait un avis de recherche te concernant. Avec ordre de te supprimer.

— Comment cela ? C'est totalement dingue !

— C'est Jane qui m'a prévenu par messagerie alors que nous étions en route pour le port de Doha... Elle venait d'apprendre que Manfred avait été abattu à Paris alors qu'il sortait d'un rendez-vous.

Alex se redressa. L'armature métallique du lit grinça. Il avait l'impression d'avoir pris un coup de poing en pleine face. Il était bouleversé d'apprendre la mort de l'homme dont il était probablement le plus proche. Son regard s'obscurcit et son visage, livide, se figea. Quelque chose venait de se casser en lui. Un silence pesant s'installa durant quelques instants.

— Comment a-t-il été tué ?

— Deux types à moto ont tiré sur lui alors qu'il circulait dans sa voiture. Il sortait tout juste de la gare de Lyon, mais personne ne sait ce qu'il était allé y faire. Dans la foulée, toutes tes accréditations ont été suspendues. Un rapport opportunément remis une heure après l'attentat au président de la République et émanant de la Direction du renseignement et de la sécurité de la Défense mentionnait que tu étais soupçonné d'avoir fourni des informations aux services turcs et iraniens pour empêcher la capture de Hariri.

— Mais c'est totalement ridicule !

— Je ne te le fais pas dire... Tu es victime d'une machination. Heureusement que Jane a eu l'info par l'un de ses contacts au sein de ton service.

— On sait qui est derrière son assassinat ?

— Non… Il n’a pas encore été possible d’identifier les tueurs. Les services français tentent de remonter leur piste en reconstituant leur trajet à partir du système de contrôle vidéo de la sécurité civile parisienne. Nous attendons les résultats.

— Et Athéna ? Où est-elle ?

Paul baissa les yeux. Il n’osait pas regarder son camarade.

— On n’a pas retrouvé son corps… Elle est officiellement portée disparue. Mais il y a fort à parier qu’elle n’est plus de ce monde. Son corps a dû être embarqué par des « nettoyeurs » des services qataris après que Hariri l’a abattue.

— Et moi… Comment me suis-je retrouvé dans cette chambre ?

— Lorsque Jane m’a prévenu de ce qui s’était passé à Paris, elle m’a demandé de ne pas te mettre au courant. Il fallait mener l’opération au port jusqu’au bout, et elle ne voulait pas prendre le risque que tu disparaisses dans la nature pour mener ta propre vendetta après l’assassinat de Manfred. La CIA a donc ordonné au capitaine des SEALS de me remettre une seringue avec un tranquillisant puissant dès qu’il entrerait en contact avec moi. C’est ce qu’il a fait lorsqu’il est descendu de son appareil. Ensuite, une fois à bord, je n’ai eu qu’à t’anesthésier…

— Quel jour sommes-nous ? coupa Alex.

— La dose devait être un peu forte, car tu as mis deux jours à revenir à toi… Nous sommes le 10.

— Et que comptez-vous faire de moi, avec Jane ?

— Le capitaine Ryan a rédigé un rapport très détaillé expliquant comment l’un des terroristes que l’on croyait neutralisé t'a tiré une balle dans le dos alors que tu t'apprêtais à rejoindre le Chinook. Tu n'as pas eu le temps de sortir, et tu es officiellement mort dans l'explosion de l'entrepôt...

— Et tout le monde a gobé ça ? Personne n'a demandé mon corps aux autorités qataries ?

— Le capitaine Ryan a d'excellents états de service... Aux yeux de sa hiérarchie, il fait figure de héros. Tu peux donc imaginer que personne n'a remis en question sa parole. D'autant que mon rapport raconte la même chose... Quant à ton corps, avec la violence de l'explosion, tout le monde a compris qu'on n'en ait rien retrouvé.

— Ok. Mais La CIA et toi savez que je suis en vie... Le secret ne tardera pas à fuiter !

— Aucun risque. On a beau se trouver au Vatican, tu ne ressusciteras pas de sitôt !

Alex exprima une moue dubitative. La situation lui semblait totalement ubuesque. Sa mission était en partie un succès, mais à quel prix. Ses meilleurs amis étaient morts, et lui devait maintenant se cacher, tel un fugitif.

— Donc ma famille, mes amis, tout le monde me croit mort ?

— C'est exactement ça. Mais cela ne durera qu'un temps... Nous trouverons d'une façon ou d'une autre qui se cache derrière ce complot et qui a assassiné Manfred et Athéna. Alors tu pourras reprendre ta vie d'avant. Pour l'heure, nous allons te procurer une nouvelle identité, et un nouveau travail qui devrait être dans tes cordes.

Paul fouilla dans la poche de sa veste intérieure et en sortit une enveloppe marron.

— Qu'est-ce qu'il y a là-dedans ? questionna Alex.

Paul lui tendit le petit emballage de papier.

— Tu n'as qu'à l'ouvrir.

Alex palpa l'enveloppe sur laquelle ne figurait aucune inscription, puis il la décacheta. Il en sortit un passeport et un permis de conduire italiens. Il les examina attentivement. Sa photo figurait sur chacun des documents, avec au-dessous un autre nom que le sien. Il releva la tête et regarda Paul.

— Tu peux m'expliquer ce que tout ça veut dire ?

Paul ouvrit grand les bras, et son visage s'illumina.

— Eh bien, cela veut dire que tu vas devoir apprendre une nouvelle langue... Car dorénavant, tu es le colonel Alessandro Galtieri, officier de l'armée de terre italienne détaché auprès des services de sécurité du pape. En d'autres termes, tu fais partie de nos services secrets. Désormais, nous sommes l'un comme l'autre des hommes du Vatican ! Dès demain, tu commences ta nouvelle vie. À huit heures trente, tu feras connaissance avec le maître de notre dojo, Mako Takenjitsu. C'est lui que j'ai chargé de ta remise en forme.

Épilogue

Entre Ankara et la région parisienne, le 11 août 2022. Gulbudin Pacha n'avait strictement rien dit lorsqu'il avait été informé du fiasco survenu à Doha. Hariri disparu, les services qataris lui avaient simplement fait savoir qu'il était mort dans l'explosion de l'entrepôt, comme l'espion français. Toutes les opérations en cours étaient donc suspendues, et l'heure était à la diplomatie. À trois mois de la Coupe du monde de football, les dirigeants de l'émirat ne pouvaient en effet se permettre un scandale supplémentaire alors que la presse internationale les accusait plus que jamais de maltraitance envers les travailleurs œuvrant sur les chantiers et de compromission avec le terrorisme islamiste.

Gulbudin s'était donc satisfait des explications qui lui avaient été données. Du moins en apparence, car ce n'était pas la première fois que Hariri disparaissait des écrans radars sans laisser aucune trace. Il s'était simplement enfermé dans son bureau et avait demandé qu'on ne le dérange pas.

Il avait pris un moment pour réfléchir, puis il avait saisi son téléphone et composé un numéro crypté. La sonnerie retentit trois fois.

— Allô, général ? Ici l'hôpital.

— Bonjour, professeur. Que me voulez-vous ?

— J'ai appris que l'un de vos collaborateurs était décédé. Je voulais vous adresser mes sincères condoléances.

— Je vous confirme cette triste nouvelle et vous remercie de votre attention. J'ai su par des amis communs que vous aviez également connu une tragédie récemment.

— Oui. L'un de mes subordonnés a eu un accident. Ce drame va sans doute m'amener à prendre un peu de recul durant quelques semaines. Mais soyez assuré qu'en ce qui vous concerne, mon soutien comme celui de mon service vous restent acquis... Ensemble, nous finirons par vaincre la tumeur. À bientôt, général.

— À bientôt, professeur.

Les deux hommes raccrochèrent. Le général, en uniforme de l'armée de terre française, était installé dans un fauteuil de cuir beige. Une légère odeur de cire d'abeille flottait dans son grand bureau rectangulaire. Il reposa son téléphone, croisa les mains sous son menton et poussa un long soupir. Même si Hariri n'avait pas réussi à mener à bien son opération terroriste contre le Vatican, le fait de s'être débarrassé du général Manfred Roger, d'Alex Galtier et de leur agent supplétif, Athéna Knight, était une victoire. D'autant plus qu'il en était certain : Manfred commençait à avoir des soupçons sur lui. En ce sens, son assassinat par les espions du MIT ne pouvait que s'avérer bénéfique. Assurément, un nouveau patron allait bientôt être nommé à la DGSE, et il allait peser de tout son poids pour qu'il s'agisse d'une personnalité facilement manœuvrable.

Il se leva et se dirigea vers une console en marbre sur laquelle trônait une bouteille de Jägermeister et deux coupes en cristal. Sous son pas lourd et assuré, le vieux parquet craqua. Il se servit un verre presque plein et l'avala d'un trait. Il sentit alors les aromes d'écorce d'orange, d'anis étoilé et de cardamone verte envahir son palais, et il poussa un glapissement de plaisir. Il adorait cette boisson réputée, déjà très appréciée par son grand-père.

Il fit ensuite quelques pas en direction d'un secrétaire en érable à tiroir unique, lequel était fermé par une serrure dorée. Il tira une clé de sa poche et l'enfonça. Il la tourna vers la droite, et le compartiment en bois coulissa. Il saisit une photo en noir et blanc qui remontait aux années 40. On y voyait un officier en costume noir de la SS. Il était mince, haut de taille et tout en muscles. Les cheveux rasés, il avait le visage lisse et de petits yeux noirs en amande. Il s'agissait d'Aloïs Gheller.

— Grand-père, tu peux être fier de moi... Ce soir, je serai avec nos camarades SS pour poursuivre ton œuvre, dit-il. Puis il reposa la photo à sa place, et il referma le tiroir.

Il regarda sa montre. Il était dix-huit heures quarante-cinq, l'heure de partir à son rendez-vous. Il attrapa sa mallette qui se trouvait posée à plat sur son bureau et se dirigea vers la porte. À cette heure, en plein été, sa secrétaire était déjà partie, et il avait donné sa journée à son ordonnance. Il descendit par les escaliers et arriva au rez-de-chaussée. Il salua le planton de service et sortit dans la rue de Stalingrad, quasiment vide, pour se rendre à la station de taxis qui se trouvait en amont, à une centaine de mètres de là.

Il n'y avait là qu'une Mercedes dont le chauffeur avait éteint les lampes de signalisation. Il ouvrit la portière arrière droite et monta quand même.

— Bonjour, Rodolphe. Merci d'être venu me prendre.

— Mes respects, mon général. Je suis ravi de vous conduire au lieu de notre réunion, répondit le petit homme à la barbe frisée.

— Pouvez-vous me mettre un peu de musique ? J'ai besoin de me détendre.

— Bien sûr, mon général... Un peu de Carl Orff[74] ? Je sais que vous aimez cela.

Le type enfonça un CD dans le lecteur, puis il démarra au son de *Carmina Burana*. Il prit le périphérique, sortit de Paris et s'engagea sur une départementale en direction de l'est. Ils roulèrent plus d'une demi-heure, jusqu'à ce qu'ils arrivent aux abords d'un grand parc boisé traversé par une rivière, à la sortie duquel se trouvait un hameau constitué de fermes imposantes. Enfin, ils s'engouffrèrent sur un long chemin qui menait à un manoir du XIXe siècle constitué d'un bâtiment central rectangulaire et de deux tours en pierres opalines, entouré de chênes séculaires.

74 • Compositeur allemand mort en 1982.

Plusieurs véhicules étaient parqués devant. Le chauffeur se gara, descendit du véhicule et alla ouvrir la porte arrière.

— Je vous en prie, mon général... Les autres convives nous attendent à l'intérieur. Même le général Deboer a fait le déplacement depuis l'Afrique du Sud. Il y a aussi Herr Friedrich Gunter, conseiller spécial auprès du président de l'AFD[75], dont le grand-père était un grand ami du vôtre, ainsi que nos amis venus d'Autriche, de Pologne et d'Italie.

— C'est parfait, cher Rodolphe. Vous avez effectué un travail remarquable.

Ils montèrent les marches en pierre jusqu'à la porte d'entrée vitrée. Un homme, crâne rasé, en costume sombre et cravate fine, leur ouvrit. Ils pénétrèrent alors dans un grand hall dont le sol était recouvert de dalles de marbre, et qui desservait un très grand salon débouchant sur une salle à manger de forme octogonale.

Lorsqu'ils entrèrent dans le grand salon, ils firent face à une dizaine de convives assis sur des sofas. Ils étaient tous habillés de costumes sombres et de chemises blanches, et portaient un brassard en maille de laine rouge sur lequel était incrusté un galon aux fines rainures horizontales représentant une croix gammée SS. Accroché sur le mur principal, au-dessus d'une cheminée en briques rouges, était suspendu un immense tableau représentant Hitler dans un uniforme marron.

75 • AFD : Alternative für Deutschland, parti d'extrême droite allemand.

Lorsqu'ils virent apparaître le général, ils se levèrent, se mirent au garde-à-vous et tendirent le bras droit devant eux.

— Heil Hitler ! Gloire à notre Führer ! crièrent-ils tous ensemble.

— Je vous remercie de votre accueil, messieurs... Mais je vous en prie, vous pouvez vous rasseoir. Avant que nous passions à table, je dois en effet vous donner des nouvelles importantes. Notre ami Jamal Hariri est probablement mort à l'heure où je vous parle... Or, vous n'ignorez pas à quel point notre alliance avec son organisation, scellée depuis la fin des années 40, est précieuse à notre cause. Jamal possédait l'accès aux comptes bancaires SS qui avait été remis par mon grand-père à son parrain, le mufti de Jérusalem. Avec sa mort, nous perdons un précieux allié, mais aussi l'accès à d'importantes sources de financement. Il est donc crucial que nous nous mettions en quête de retrouver les numéros de comptes auxquels il avait accès pour pouvoir continuer nos opérations de déstabilisation en Europe, au Moyen-Orient et en Afrique. Il a forcément dû laisser des consignes ou une lettre à quelqu'un... Peut-être à une maîtresse...

— Qu'attendez-vous de nous, mon général ? demanda l'homme qui venait d'Afrique du Sud.

— Que vous soyez officiers supérieurs, politiciens ou hauts fonctionnaires, vous occupez tous des postes stratégiques dans vos pays respectifs. Je compte donc sur vous pour tout mettre en œuvre à cette fin... Faites travailler vos espions et vos indicateurs. Nous pourrons d'ailleurs compter sur le soutien de nos amis des services secrets turcs. Nous devons aussi mettre la main sur les documents en possession de l'équipe archéologique qui travaille en ce moment même à retrouver les emplacements du trésor SS en Pologne. Je vous rappelle que le regretté Heinrich Himmler souhaitait que l'or et l'argent cachés par nos illustres prédécesseurs à la fin de la Seconde Guerre mondiale servent à la fondation du quatrième Reich dont nous sommes censés être les bâtisseurs...

— Mais pourquoi continuer à travailler avec les Turcs et les islamistes ? Ce ne sont que des métèques ! renchérit le Sud-Africain.

— Seuls, nous ne parviendrons à rien... Nous avons donc besoin d'alliés. Du reste, nous partageons le même combat que les Turcs et les islamistes contre les juifs et la franc-maçonnerie internationale. Et puis il est nécessaire que nous nous appuyions sur des États puissants qui ont pour objectif d'affaiblir l'Occident impur. Une fois parvenus à nos fins, quand la situation sera devenue suffisamment critique en Europe, alors nos relais dans les partis d'extrême droite forgeront des coalitions politiques avec les organisations islamistes soutenues par le Qatar, la Turquie et l'Iran. Ainsi, avec leur soutien, mais aussi en jouant sur les divisions de nos ennemis affaiblis, nous prendrons le pouvoir partout sur le continent... J'attends donc de vous une pleine collaboration !

Les convives restèrent silencieux quelques instants jusqu'à ce que l'un d'entre eux, l'Italien, se lève et crie :

— Heil Hitler ! Gloire à notre Führer ! Gloire au quatrième Reich !

Les autres lui emboîtèrent aussitôt le pas, entonnant la même rengaine, tous en chœur.

— Heil Hitler ! Gloire à notre Führer ! Gloire au quatrième Reich !

Le général esquissa un sourire. Il ajusta sa vareuse, puis il tendit à son tour le bras dans leur direction. Il demeurait certain que l'aboutissement de ses projets était proche.

* * *

Vers minuit, le général remontait en voiture. Alors qu'il prenait la direction de Paris, son téléphone vibra. Il regarda le numéro qui s'affichait et esquissa un sourire. Il décrocha.

— Bonsoir, monsieur le président.

— Je vous en prie, général, entre nous, vous pouvez m'appeler Emmanuel.

— Je vous remercie, Emmanuel.

— Je tenais à vous informer personnellement de votre nouvelle nomination.

— Pardon ?

— Oui, je dois vous dire que je vous ai trouvé formidable dans votre récente mission. J'ai donc décidé de vous confier la direction du Conseil national du renseignement. Vous entrerez officiellement en fonction le 1er septembre. Cela vous laisse un peu de temps pour vous préparer.

— Merci infiniment. Je me montrerai à la hauteur de votre confiance.

— Je n'en attends pas moins de vous, général. Bien, j'ai encore un visiteur du soir qui s'annonce. Je vous laisse. À très vite.

Le général coupa son téléphone. Son visage s'illumina. Tout se passait encore mieux qu'il ne l'avait espéré.

* * *

Élysée, Paris, minuit quinze. Le président de la République était en bras de chemise, les pieds posés sur son bureau. Il tenait un verre de whisky dans sa main droite. En face de lui, une femme était assise. Les cheveux bruns coupés au carré, le visage anguleux et les yeux noisette, elle était vêtue d'un tailleur en toile bleu marine.

— Alors, monsieur le président ? dit-elle avec un accent américain. Votre conversation téléphonique a-t-elle été fructueuse ?

Le président fronça les sourcils.

— Si les informations que vous a laissées le général Manfred Roger s'avèrent exactes, nous démasquerons sous peu la taupe. Et s'il s'agit de la personne que nous soupçonnons, il ne nous faudra pas longtemps avant de la pousser à la faute... Mais dites-moi juste une chose... J'aimerais savoir pourquoi Manfred a confié ces informations à la CIA et pas à moi ?

— Manfred Roger était un homme avisé, monsieur le président. Il vous faisait confiance et vous estimait. Mais il vous savait épié... Il avait par ailleurs prévu qu'il puisse arriver malheur à son protégé, Alex Galtier, auquel il avait fait part de ses suspicions. Alors il a aussi donné ses instructions à la colonelle Jane Red Eagle, lors de leur entrevue à l'hôpital militaire sur la base d'Abu Dhabi. Il avait deviné qu'en cas de disparition d'Alex, celle-ci ferait le maximum pour trouver la taupe et lui faire payer sa perfidie.

— Quand vous rentrerez aux États-Unis, remerciez-la et félicitez-la de ma part ! Dites-lui aussi à quel point je suis désolé pour Alex Galtier. Sa mort me navre... Personne n'aurait dû le soupçonner de trahison. Mais pour l'heure, nous n'avons aucunement intérêt à faire connaître la vérité à son sujet... Cela ne ferait qu'alerter la taupe. Mais croyez-moi, elle paiera pour ce qu'elle a fait. J'y veillerai personnellement.

— La chasse ne fait que commencer, monsieur le président, et la taupe n'est qu'une pièce du puzzle... Mais nous mettrons fin à ses agissements et à ceux de ses complices. Et soyez sûr que la CIA ne manquera pas de vous tenir informé.

La femme se leva. Le président français se dressa sur ses jambes, posa son verre devant lui et lui tendit la main.

— En effet, la chasse ne fait que commencer... Mais au fait... Vous ne m'avez rien dit de l'espion du Vatican, ce fameux Paul Diner... Que devient-il dans toute cette histoire ?

Paul Diner ? Eh bien, disons qu'il est aussi discret qu'impliqué. À la CIA, on juge que c'est un type fiable, même s'il dirige un service concurrent. C'est d'ailleurs un vieil ami de la colonelle Jane Red Eagle. Disons qu'il est comme nous... Il œuvre au sein des coalitions de l'ombre, pour plus de paix... Je crois que l'on va à nouveau beaucoup entendre parler de lui, et qu'il nous sera d'une aide précieuse, répondit-elle avec un sourire délicat, avant de lâcher la main du président.

— Les coalitions de l'ombre ? Que voulez-vous dire par là ? questionna le président.

— Eh bien, dans le langage des gens du renseignement, les coalitions de l'ombre sont formées par l'alliance, très informelle, d'espions appartenant à différents services de pays qui combattent le terrorisme. Une alliance qui sait s'affranchir du poids de la politique et de la diplomatie pour parvenir à ses fins. Paul Diner, comme la colonelle Jane Red Eagle, en sont des éléments actifs, pour ne pas dire essentiels. Et vous êtes désormais dans la boucle...

Le président français la dévisagea, songeur. Il n'aurait pas vraiment su dire pourquoi, mais il ressentait une profonde admiration pour ces espions.

Elle se retourna, et se dirigea vers la porte.

À suivre...

Remerciements

Nous remercions notre éditeur, Renaud Dubois, pour sa confiance et son enthousiasme, ainsi que son équipe, et les hommes de l'ombre qui ont accepté de nous conseiller.

Nos sincères remerciements vont également à Éric Alaime, Ludivine Gourdet et Cécile Martin-Cocher, pour leurs conseils qui nous ont été précieux tout au long de la rédaction de ce livre.

Nous tenons aussi à exprimer notre reconnaissance à tous ceux qui ont accompagné nos enquêtes à travers le monde. Ils se reconnaîtront.

Merci à Christelle et Laurent Rabut, Estelle et Alexandre Mery, ainsi qu'à Valérie et Philippe Chavanelle.

Merci, enfin, au lieutenant-colonel X, ce héros. Son histoire est désormais la nôtre...

Relecture : Hélène Fitamant Gaudin et Delphine Dubois

Mise en page : Alain Miskovic

Couverture : Julien Imbert

Imprimé en Europe par Sagrafic S. L. - Pasaje Carsi, n° 6 - 08025 Barcelona

ISBN 978 249 240 006 3

Sixième(s)